悦阅
YUEYUE

成长，从阅读开始。

# 中学生

重新阅读一本书

〔第1季〕　如何整本读经典

王召强 著

上海文艺出版社

图书在版编目（CIP）数据

中学生如何整本读经典. 第一季. 重新阅读一本书 / 王召强著. — 上海：上海文艺出版社，2020
 ISBN 978-7-5321-7398-3

Ⅰ.①中… Ⅱ.①王… Ⅲ.①阅读课 - 中学 - 课外读物 Ⅳ.① G634.333

中国版本图书馆CIP数据核字（2019）第223516号

发 行 人　陈　徵
责任编辑　陈　蕤
装帧设计　李双珏

| 书　　名 | 中学生如何整本读经典（第一季） |
|---|---|
| 作　　者 | 王召强 |
| 出　　版 | 上海世纪出版集团　上海文艺出版社 |
| 地　　址 | 上海绍兴路7号200020 |
| 发　　行 | 上海文艺出版社发行中心发行<br>上海市绍兴路50号200020 www.ewen.co |
| 印　　刷 | 杭州宏雅印刷有限公司 |
| 开　　本 | 710×1000　1/16 |
| 印　　张 | 18.25 |
| 插　　页 | 1 |
| 字　　数 | 180,000 |
| 印　　次 | 2020年1月第1版　2020年1月第1次印刷 |
| ＩＳＢＮ | 978-7-5321-7398-3 / I.5884 |
| 定　　价 | 45.00元 |

"中学生如何整本读经典"配套视频
一书一课，看书听讲两不误

# 目 录

## 导读：中学生如何整本读经典

整本书阅读的选择标准……3

阅读小说的 22 条法则……7

整本书阅读的三个教学定位……14

当整本书阅读遇见创意写作……20

结语……24

## 底层社会的家国记忆——整本读《活着》

文学改编电影的典范之作……30

人是为了活着本身而活着的吗……35

他们在苦熬……39

中国人这几十年是如何熬过来的……44

苦难就这样被温情消解……48

双重叙述的失败实验……51

祭奠那些逝去的人们……56

从一则发家致富的寓言说起……63

结语……67

## 反乌托邦极权的寓言——整本读《一九八四》

乌托邦与反乌托邦……73

一部还不够硬的科幻小说……79

温斯顿：最后一个人的孤独……84

双重思想：自由与真相……89

奥勃良：温斯顿的斯德哥尔摩综合征……95
裘莉亚：作为政治反抗形式的性……99
新话：第三帝国的语言与宣传……105
结语……112

## 扑朔迷离的真相与人性——整本读《竹林中》

文学改编电影的典范……117
真相：怀疑论与利己主义……122
罗生门：人间地狱的影像表征……129
决斗：对武士道精神的批判……133
芥川龙之介《竹林中》评点……138

## 无法承受的存在之轻——整本读《不能承受的生命之轻》

一部存在主义哲学思考小说……160
一部反复叙事的复调小说……169
一部主题先行的理念小说……172
托马斯：到底选择什么？是重还是轻？……178
特蕾莎：灵与肉的统一与分离……184
萨宾娜：我反抗，所以我存在……189
弗兰茨：媚俗与伟大的进军……191

## 爵士时代的美国幻梦——整本读《了不起的盖茨比》

每一个成功的作家背后，都有一个天才的编辑……199
爵士时代的"编年史家"和"桂冠诗人"……206
盖茨比究竟有什么"了不起"……215

飞女郎黛西：爵士时代的黄金女郎……223
泽尔达：菲茨杰拉德的黄金女郎……231
尼克：盖茨比故事的叙事伦理……238
一个发生在东部的西部故事……246

## 青春泥沼的成功突围——整本读《挪威的森林》
一部典型的"全球化小说"……254
拥抱战败的历史结晶……261
一部个人性质的私小说……267
一部走出死亡阴影的成长小说……275
问答……280

导读
中学生如何整本读经典

## 整本书阅读的选择标准

2017年的下半年,我在课堂教学中主要探索的新领域是如何将整本书阅读和创意写作课程整合起来。9月开学之初,我先给学生做了一个名为"为什么读经典"的指导讲座。关于经典阅读的理论知识,我基本照搬了卡尔维诺[1]《为什么读经典》一书的"绪论"部分。卡尔维诺给经典作品一连下了十四个描述性定义,其中第一个定义启发了中国台湾作家唐诺[2]——他给自己的新书重新命名为《重读:在咖啡馆遇见14个作家》,因为卡尔维诺首先把经典作品描述为那些读者不断"重读"而不是"在读"的书。

其实强调"重读"的作家还有很多,比如纳博科夫[3]在《文学讲稿》中也一再强调"重读"的必要性。该书的《优秀读者和优秀作家》一文引用福楼拜的话:"谁要能熟读五六本书,就可以成为大学问家了。"所以他在《文学讲稿》一书中就只讲了七位作家的七部作品,这也已经超出福楼拜的预期了。

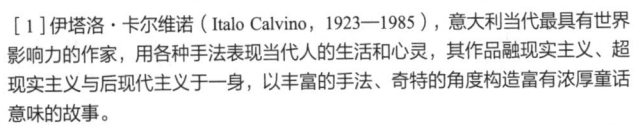

图1 中译本《为什么读经典》(译林出版社,2016年)
该书论及了31位经典作家及其作品,向读者开放了他不拘一格、兼容并蓄的秘密书架,娓娓道来他的理想藏书,让文学作品在读者面前呈现千姿百态的魅力。

图2 《重读:在咖啡馆遇见14个作家》(广西师范大学出版社,2015年)

---

[1] 伊塔洛·卡尔维诺(Italo Calvino,1923—1985),意大利当代最具有世界影响力的作家,用各种手法表现当代人的生活和心灵,其作品融现实主义、超现实主义与后现代主义于一身,以丰富的手法、奇特的角度构造富有浓厚童话意味的故事。
[2] 唐诺(1958— ),本名谢材俊,毕业于台湾大学历史系,曾获多项文学奖,2013年出版散文力作《尽头》,探索极限和人的现实处境,获评《亚洲周刊》年度十大好书与台湾金鼎奖。
[3] 弗拉基米尔·纳博科夫(Vladimir Nabokov,1899—1977),俄裔美籍作家,20世纪公认的杰出小说家和文体家,以小说家、诗人、批评家和翻译家身份享誉文坛,其代表作《洛丽塔》是获得极大荣誉且最受关注和争议的小说。

纳博科夫说："奇怪的是，我们不能读一本书，只能重读一本书。一个优秀读者，一个成熟的读者，一个思路活泼、追求新意的读者只能是一个'反复读者'。"纳博科夫还建议我们可以从三个方面来看待一个作家——讲故事的人、教育家和魔法师。"一个大作家集三者于一身，但魔法师是其中最重要的因素，他之所以成为大作家，得力于此。"

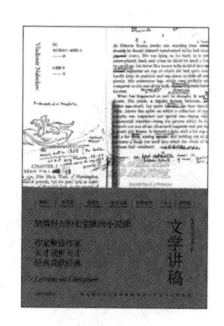

**图 3** 中译本《文学讲稿》（上海译文出版社，2018年）
该书从文本出发，表达了作者对所讨论作品的看法，且从分析作品的语言、结构、文体等创作手段入手，抓住要点，具体分析，充分突出了所讲作品的艺术性，点明了作品在艺术上成功的原因。

唐诺在咖啡馆遇见的十四位作家，事实上是十六位，在大陆出版时又增加了两位自由主义大师——约翰·密尔[1]和以赛亚·伯林[2]。原本他是以20世纪的作家为主，比如海明威、康拉德、纳博科夫、博尔赫斯、格林、福克纳和艾柯等，不过他的口味比较独特，一般不会选择这些作家的代表作。唐诺长期从事图书编辑工作，自称是"专业读者"，但是他写的这些"读书报告"，没有半点学院气，更不会向读者贩售那些高深莫测的文学批评术语，倒是完全可以当作一部文学作品来读。

我选择"整本读经典"书目的标准，有一点跟他不大相同，这就是力争选择适合中学生阅读的20世纪中外大作家之代表作。书目几经修改，最终定为二十四本。其中十二本为沈从文的《边城》、余华的《活着》、卡夫卡的《变形记》、川端康成的《伊豆的舞女》（短篇小说集）、

---

[1] 约翰·密尔（John Mill, 1806—1873），英国功利主义哲学家、政治经济学家，19世纪最具影响力的古典自由主义思想家，罗素的教父。他的《论自由》是自由主义史上最重要的著作之一。
[2] 以赛亚·伯林（Isaiah Berlin, 1909—1997），英国哲学家和政治思想家，以对政治和道德理论的贡献而闻名，区分了"积极的"和"消极的"自由，并将多元主义观念作为伦理学中的中间立场，对道德生活提出了独特的描述。

芥川龙之介的《竹林中》（包括短篇小说集《罗生门》）、马尔克斯的《百年孤独》、塞林格的《麦田里的守望者》、村上春树的《挪威的森林》、卡尔维诺的《我们的祖先》三部曲、乔治·奥威尔的《一九八四》、米兰·昆德拉的《不能承受的生命之轻》和菲茨杰拉德的《了不起的盖茨比》，除了本书中的六本，其余为第二季整本阅读书目。我把这十二本风格迥异的现代小说作为"整本读经典"的推荐书目，准备和热爱文学阅读的中学生们一起阅读或重读起来，帮助他们点燃阅读的热情。

在教育部基础教育课程教材专家工作委员会组织编写的《普通高中语文课程标准解读》（2017年版）中，对"整本书阅读与研讨"学习任务群在教学过程中应该具体选择哪些书来开展教学研讨，提出了以下建议：

指定阅读的作品，应语言典范，内涵丰富，具有较高的思想水平和文化价值。根据学生的生活实际和发展需要，注意选择反映中华传统优秀文化、革命文化和社会主义先进文化的作品。

这里，我们可以从中发现"整本书阅读与研讨"在选书标准上，至少具备以下两个维度：一是所选作品本身的经典性；一是所选作品对于学生而言的适用性。

此外，在相对比较集中的时间段，比如每个学期，所选书目最好能够具有一定的内在联系，这有利于学生建构自己的知识体系，上海市中学语文特级教师邓彤老师称之为"整体统筹"。以小说作品为例，可以从主题、流派、风格、艺术成就等维度，从总体上加以统筹设计。整本书阅读，不是简单地读完一本书，再找另一本来读，它还需要从整体上进行统筹架构。

2017年9月，我推荐给学生阅读的第一本书是沈从文的小说《边城》。原因很简单：一则，《边城》比较短，只有五万字；再则，沪教版高一语文教材中节选了其中两节，作为讲读课文；三则，其在中国现代小说史上的艺术成就较高，它是沈从文先生的代表作，在《亚洲周刊》评选的"20世纪中文小说一百强"中名列第二，仅次于鲁迅的短篇小说集《呐喊》。

我将整本阅读《边城》的主要目标定为研讨《边城》在中国现代小说史上的艺术成就及其文学地位。与之相应的第二本书，我就把目光投向了中国当代小说中影响力比较大的作品——余华的《活着》。《活着》的艺术成就虽然未必比莫言的《红高粱家族》、陈忠实的《白鹿原》等作品高出多少，但是在长篇小说中，它算是比较短小精悍的了，只有十万字左右，学生可以在较短的时间内读完。

而且就主题而言，《活着》与《边城》颇有可比较之处。《边城》描述的是一曲中国传统社会的乡村田园牧歌，属于中国前现代文学；而《活着》则讲述了中国人自抗战以来直到改革开放之初（1945—1985）这四十多年经历的磨难，属于中国现代文学。通过阅读这两部作品，学生既能对中国近百年来的社会变迁史有个大致的了解，也能对中国现当代小说的艺术成就有所对照分析。因为，即便从创意写作的角度来讲，《边城》也是一部非常成功的作品，颇能体现小说创作的基本规律。《活着》则不然，实际上它是一部颇为"失败"的作品。只要把它跟芦苇编剧的电影放在一起对照，高下立判。因此，还可以从文学改编电影的角度，引导学生运用"跨媒介阅读"的方法论，总结出《活着》创作的得失。

## 阅读小说的 22 条法则

近年来，由于开展整本书阅读教学实践的缘故，我集中阅读了十几本与之相关的理论著作，像卡尔维诺的《为什么读经典》、纳博科夫的《文学讲稿》、布鲁姆的《西方正典：伟大作家和不朽作品》、E.M. 福斯特的《小说面面观》、詹姆斯·伍德的《小说机杼》、戴维·洛奇的《小说艺术》、韦恩·布斯的《小说修辞学》、约翰·凯里的《阅读的至乐：20 世纪最令人快乐的书》、托马斯·福斯特的《如何阅读一本小说》、唐诺的《重读：在咖啡馆遇见 14 个作家》、张大春的《小说稗类》、吴晓东的《从卡夫卡到昆德拉：20 世纪的小说和小说家》等，在这些风格迥异的著作中，有一本书在书写风格上颇为特别，读起来令人颇为愉悦，那就是托马斯·福斯特的《如何阅读一本小说》。

图4 中译本《如何阅读一本小说》（南海出版公司，2015年）

像《西方正典》和《小说修辞学》这样的大部头理论著作，当然是研读整本书阅读的必读书目，但是真正阅读起来并不容易，其艰深的内容和艰涩的文风往往令人望而生畏。读者当然可以捧起这种书来"烧烧"脑子，挑战一下自己的阅读耐心和智力阈限。但是如果你想从中领略一番"阅读的至乐",那肯定还是托马斯·福斯特的著作比较恰当。

所谓"阅读的至乐",是英国《星期日泰晤士报》首席书评人约翰·凯里的选书标准。他在《阅读的至乐》一书中向读者推荐了20世纪五十本最令人愉悦的书,推荐的唯一原则就是书所带来的快乐感觉,他试图帮助读者"重新点燃阅读好书的快乐"。你绝对想不到他选取的第一本书竟然是柯南·道尔的侦探小说《巴斯克维尔的猎犬》。

图5 中译本《阅读的至乐:20世纪最令人快乐的书》(译林出版社,2009年)

可惜约翰·凯里在出版这本书之前,未能读到托马斯·福斯特的作品,否则他一定像我一样不吝笔墨极力推荐给读者。托马斯·福斯特不愧是创意写作的教授,他撰写的文学阅读指导丛书明白晓畅而又风趣幽默。这本书对于我个人的阅读意义当然不止于此,我阅读这本书的主要目的是系统性地求解有关"整本书阅读"小说作品的本体性知识。虽然此前我也读了不少关于小说理论的著作,但总是觉得还不够系统和全面,急需一本这方面的通识读物来查漏补缺。

《如何阅读一本小说》的作者虽然也名为福斯特,但是他跟E.M.福斯特不同,后者主要是一位小说家,而他是美国密歇根大学的教授,专业领域是20世纪的英国、美国和爱尔兰文学,因此E.M.福斯特的《小说面面观》融入了更多作家个人的创作经验,而他的《如何阅读一本小说》则带有强烈的通识性质。虽然他在举例时大多取材于欧美作家的作品,但这并不妨碍读者进行恰当的知识迁移,将之运用到中国现当代作家的作品上。

作者在这本书中提出了"阅读小说的 22 条法则",分别为开篇法则、关于虚构地点的法则、谁在说话法则、叙述不可信法则、听懂声音法则、坏角色法则、章节和诗节法则、关于普遍的特殊性法则、关于人和事的法则、叙事措辞法则、小说家的风格法则、意识流叙事法则、角色清晰法则、拥挤书桌法则、小说悖论法则、宇宙关联法则、我们和他们的法则、小说思想法则、叙述一致性法则、关门法则、现在和过去法则和完全阅读法则。

例如第一条法则,即开篇法则是这么说的:一部小说的第一页就能告诉你关于这部小说的十八件事:文体、腔调、情绪、措辞、视角、叙述的在场、叙述的态度、时间框架、时间的掌控、地点、母题、主题、嘲讽、节奏、步速、期望、人物、导读。在作者看来,"我们需要第一页,小说家也是如此。一本小说从一开始就向读者施展魔力","小说以勾人的片首开始,也让读者开动起来,进入即将到来的诱惑之中。它让我们产生想读的愿望,并开始教我们如何阅读它",因此,"开篇是如何阅读小说的第一课"。

以近来被改编成电影的科幻小说《流浪地球》和《乡村教师》为例,这两篇小说同为刘慈欣的中篇作品,在被分别改编成电影《流浪地球》和《疯狂的外星人》之后,都获得了巨大的商业成功,尤其是电影《流浪地球》,号称是中国电影史上首部科幻大片,无疑会对中国电影类型片的发展产生深远的影响。

图6 电影《流浪地球》海报(中国,2019年)

《乡村教师》的开篇只有这样一句话:"他知道,这最后一课要提前讲了。"这既点明了主人公的身份是教师,又暗示读者在他身上发生了什么不幸的事情，奠定了小说悲凉的情感基调。

而《流浪星球》的开篇是这样两段话："我没见过黑夜，我没见过星星，我没见过春天、秋天和冬天。我出生在刹车时代结束的时候，那时地球刚刚停止转动。"这既交代了小说的叙事人称，又制造了足够的悬念：什么是刹车时代？为什么地球停止转动？地球停止转动后"我"是怎么活下来的？"我"为什么没见过黑夜和星星？"我"为什么失去了季节感？

阅读小说当然不能止于开篇，重点还是观其全貌。下面我们就借助福斯特的小说阅读法则对比一下这两篇科幻小说的艺术成就。总体而言，《流浪地球》写得实在一般，除了在太阳氦闪前利用行星发动机和木星的引力弹弓让地球"流浪"到半人马星座这一基本设定还算有点想象力之外，它在故事情节冲突上的设置、人物形象的塑造和主题的表现上几乎乏善可陈，即便拿它跟《乡村教师》作比，在艺术成就上也还差得远。

我们先用谁在说话法则来对比一下这两篇小说，因为这两部小说最直观的区别就在于此。所谓谁在说话法则，也就是通常说的小说叙事视角问题，在托马斯·福斯特看来，对于小说家而言，最难的就是决定由谁来讲故事。因为"一旦角度被确立，小说的进程也就被设定了"，而且，"读者与小说中的人物和行为的联系，也依赖于这个关键性决定"。

把《流浪地球》改编成电影碰到的第一个关键难题就

是叙事视角问题，因为小说用的是第一人称叙事，主人公"我"连个名字都没有，电影中的两位主要角色都得重新起名字，也就是后来我们所看到的刘启和刘培强。电影为了让观众记住男主角的名字，还玩了一个小花招，把刘启的"启"拆成了"户口"这样一个绰号。大家不要小看这个绰号，这可是创意写作中让人物形象显得更加真实可信的小伎俩。

第一人称叙述又可分为主要人物第一人称叙述和次要人物第一人称叙述，后者最典型的例子莫过于菲茨杰拉德的《了不起的盖茨比》，故事的讲述者就不是盖茨比本人，而是整个事件的见证人尼克；主要人物第一人称叙述一般用于成长小说，例如《哈克贝利·费恩历险记》和《大卫·科波菲尔》。

《流浪地球》在叙述视角上属于典型的主要人物第一人称叙述，但是它却没有把主人公"我"从刹车时代到流浪时代的成长变化写出来，"我"始终是一个比较扁平的人物形象，既没有参与对联合政府的反叛，也没能成为捍卫联合政府的坚定分子，"我"只是生活在流浪时代中的一个普通人而已。

如果把小说中的"我"放在电影中，顶多是个旁白而已。由此可见，小说在被改编成电影的过程中，编剧付出了多么大的努力！实际上，电影中的故事情节跟原著有关的只有两三段而已。电影非常成功地把刘启塑造成了一个典型的成长故事的主人公。

电影一开始，他只不过是一个普通的中学生而已，而且还是一个带上自己的妹妹一起逃学的叛逆学生，但是，在经历了一系列惊心动魄的情节转折之后，他成长为一名拯救流浪地球的英雄，在点燃行星发动机的过程中发挥了至关重要的作用。

《乡村医生》的成功之处首先在于它选取的是第三人称叙述，虽然它有两条叙事线索，一条发生在地球上，讲述的是乡村教师的故事，使用的是第三人称限制叙述视角，便于讲述乡村教师眼中的乡村世界的愚昧和落后；另一条发生在外太空，讲述的是发生在碳基联邦和硅基帝国之间的星际战争的故事，使用的是第三人称全知叙述视角，便于作者更好地展开对星际战争的宏大叙事。

这两条叙事线索的交集发生在星际战争的尾声，即碳基联邦将在第一旋臂中部建立一条阻止硅基帝国的恒星蛙跳的隔离带，隔离带中的大部分恒星将被摧毁，在摧毁之前要对隔离带中的行星进行文明级别的甄别，低级文明的行星将首当其冲。而这场关乎地球生死的甄别对象刚好落到了乡村教师执教的十八位乡村小学生身上。

甄别的结果当然很容易猜到，地球肯定不会被毁灭。拯救地球的正是这十八位小学生，因为他们在奇点炸弹即将到达地球的十分钟之内回答出了三道关于牛顿力学的测试题，那正是乡村教师临死之前在最后一节课上教给他们的。所以这篇小说的主题很自然地就生成为对科学精神的推崇和对乡村教师的歌颂。

电影《疯狂的外星人》号称改编自《乡村教师》，但是故事情节跟上述基本设定没有半点关系。这可以被看作

**图7**《流浪地球：刘慈欣获奖作品》（长江文艺出版社，2008年）
该书为刘慈欣获中国科幻银河奖的中短篇科幻小说作品集，《流浪地球》《乡村教师》均收录在内。

一场双方事先预谋的热度"互蹭"事件，对于冲着原著小说去观看电影的观众而言，实际上构成了一种商业欺骗。这部电影本身拍得还不错，完全没有必要做这种挂羊头卖狗肉的事情。

相比较而言，《流浪地球》生成主题的方式就显得非常生硬。在电影宣传中被反复提及的主题"希望"，在小说中居然是"我"在睡下之后，从爸爸妈妈的对话中偷听到的。电影在表现"希望"这个主题的时候，至少是跟故事情节的主要冲突和主人公的性格转变一脉相承的，显得既很自然又很合理。

小说始终没有解决一个核心问题，那就是主人公面对的困境主要是什么，除了地球不得不被"流浪"到半人马星座这一基本设定之外，"我"就没有了其他戏剧冲突。在这一点上，作者实在是浪费了太多机会。比如，"我"虽然属于地球派，但并没有跟飞船派发生什么冲突；"我"的爸爸和黎星发生了婚外情，"我"和母亲都轻而易举地原谅了他；"我"和日本女人加代子一见钟情，没有遭受任何困难就顺利结婚了，还顺利抽到了允许生育子女的签；"我"在叛乱中又轻而易举地投降了……

总之，我们在读完《流浪地球》这篇小说之后会非常遗憾地发现，它写得实在太一般了。究其原因，关键在于"流浪地球"这个创意太大胆、太新颖了，这个创意本身就成了这篇小说的主体内容，而作为一篇小说，故事冲突的制造、人物形象的塑造和生成主题的营造，以及这三者之间的内在一致性，都被这个创意大大削弱了。

图8《流浪地球：刘慈欣获奖作品》（人民交通出版社股份有限公司，2019年）
该书全面记录了电影《流浪地球》从开发策划、建组筹备、开机拍摄，再到后期视效合成的制作全流程。其中部分内容或许会因其专业性略显枯燥，但对于喜爱《流浪地球》的观众和电影行业工作者来讲，依旧有参考和学习价值。

好在我们生活在一个文学改编电影的伟大时代，小说家只要有一个足够好的创意，编剧就可以围绕这个创意，编造出跌宕起伏的故事情节，塑造出丰富立体的人物形象，营造出感人至深的主题，改编出一部富有诚意的大片来。

阅读小说的法则千万条，但是对于读者而言，最重要的一条就是，在小说阅读中寻求存在的意义。正如托马斯·福斯特所言："小说持续的感染力很大程度上在于它的协作性质，读者沉浸在人物的故事中，积极参与着意义的创造。"这是一种真正的互动，作者和读者共同创造了意义，充实了彼此的生命。

**整本书阅读的三个教学定位**

在2017年版《普通高中语文课程标准解读》中，将"整本书阅读与研讨"定位为发展语文学科核心素养的过程，以实践活动为主的学习方式，综合提高语文课堂教学有效的重要途径。通过"整本书阅读与研讨"旨在"形成阅读习惯，将学习新知与梳理探究结合""扩大视野，建构个性化阅读与鉴赏的经验"和"提供契机，促进表达与交流的深度体验"。

下面我就结合2019年3月底，我带领学生开展整本书阅读《海子诗歌全集》的教学研讨过程，来谈谈"整本书阅读与研讨"的三个教学定位问题。

我们先从"提供契机"谈起，今年是海子去世三十周年，在海子去世前后的这一周里，我看到全国有很多场纪念海子的专题活动，我在志达书店和复旦附中举办的海子诗歌朗诵会，也算是全国纪念海子的系列活动之一。在活动中，我从海子的短诗中精选了九首较有代表性的作品：《面朝大海，春暖花开》《春天，十个海子》《日记》《九月》《四姐妹》《阿尔的太阳》《祖国（或以梦为马）》《不幸组诗——致荷尔德林》《亚洲铜》，略微疏解，一则回顾自己阅读海子二十年的心路历程，一则讲解如何读懂一首新诗的基本方法。在这个春暖花开的季节，和学生一起走进海子的诗歌世界。

在我看来，海子的诗歌，在当代诗歌中，最具整本书阅读的价值。木心在《醉舟之覆——兰波逝世百年祭》一文中，将诗人视作拥有"卓荦通灵，崇高的博识，语言的炼金术"之人。前两者且不必去说，对于"语言的炼金术"一项，海子就是一位当之无愧的大诗人。可惜他一心想成为当代的歌德、但丁，渴望成为"太阳的一生"，年仅25岁就燃烧尽了自己的生命，令人扼腕叹息不已。倘使海子活到今天，就算他完不成"太阳七部书"，他的抒情短诗也一定蔚为大观。

为了促进"表达与交流的深度体验"，我主要设计了两个教学活动：一是举办海子诗歌朗诵会，把学生分成每四人一个小组，每个小组朗诵两首海子的诗；二是以即将到来的清明节为题，创作一首现代诗，遥祭先贤。

海子的一生虽然短暂，但是其在短暂的六年创作生涯中，留下了颇具文化内涵的大量作品，无论是从"知其人"，还是从"论其世"方面，都可以极大地拓展学生的文化视野。

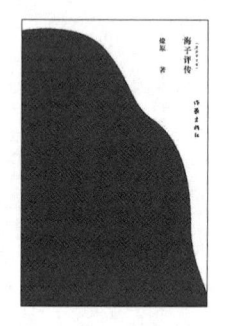

图9《海子评传》（最新修订版）（作家出版社，2016年）

"知其人，论其世"这种文学批评方法虽然古老，但有时愈是古老，愈是管用。先就"知其人"而言，坊间流传的海子传记甚多，但大多系小说家言，不足取信。唯独燎原所著的《海子评传》一书有着扎实的实证功底和考辨精神，读之茅塞顿开，颇有醍醐灌顶之感。

例如关于海子的生日这种琐屑小事，他也不乏精细的考证。过去流传着一种说法，说海子死于生日当天，好像一切都是命中注定，或者精心挑选的日期，实则悖谬。据燎原《海子评传》考证，海子的公历生日应为1964年3月24日，而非前者认为的3月26日。

又如关于"四姐妹"的身份，海子深深爱过的这四位恋人，B、S、A、P分别是哪四位女性，燎原都考证得非常清楚，还有"四姐妹"之外的第五位——H，虽则只是海子暗恋的对象，也被燎原考证出来了。这"五朵金花"，是海子抒情短诗的主要表达对象，只有一一了解清楚其背后的爱恨情仇，我们才能真正读懂海子。

再从"论其世"来看，海子绝非横空出世的诗歌英雄，他的出现与20世纪80年代的"文学热""文化热"有着密切的关系。在海子身边，就活跃着与其并称为"北大诗人三杰"的西川[1]、骆一禾[2]这样的一流诗人。海子被西川誉为不朽之作的《亚洲铜》，也是80年代寻根文学

---

[1]西川（1963— ），中国诗人、散文和随笔作家，其创作和诗歌理念在当代中国诗歌界影响甚广，代表作品有诗集《西川的诗》、诗文集《深浅》、随笔集《让蒙面人说话》等，译有博尔赫斯等人的作品。

[2]骆一禾（1961—1989），中国诗人、编辑，其作品散见于各杂志，在他死后的第二年，春风文艺出版社出版了他的长诗《世界的血》。他是海子诗歌卓越的阐释者。对于中国诗歌的前景和诗人的任务，他提出了"修远"的命题。

的产物。

当然，诗歌鉴赏离不开文本细读，"建构个性化阅读与鉴赏的经验"必须从文本细读入手。这里我们单举燎原所选海子的短诗《秋》为例。燎原在2018年4月编选过一部海子的诗文集，名为《神的故乡鹰在言语》。这部诗文集的名字就取自海子的短诗《秋》，燎原对这首诗评价很高，形成其颇具个性化的阅读经验。

> 秋（1987）
>
> 秋天深了，神的家中鹰在集合
>
> 神的故乡鹰在言语
>
> 秋天深了，王在写诗
>
> 在这个世界上秋天深了
>
> 该得到的尚未得到
>
> 该丧失的早已丧失

图10《神的故乡鹰在言语：海子诗文选》（广西师范大学出版社，2018年）

燎原对这首诗鉴赏道：

> 这首《秋天》无疑可视作当代诗歌中的名篇，它单调地执着于"秋天深了"这悲伤的一念而咕咕哝哝。那似乎是另外一个世界的话语——秋天的深处，神、鹰、王、诗歌、言语，在那里窃窃私语的际会，就那么几个意念在反复堆摞，但却像藏传佛教中的六字箴言，在反复的叨念中就果真现出了它的真味。在这首诗的最后两行，当他突然回到了人间的话语系统时，却已是泪流满面。

海子在当代诗歌史上的文学地位，这个问题本身就颇值得探究。由此延伸出来的海子自杀之谜、海子长诗的文学地位、海子的诗学观念等等，都是颇值得探究的子课题。

曾经有人将海子视作"诗歌英雄",我觉得这个称号更适合昌耀[1],他在长达二十多年的流放生涯中所遭受的苦难,远非海子可以比拟。更适合海子的称号应是"诗人王",虽然他生前未能获得任何荣誉称号,但是从他死后三十年来持久而广泛的影响力看来,他完全当得起这个称号。

可惜,他在生前未能登上诗歌的"王位",他就是他自己笔下的"那些没有成为王的王子"。

在《诗学:一份提纲》中,海子写道:

我更珍惜的是那些没有成为王的王子。代表了人类的悲剧命运。……正如悲剧中,最优秀最高贵最有才华的王子往往最先身亡。……他们是同一个王子的不同化身、不同肉体、不同文字的呈现,是不同的面目而已。他们是同一个王子,诗歌王子,太阳王子。对于这一点,我深信不疑。他们悲剧性的抗争和抒情,本身就是人类存在最为壮丽的诗篇。他们悲剧性的存在是诗中之诗。他们美好的毁灭就是人类的象征。

由此看来,海子对于自己及其诗歌的命运,是心知肚明的。在为"诗的王位"进行的"血的角逐"的过程中,海子深知自己缺少的不是才华,但是即便是最有才华的诗人也难逃作为诗人的悲剧宿命——"最优秀最高贵最有才华的王子往往最先身亡"。在写下这份诗学提纲的时候,

---

[1]昌耀(1936—2000),中国诗人,他在1958年被划成"右派",后颠沛流离于青海垦区,1979年平反。他的诗以张扬生命在深重困境中的亢奋见长,后期则趋向反思静悟。代表作品有《慈航》《划呀,划呀,父亲们!》等。

他已经预见了自己的悲剧命运,他坦然接受了这种宿命。

　　探究海子一生的谜题,并非无章可循,海子自己就帮我们指明了路径。海子在短诗《夜色》中,对自己的一生做了一个小结:

　　　　夜色(1988)

　　在夜色中

　　我有三次受难:流浪 爱情 生存

　　我有三种幸福:诗歌 王位 太阳

　　这首短小的诗歌,可以作为我们理解海子及其诗歌的一个提纲。夜色,或者黑夜,是海子诗歌的永恒背景,除了隐喻他的心理背景,多少也跟他所选择的写作时间有关,海子总是在夜色中写作,从傍晚七点一直写到第二天早上七点,在上午睡觉,下午上班,周而复始。

　　这首短小精悍的诗概括了海子一生所有的秘密。在海子的诗歌中,一以贯之的正是他的"三次受难"和"三种幸福",如何理解海子笔下的这"三次受难"和"三种幸福",正是打开海子一生诸多谜题的密匙,读懂了这首小诗,也就读懂了海子。

　　通过整本书阅读《海子诗全集》,我们不但大大拓展了学生的阅读空间,有利于学生养成终生阅读诗集的习惯,还可以通过诗歌创作发展学生的创造性思维品质,通过探究海子之谜发展学生的批判性思维品质,通过品读海子的诗歌语言,学生可以掌握现代诗歌的阅读方法,获得个性化的阅读体验,从而全面建构语言知识的积累与运用能力,可谓善莫大焉。

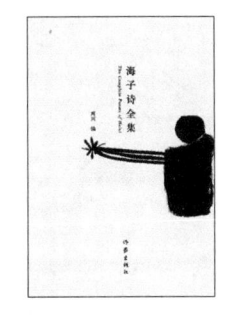

图11《海子诗全集》(作家出版社,2009年)

## 当整本书阅读遇见创意写作

在2017年版《普通高中语文课程标准解读》中,对"整本书阅读与研讨"学习任务群在学习活动类型的设计上提出了以下建议:

学习活动类型主要有导读、自读、比较阅读、读书交流、专题研讨、读书征文、读书演讲、作者读者见面会、出版读书随感集和师生创作集等。

不难发现,"整本书阅读与研讨"的活动类型大体上可以分为阅读和写作两种类型,两种之中首要的活动类型当然是阅读,但是如何才能有效地检验学生的阅读效果呢?在我看来,单凭各种形式的阅读活动,是很难检验阅读效果的;写作活动,尤其是创意写作活动,反而是检验学生的阅读效果的有效途径。

近年出版的"创意写作书系"可谓汗牛充栋,我基本上都翻阅了一遍,它们无不认为讲故事的能力是创意写作的核心能力。优秀的小说家都被誉为是"最会讲故事的人"和最具创造性思维的"魔法师"。纳博科夫在《文学讲稿》中就曾建议我们从三个方面来看待一个作家:讲故事的人、教育家和魔法师。他说:"一个大作家集三者于一身,但魔法师是其中最重要的因素,他之所以成为大作家,得力于此。"

所谓"魔法",无疑是指小说家在讲述故事时所运用的创造性思维。它当然不是凭空产生的。过去有一种说法,认为写作，尤其是文学创作，是不可教的。其实不然，只要我们稍微翻看几本像美国编剧大师罗伯特·麦基写的《故事：材质、结构、风格和银幕剧作的原理》这样的书，我们就会发现，故事创作是有章可循的，而且颇具可操作性。

创意写作的核心机密就是，一个好的故事应该有活力，有戏剧性和冲突性。好的故事都是有关逆境或苦难的。幸福没有任何戏剧性可言，境况越糟糕，故事也就越精彩。例如余华的"人生三部曲"之一《活着》，如果用一句话来概括它的情节的话，就是主人公徐福贵全家死光光。它讲述的就是中国人这几十年是怎样熬过来的。

通过阅读《活着》，我们就可以从中提取出故事写作的核心知识，那就是制造冲突，而"冲突＝渴望＋障碍"，因此，故事写作的主要步骤就是选择一个主人公，给主人公制造一个强烈的渴望，然后再给主人公的渴望设置种种障碍，接下来让主人公想方设法克服障碍，实现或者无法实现渴望即可。

创意写作大体上可以分为虚构类写作和非虚构类写作，非虚构类写作的主要文体形式是回忆录，虚构类写作训练的主要文体是小说。无论是虚构类写作还是非虚构类写作，其写作原理都是相同的。因此，可以在整本书阅读与创意写作的文类选择上，打破界限。

在整本阅读完《活着》之后，我给学生布置的写作任务就是纪实性文学作品的写作——书写家族史，让学生采访自己的祖辈和父辈，了解自己的家族在近百年的历史风云中的际遇，或以自己的口吻，或以当事人的口吻，撰写

图12《故事：材质、结构、风格和银幕剧作的原理》（天津人民出版社，2014年）
该书是一本电影编剧书，自出版以来，它一直被认为是全世界编剧的"第一必读经典"，书中介绍的创作原理对小说家、广告策划、文案创作人员也有裨益。

导读：中学生如何整本读经典　21

一篇不少于3000字的文章。

史学界有"口述历史"的说法,最初是由美国人乔·古尔德于1942年提出来,之后被美国现代口述史学的奠基人、哥伦比亚大学的阿兰·内文斯教授运用并推广。我是从唐德刚先生整理的《胡适口述自传》《李宗仁回忆录》《张学良口述历史》《顾维钧回忆录》等书中受到启发,准备组织学生整理自己家族的口述历史的。

我希望学生重点采访自己的家族在近百年的历史风云中是怎样一步步走到今天的,重点关注他们在十四年抗战、三年内战、抗美援朝、"大跃进"、三年困难时期、"文化大革命"等重大历史时期所遭受的境遇,以及他们是怎样在自己的身上克服了时代带来的烙印的。因为对于创意写作而言,幸福没有任何冲突可言,苦难才是写作的不竭的灵感源泉。我希望学生能从家族这个小单位的历史变迁中,照见中华民族近百年的社会大变迁。

少数学生在访谈中也遭遇过亲人变故、通信不畅、代际鸿沟等困难,好在不能采访祖辈还可以采访父辈,不过我要求学生尽量采访家族中年龄最大的、阅历最丰富的长辈,然后尽量用长辈的口吻写下来。从学生撰写的访谈后记中,我发现学生还是非常喜欢这份作业的,因为他们从中收获的,不仅仅是创意写作的能力,他们加深了对家族历史的了解,增进了家族成员之间的亲情,并对中国近百年的历史风云产生了浓厚的研究兴趣。

平民的家族记忆在宏大的历史叙事如"本纪""列传"面前,虽然没有那么重要,但却是最鲜活的历史、最感性的记忆，它距离我们每一个人的具体生活最近，它最贴近我们的日常生活，最真切，也最实在。正如历史学家卡尔·贝克所说："每个人都是自己的历史学家。"我们不应该让它湮灭在大历史的洪流中，你只需要一支生花妙笔，就可以让它存在下去，就可以让它确证你的存在，确证你的家族的存在。

我在备课整本阅读卡夫卡的《变形记》的过程中，发现柳冬妩在《解密〈变形记〉》一书中将《变形记》看作是对《圣经》的戏仿。在柳冬妩看来，"在《变形记》里，卡夫卡塑造了这样一个被魔鬼附体的变形耶稣来反抗压抑人性的工业化文明，完成了对耶稣形象的深度解构与反讽，是对圣经故事的借用与改写。……《变形记》显示了卡夫卡对基督教拯救观念和人类命运的深切关注，表达出人之终极关切与实际存在之间的复杂联系及其内在矛盾"。

我在指导学生读完《变形记》之后，布置了三个神话母题的重述写作任务，它们分别是精卫填海、夸父逐日和大禹治水。这三则神话都颇具悲壮色彩，学生需要自行查阅资料，再在合理想象的艺术加工之下，完成一篇不少于3000字的短篇小说。在创作手法上，既可以模仿鲁迅的反讽，借古讽今；也可以像李锐、李碧华一样，赋予神话全新的现代意义，例如女权主义色彩；还可以像电视剧《新白娘子传奇》一样，写成一部大团圆式的喜剧；当然，也可以像乔治·马丁一样，写成一部像《冰与火之歌》这样严肃的奇幻悲剧。重述神话，至少有这四种可能性，学生可以在以上四种叙事类型中任选一种为主，加以艺术创作。

从中国现代小说创作的历史来看，重述神话的冲动可以上溯至白话文小说创作第一人——鲁迅。我们都知道鲁迅第三本小说集叫《故事新编》，里面收录了主要以中国古代神话为主题的八篇小说。鲁迅站在现代思想立场上，创造性地运用多种现代小说的表现形式，对中国古代神话、传说和历史人物进行再叙述、再评价，并在这种再叙述、再评价之中巧妙地渗入了自己对当下现实生活和思想文化的思考与批判。

图13《故事新编》（插图本）
（人民文学出版社，2006年）

有人说，鲁迅的杂文是20世纪讽刺文学的巅峰，我觉得《故事新编》更符合这个称号。如果用两个字来概括这本书的主题，那就是"荒诞"。鲁迅在"序言"中自嘲的"庸俗"指的就是把神话传说中蕴含的传统内涵进行解构，在借古讽今中生成戏剧性、冲突性，在对神性的消解中生成荒诞。

不过，我并不完全赞同这种借古讽今式的解构创作，我觉得重述神话的核心价值应该是从"大历史"的纵深角度引发我们思考"我们来自何处"这一终极命题。如果说撰写家族史是从距离自己最亲近的"小历史"中确证"小我"存在的话，重述神话则可以帮助我们从集体记忆中确证"大我"的存在。

## 结语

卡尔维诺在《为什么读经典》的"前言"中有一段关于阅读的经典表白：

我特别爱司汤达，因为只有在他那里，个体道德张力、历史张力、生命冲动合成单独一样东西，即小说的线性张力。我爱普希金，因为他是清晰、讽刺和严肃。我爱海明威，因为他是唯实、轻描淡写、渴望幸福与忧郁。我爱史蒂文森，因为他表现为他愿意的那样。我爱契诃夫，因为他没有超出他所去的地方。我爱康拉德，因为他在深渊航行而不沉入其中。我爱托尔斯泰，因为有时我觉得自己几乎是理解他的，事实上却什么也没有理解。我爱曼佐尼，因为直到不久前我还在恨他。我爱切斯特顿，因为他愿意做天主教徒伏尔泰而我愿意是共产主义者切斯特顿。我爱福楼拜，因为在他之后人们再不能试图像他那样做了。我爱《金甲虫》的爱伦·坡。我爱《哈克贝利·费恩历险记》的马克·吐温。我爱《丛林之书》的吉卜林。我爱尼耶沃，因为我每次重读他，都有初读般的快乐。我爱简·奥斯汀，因为我从未读过她，却只因为她存在而满足。我爱果戈理，因为他用洗练、恶意和适度来歪曲。我爱陀思妥耶夫斯基，因为他用一贯性、愤怒和毫无分寸来歪曲。我爱巴尔扎克，因为他是空想者。我爱卡夫卡，因为他是现实主义者。我爱莫泊桑，因为他肤浅。我爱曼斯菲尔德，因为她聪明。我爱菲茨杰拉德，因为他不满足。我爱拉迪盖，因为青春再也不回来。我爱斯维沃，因为他需要变得年老。我爱……

我希望有朝一日，当整本读完一定量的小说之后，我们也可以非常流畅地写上这样一段话。

# 底层社会的家国记忆
## 整本读《活着》

# 余华

1960—

　　中国当代最具影响力的作家之一，1977年中学毕业后进入北京鲁迅文学院进修深造，1984年开始发表小说，在20世纪80年代和苏童、格非、孙甘露等人掀起了"先锋文学"的文学潮流。1998年，余华获意大利格林扎纳·卡佛文学奖，2004年获法国文学与艺术骑士勋章，2005年获得中华图书特殊贡献奖，2008年凭借《兄弟》获得第一届法国《国际信使》外国小说奖。长篇小说《活着》和《许三观卖血记》入选百位批评家和文学编辑评选的"90年代最具有影响力的10部作品"。他的创作着眼于人性的残忍和黑暗，擅长构建奇异、非理性的艺术世界，具有极强的现代意识和独特的文学价值。

图1 余华

# 《活着》

　　《活着》可说是余华最重要的代表作品，集中体现了余华的创作思想和文字美学。这部作品不仅讲述了一个人的一生，而且也是一部国家的动荡史，它将个人生命体悟和国家命运结合在一起，形成了一种独特的悲壮气质。

图2 余华《活着》（北京十月文艺出版社，2017年）

## 文学改编电影的典范之作

说起20世纪90年代的中国电影，业界公认的两部巅峰之作就是陈凯歌导演的电影《霸王别姬》和张艺谋导演的电影《活着》，在我看来，这两部电影都是文学改编电影的典范——前者改编自李碧华[1]的同名小说，后者则改编自余华的同名小说。值得一提的是，这两部电影的编剧都是来自西安的作家芦苇。他近年编剧的文学改编电影还有王全安导演的《白鹿原》和让·雅克·阿诺导演的《狼图腾》。

图3 电影《活着》海报（中国，1994年）

《活着》虽未能在中国大陆公映，但迄今仍被认为是张艺谋拍得最好的一部电影。原著小说《活着》的名气也水涨船高，成为余华最为畅销的文学作品之一，曾先后入选中国香港《亚洲周刊》评选的"20世纪中文小说百年百强"、中国百位批评家和文学编辑评选的"90年代最有影响力的10部作品"、"中国改革开放40周年最有影响力小说"等等，被誉为"中国的《约伯书》"。

不过，在文学批评界，公认的余华艺术成就最高的作品是《许三观卖血记》（1995）。它也曾经于2015年被改编成由韩国导演河正宇执导并主演的喜剧片。韩版电影对原著小说进行了全新的解构，将故事背景放在了

图4 电影《许三观》海报（韩国，2015年）

[1] 李碧华（1959— ），中国香港女作家、知名编剧，有多部小说改编成影视作品。代表剧作《霸王别姬》《胭脂扣》《青蛇》等无论是在艺术上还是商业上都取得了较高的成就。

韩国近现代。因为在 20 世纪六七十年代，韩国也曾经卖血成风，所以对于余华小说里写的卖血情节，韩国人也感同身受。

不过由于它褪去了中国当代历史的重量，只玩味那些生命中无法承受的"轻"，将一个原本人文情怀浓厚、历史语境深沉的作品过于浅表化和商业化了，一个沉重的人生故事蜕变成了一部不温不火的家庭伦理喜剧片。

相比之下，芦苇对小说《活着》的改编相当成功。大家不妨先玩一个"找不同"的小游戏，看看电影《活着》都对小说原著的哪些情节做了改编，然后再思考这样改编到底好不好。在文学改编的电影中，大多数批评者都会使用"忠实性"（fidelity）这样的概念来衡量改编的成功与否，其实这只是他们一厢情愿的看法。

正如章颜在《文学与电影改编研究》中所指出的那样，我们仍旧可以讨论改编的成功与否，但不是用早期的"忠实性"作为评判标准，而是关注"传递创造的能量"或具体的对话式的交流。把改编视作对小说的阅读、批评、阐释与重写，并在分析时将文字和影像这两种不同媒介表达方式的差异纳入考量之中。

电影《活着》对原著小说结尾的改编是最富争议的。在小说中，主人公徐福贵的亲人全部死光，而在电影的结尾，编剧还保留了他的妻子、女婿和外孙等角色。在有些人看来，这就大大削减了原著小说的批判力和悲剧性。

不过，也有人并不喜欢小说的结尾，认为徐福贵全家死光的结局实在是太惨了,作者应该多保留几个角色,至少应该保留外孙的角色,给读者留下一丝希望。这才符合中国文学温柔敦厚的优良传统。

对此,笔者不敢妄下定论,因为萝卜白菜,各有所爱。一千个读者,就有一千个哈姆雷特。这个问题正好可以抛给读者,留下一点"空白"的空间,让大家"大胆地假设,小心地求证"去吧。

这里,我想说说三个不大为人注意的电影改编细节:一个是对小说故事发生地的改编,一个是对小说主人公职业的改编,一个是对有庆之死的改编。我认为正是这三个细节的成功改编,成就了张艺谋的这部电影。

在小说中,余华虽然没有明确说明故事的发生地就在他的家乡——浙江省嘉兴市海盐县,但是肯定是发生在江南某县。小说写到徐福贵被国民党抓丁拉夫时,"跟着这支往北去的炮队,越走越远",一个多月后才走到了安徽。而他回家的时候,则是"跟在往南打去的解放军屁股后面回到家里的"。

余华这种刻意模糊故事发生地的文学技巧,无非是想说明徐福贵这样的人生经历在中国这片土地上具有普遍性,他不属于某一具体的地域,他一个人就代表了整个中国。这种文学技巧比起威廉·福克纳[1]笔下的"约克纳

---

[1] 威廉·福克纳(William Faulkner,1897—1962),美国文学史上最具影响力的作家之一,1949年获得诺贝尔文学奖。他的小说融合了意识流、多角度叙事、神话模式,造就了独特的文学魅力。代表作品有《喧哗与骚动》《我弥留之际》等。

帕塔法世系"[1]和加西亚·马尔克斯笔下的"马孔多"[2]，当然就逊色一筹了。

电影中虽然也没有说明故事的发生地，但是从徐福贵唱秦腔这一情节，可以推断地点被置换成了导演和编剧更为熟悉的陕西。这种置换看似影响不大，但是从地缘政治的角度深入思考的话，就颇具文化意味了。这种看似不经意地以"北方"置换"南方"的行为，显然带有北方文化中心论的色彩。

在小说中，徐福贵被龙二[3]骗取家财后，基本上靠租种龙二的五亩农田为生，小说中从未写到他有唱戏的经历，但是在电影中，龙二送给徐福贵的营生工具是皮影戏，徐福贵从此成了一个以唱皮影为生的流浪艺人。

就算是在"狂飙"的 20 世纪 60 年代，他还是在村长的眼皮底下保住了皮影，可惜后来他的皮影被当作"四旧"彻底清理出了历史舞台。直到电影结束，我们又看到了龙二当年送给他装皮影的那个柳条箱，不过箱内早已空空如也，徐福贵把它从床底拉出来，给外孙养小鸡。

在小说中，像皮影这种贯穿全文的叙事线索一条也没有，何况皮影在影片中还带有传统文化的象征意义。皮影戏，又称"影子戏"或"灯影戏"，是一种以兽皮或纸板

---

[1] 约克纳帕塔法世系是威廉·福克纳在诸多长、中、短篇小说中构建的世界体系，作者以他的家乡——密西西比州的拉法叶特郡为原型，以虚构的约克纳帕塔法县为核心展开故事，反映了美国整个南方社会在南北战争前后的兴衰和人们的精神状态。"约克纳帕塔法"来源于契卡索印第安语，意思是"河水慢慢流过平坦的土地"。
[2] 马孔多是哥伦比亚作家加西亚·马尔克斯在著作《百年孤独》中虚构的一个城镇，也曾出现于作家的小说《枯枝败叶》中。
[3]《活着》中的角色，地主，设赌局骗走了徐福贵的家财，最后被枪决。

做成的人物剪影来表演故事的民间戏剧，带有浓厚的乡土气息。在中国北方，尤其是在河南、山西、陕西、甘肃等省份的农村地区，颇受老百姓的喜爱。

由于皮影戏在中国流传地域广阔，在不同区域的长期演化过程中，形成了不同流派，常见有四川皮影、湖北皮影、湖南皮影、北京皮影、唐山皮影、山东皮影、山西皮影、青海皮影、宁夏皮影、陕西皮影，以及川北皮影、陇东皮影等风格各具特色的地方皮影。电影中徐福贵配合秦腔表演的自然是陕西皮影。陕西皮影保留着民间说书的种种痕迹，是近代陕西多种地方戏曲的前身。陕西皮影造型质朴单纯，富于装饰性，同时又具有精致工巧的艺术特色。陕西皮影人物造型的轮廓整体概括，线条优美、生动、有力度，有势有韵，在轮廓内部以镂空为主，又适当留实，做到繁简得宜、虚实相生。

陕西皮影人物、道具、配景的各个部位，常常饰有不同的图案花纹，整体效果繁丽而不拖沓，简练而不空洞。每一个形象不仅局部耐看，而且整体配合也美，既充实又生动，构成完美的艺术整体。因而导演和编剧在电影《活着》

图5 电影《活着》剧照：皮影戏

中融入陕西皮影这种文化意象，堪称神来之笔。它将《活着》这部单纯用来表现"我们中国人这几十年是如何熬过来"的小说，改编成一曲文化底蕴深厚的中国民间文化的挽歌。

在影片中徐福贵先后失去的家人是他的父亲、母亲、儿子、女儿，就死亡方式而言，改编最大的就是有庆之死。在小说中，有庆是因县长夫人——其小学校长难产需要输血，他被医院的医生大量抽血而死。这种死法，一则过于残忍，二则社会讽喻性太强，被导演和编剧主动割舍，改编成在县长倒车时汽车撞倒了土墙，有庆被倒塌的土墙压死。

这两种死法，前者源于医生主动谄媚权贵，后者则被村长解读为由于县长疲劳驾驶而造成的意外，是县长在"大炼钢铁"[1]时几天几夜没合眼间接造成的结果。从读者的角度来讲，当然是后者更容易接受。不过，这样就大大削弱了原著小说的社会批判力度。

## 人是为了活着本身而活着的吗

余华在 1993 年 7 月 27 日为《活着》所作的"自序"中写到他当初写作这部小说的直接动机是听到了一首美国民歌《老黑奴》："歌中那位老黑奴经历了一生的苦难，家人都先他而去，而他依然友好地对待这个世界，没有一句抱怨的话。这首歌深深地打动了我，我决定写下一篇这

---

[1] 指 1958 年在全国范围内掀起的为完成生产 1070 万吨钢、1840 万吨铁的指标的群众性炼钢炼铁运动。

样的小说，就是这篇《活着》，写人对苦难的承受能力，对世界乐观的态度。写作过程让我明白，人是为活着本身而活着的，而不是为了活着之外的任何事物所活着。"

《老黑奴》是美国作曲家斯蒂芬·福斯特[1]于1860年离开家乡匹兹堡去纽约之前写的最后一首歌。写这首歌的时候，他深爱的亲人几乎都离他而去了。可敬的父亲这时已经去世了；两个姊妹也已出嫁，远离了家乡；两个兄弟也相继故去，剩下的另一个弟兄也已结婚，而且住到了克利夫兰。事实上，除了妻子和年幼的女儿外，只有他一个人孤独地留在家乡匹兹堡。此后，福斯特又遭遇了家庭婚变的悲剧，被迫孤身流落到纽约，穷困潦倒，仅仅四年后就孤寂地离开了人世。

曲名中的"老黑奴"确有其人，就是1860年在福斯特妻子家去世的一个老黑奴。福斯特与这个老黑奴有着多年的交情，老黑奴的去世让他深感悲痛。这首歌写得旋律优美、亲切而又哀婉动人，既寄托了作者对老黑奴的哀思，也融入了他对自己境遇的哀叹。其歌词译文如下：

快乐童年，如今一去不复返，亲爱朋友，都已离开家园，离开尘世到那天上的乐园，我听见他们轻声把我呼唤，我来了，我来了，我已年老背又弯，我听见他们轻声把我呼唤。

为何哭泣，如今我不应忧伤，为何叹息，朋友不能重

---

[1] 斯蒂芬·福斯特（Stephen Collins Foster，1826—1864），美国作曲家，自学成才，以歌曲创作为主，《故乡的亲人》《哦苏珊娜》《我的肯塔基老家》《老黑奴》等广为流传。

相见，为何悲痛，亲人去世已多年。我听见他们轻声把我呼唤，我来了，我来了，我已年老背又弯，我听见他们轻声把我呼唤。

幸福伴侣，如今东飘西散，怀中爱儿，早已离我去远方，他们已到我所渴望的乐园。我听见他们轻声把我呼唤，我来了，我来了，我已年老背又弯，我听见他们轻声把我呼唤。

如果我们把徐福贵的人生遭际跟这首歌曲中所表达的情愫比较一下，还真是有种异曲同工之妙。余华在《活着》英文版自序中重提旧事，对此评论道："老黑奴和福贵，这是两个截然不同的人。他们生活在不同的国家，经历着不同的年代，属于不同的民族和不同的文化，有着不同的肤色和不同的嗜好，然而有时候他们就像是同一个人。"

所以大家就不要责难余华为什么要把徐福贵的一生描述得如此凄惨了，在他看来，徐福贵的一生，既是"动荡和苦难的一生"，也是"平静和快乐的一生"。唯其如此，他才能"向人们展示高尚"。而这里所说的高尚，"不是那种单纯的美好，而是对一切事物理解之后的超然，对善和恶一视同仁，用同情的目光看待世界"。

余华1993年写在《活着》自序中的这段话反而让我们生出这样的疑问：像徐福贵这样动荡和苦难的一生，究竟有何高尚可言？他真的像余华所说的那样对自己遭受的苦难都"同情和理解"了吗？对善和恶"一视同仁"究竟是什么意思？难道是说徐福贵已然达到了庄子所谓"齐物"的境界了吗？

我们如果仔细检索一下徐福贵的一生，就会发现，他并没有完成对苦难的超越,他只是一个逆来顺受、安分守己的老农而已。如果用尼采在[1]《查拉图斯特拉如是说》中提出的"人的三重境界说"来说明的话,他终其一生都停留在骆驼境界,被动地接受命运的安排,从而没有达到过狮子境界,主动地追求过自己的人生。

在小说的结尾,徐福贵对自己的一生这样感慨道:

这辈子想起来也是很快就过来了,过得平平常常,我爹指望我光耀祖宗,他算是看错人了,我啊,就是这样的命。年轻时靠着祖上留下的钱风光了一阵子,往后就越过越落魄了,这样反倒好,看看我身边的人,龙二和春生,他们也只是风光了一阵子,到头来命都丢了。做人还是平常点好,争这个争那个,争来争去赔了自己的命。像我这样,说起来是越混越没出息,可寿命长,我认识的人一个挨着一个死去,我还活着。

这段话可以被看作是小说的点睛之笔,借徐福贵之口,交代了作者的生存哲学。相信抱有这种生存哲学的人肯定不少,否则徐福贵也不会这么有"市场"。这种人认为只要自己的寿命活得够长,就是一种胜利。

这种论调真的很高尚吗?人真的像余华所说的那样,仅仅是为了活着本身而活着吗?这种生存状态,跟一般的动物又有什么区别呢?难道余华是想借此告诫我们,国人的生存状态跟动物无异吗?

**图6** 尼采《查拉图斯特拉如是说》(上海人民出版社,2016年)

尼采认为人生分三种境界,初级境界像骆驼,中级境界像狮子,高级境界像孩子。三种境界是精神的三种变形。该书中这样写道:"有负载能力的精神要驮载这一切最沉重之物,犹如满载重物而匆匆走向荒漠的骆驼。"

---

[1] 尼采(Nietzsche,1844—1900),德国哲学家、思想家,被认为是西方现代哲学的开创者,对后世哲学尤其是存在主义与后现代主义影响极大,其著作对很多学科领域提出了批评和讨论。尼采的写作风格独特,经常使用格言和悖论的技巧。

余华虽然声称"作家的使命不是发泄，不是控诉或者揭露"，但他还是通过徐福贵苦难的一生向我们揭示了一个残酷的事实，那就是中国人能够在近百年的历史风云中仅仅是为了活着而活下去就已经很不容易了，更遑论人的"自我实现"呢？

徐福贵的这段人生总结实在是卑之无甚高论，在经历了如此多灾多难的一生之后，他居然没有半点人生觉悟可以让我们感受到他的变化与成长。他始终停留在汪曾祺所谓"睡不着眯着"的精神境界，他就像自己晚年购置的那头牛一样，累死累活替人干了一辈子。

余华假借徐福贵之口，给这头牛起了一个名字——福贵。这真是多此一举。余华没有必要如此明示读者徐福贵如同牛马的一生，读者完全可以从徐福贵晚年和一头老牛相依为命的凄惨遭遇中读出这一层隐喻来。

## 他们在苦熬

在余华为海外版《活着》而作的四篇自序中，较短小的一篇是韩文版自序。但是在这篇不足千字的短文中，余华把以"活着"命名小说的创作意图阐述得最清楚。在余华看来，"活着"作为一个词语，"在我们中国的语言里充满了力量"，它的力量主要来自"忍受"，"去忍受生命赋予我们的责任，去忍受现实给予我们的幸福和苦难、无聊和平庸"。

在这里，我们又一次看到了余华的骆驼境界。他笔下的徐福贵，没有像老舍笔下的骆驼祥子一样，最终因生活的种种打击而沉沦、堕落下去，真是一个奇迹。余华找到了一个字，那就是汪曾祺[1]在《胡同文化》一文中提炼的"胡同文化"的精义——忍，正所谓"心字头上一把刀"，只要你学会了"忍"，就可以在"酱缸文化"[2]中无往而不利了。

这本是柏杨极力批判的"丑陋的中国人"的国民劣根性，却在余华的小说中被奉为香饽饽。如果说去忍受现实给予我们的"苦难"还可以理解，毕竟有些苦难，像徐福贵的女儿因难产而死的这种悲剧，是因为所处时代的医疗条件所限导致的，是人力无法改变的。

但是让我们去忍受现实给予我们的"无聊和平庸"算是哪门子价值诉求？难道我们要像二战后被以色列人公开审判的纳粹军官艾希曼那样，公然放弃"独立之精神，自由之思想"，去追求"平庸之恶"不成？余华在自序中公然宣扬这种价值观念，真的令人为他身为作家的思想境界担忧。

紧接着，余华说："作为一部作品，《活着》讲述了一个人和他的命运之间的友情，这是最为感人的友情，因为他们互相感激，同时也互相仇恨；他们谁也无法抛弃对方，同时谁也没有理由抱怨对方。他们活着时一起走在尘土飞扬的路上，死去时又一起化作雨水和泥土。"这段话

---

[1] 汪曾祺（1920—1997），中国当代作家、散文家、戏剧家、京派作家的代表人物，被誉为"抒情的人道主义者，中国最后一个纯粹的文人，中国最后一个士大夫"，代表作品有《受戒》《晚饭花集》《逝水》《晚翠文谈》等。
[2] 出自中国当代作家柏杨（1920—2008）。他认为"中国人因为长期生活在酱缸之中，日子久了，自然产生一种苟且心理，一面是自大炫耀，另一面又是自卑自私"，希望"我们有充足的智能认清我们的缺点，产生思考的一代，能够有判断和辨别是非的能力，才能使我们的酱缸变淡、变薄，甚至变成一坛清水，或一片汪洋"。

就有点语无伦次了,我非常反感余华这种故作高深的表达方式。在这里,余华完全没有必要把徐福贵的命运人格化,还扯出一段关于友情的比喻来。

回顾小说的具体内容,我们来反思一下,徐福贵真的应该"感激"他的命运吗?即便他自己活得足够长久,他的儿子就活该死于输血吗?他的女儿就活该死于难产吗?他的女婿就活该死于事故吗?他的外孙就活该死于腹胀吗?发生了这一系列的非正常死亡事件,他完全有理由抱怨命运的不公,凭什么要坦然接受呢?

余华在"韩文版自序"中接着说:"《活着》还讲述了人如何去承受巨大的苦难……《活着》还讲述了眼泪的宽广和丰富;讲述了绝望的不存在;讲述了人是为了活着本身而活着,而不是为了活着之外的任何事物而活着。当然,《活着》也讲述了我们中国人这几十年是如何熬过来的。"

在上面这段话中,我认为最关键的是最后一点:《活着》讲述了"我们中国人这几十年是如何熬过来的"。一个"熬"字,境界全出!这不禁让我想起李文俊为威廉·福克纳的小说《我弥留之际》写的序言《他们在苦熬》。

在《我弥留之际》这部小说中,福克纳写出了一群活生生的"丑陋的美国人"。它有点像《奥德赛》[1],但是它完全没有《奥德赛》的英雄主义色彩。迈克尔·米尔

**图7** 中译本《我弥留之际》(上海译文出版社,2010年)
该书是作者多角度叙事和意识流的代表作品。全书由五十九节内心独白构成,多视角讲述美国南方农民本德伦为遵守对妻子的承诺,率全家将妻子的遗体运回家乡安葬的"苦难历程",被誉为"20世纪美国长篇小说最出色的开篇"。

---

[1]《奥德赛》,现存最古老的西方文学作品之一,相传由古希腊诗人荷马编写,叙述了希腊军队主要将领之一、伊塔卡王奥德修斯在特洛伊战争结束之后,历经十年漂泊,最终返回家园的故事。此书对后世西方文学影响深远,其影响力在塞万提斯的《堂吉诃德》、詹姆斯·乔伊斯的《尤利西斯》、笛福的《鲁滨孙漂流记》等书中可见一斑。

盖特在他的《威廉·福克纳的成就》一书里说："尽管这个故事读来让人不愉快，它经常具有一种阴阴惨惨的狂想曲的气氛，但是它使我们逐渐领会，在某种意义上它是关于人类忍受能力的一个原始的寓言，是整个人类经验的一幅悲喜剧式的图景。"

如果我们用福克纳的小说《喧哗与骚动》的结尾来概括一下这个现代寓言小说的寓意的话，那就是"他们在苦熬"（They endured）。在福克纳看来，人类的存在虽然有漫长的历史，但是人类仍然时时刻刻在为自身的生存殚精竭虑、流血流汗，说"他们在苦熬"一点都不过分。

在《我弥留之际》（上海译文出版社，2010年）的"代序"中，译者李文俊引用了这样一个事例：

1955年福克纳访问日本时，有人问他为什么要把人写得那么卑劣。福克纳回答道："我认为理由很简单，那就是我太爱我的国家了，所以想纠正它的错误。而在我力所能及的范围之内，在我的职业的范围之内，唯一能做的事就是羞辱美国，批评美国，设法显示它的邪恶与善良之间的差别，它卑劣的时刻与诚实、正直、自豪的时刻之间的差别，去提醒宽容邪恶的人们，美国也有过光辉灿烂的时刻，他们的父辈、祖父辈，作为一个民族，也曾创造过光辉、美好的事迹，仅仅写美国的善良对于改变它的邪恶是无补于事的。我必须把邪恶的方面告诉人民，使他们非常愤怒，非常羞愧，只有这样他们才会去改变那些邪恶的东西。"

因此，李文俊将他与中国现代作家鲁迅相比，并做出以下结论："福克纳是一位关注人类的苦难命运，竭诚希望与热情地鼓励他们战胜困难、走向美好的未来的富于人道主义精神的作家。"这种评价原本也可以加于余华身上，如果他可以沿着《活着》和《许三观卖血记》的创作路径继续关注人类的苦难命运的话。

可惜，余华2005年出版的小说《兄弟》虽然在商业上获得了巨大的成功，却成为他最受批评家厌恶和背负了最多骂名的小说。余华由此蜕变成了一个"类通俗化"作家，《兄弟》也被认为形成了一种余华式的后现代"故事会"文本。

学者刘旭在《余华论》一书中指出："《兄弟》可以说是与《故事会》的宗旨和趣味及读者群相似的长篇通俗巨作，从这方面来看，《兄弟》的成功就很让人惊叹了。和《故事会》每月平均七十万册销量一致的是，它同样以世俗对金钱和性的关注为卖点，各种情节的推进都或明或暗包含着下半身的诱惑。"

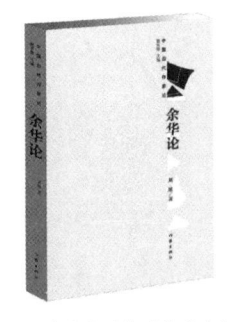

图8 《余华论》（作家出版社，2018年）
该书对余华已有的文学创作做出阶段性总结，并分析其创作心理勾画了一条隐秘的心理轨迹，与其作品一一对应。借此，读者得以窥见作家内心世界之一隅。

其实余华完全可以像福克纳一样，专注于表现"中国人这几十年是如何熬过来的"这一主题，毕竟"这几十年"涵盖了中国现当代历史上最波澜壮阔的一段时期。在小说《活着》中，"这几十年"具体指的就是从1945年的抗战胜利到1985年的改革开放。徐福贵刚好经历了中国现当代历史上所有的政治运动，饱尝了生活的种种苦难，尤其是历经亲人各种死亡的悲剧。徐福贵只是亿万中国人中的一员，在他身上，虽然没有成长小说中的任何超越性可言，不过，他的形象反而由此显得更接地气，也更写实。

底层社会的家国记忆：整本读《活着》　　**43**

很多人喜欢这部小说，主要就是源于这种真实性，毕竟这部小说中的人物形象还不够立体、丰满，情节也算不上生动，只是平铺直叙而已。我们通过阅读这部小说，回顾一下中国人近四十年的生活经历，从而开展历史性的反思，也是一个不错的想法。

我个人觉得整本阅读《活着》的主要意义就在这里。我们可以根据徐福贵的人生经历，把近四十年的中国历史重新梳理一遍，看看余华都选择了哪些重大事件予以记叙，看看他是怎样表现这些事件的，他表现得好还是不好，他是基于怎样的立场来表现这些事件的。

## 中国人这几十年是如何熬过来的

小说中当徐福贵开始讲述他自己的时候，他是这样说的：

四十多年前，我爹常在这里走来走去，他穿着一身黑颜色的绸衣，总是把双手背在身后，他出门时常对我娘说：

"我到自己的地上去走走。"

由于小说上下文中没有明确的时间坐标，我们不知道徐福贵这里所谓的"四十多年前"到底指的是哪一年，不过很快我们就能找到一个时间坐标，那就是小说中龙二出现的时间，正是"小日本投降那年"，也就是1945年。

小说从抗日战争取得胜利的这一年开始写起，可以说是颇为聪明的时间设定。因为这样就可以避免把小说中的人物拖入抗日战争这场旷日持久的战争及其所处的复杂的社会情境中去，不管他们在抗日战争中究竟表现如何，反正日本已经投降了。这样余华就可以抛开抗日战争这个沉重的历史包袱，专注于描写我们中国人自己的故事。

不过，余华这种避重就轻的行为，严重削弱了小说文本的历史深度和广度，他原本可以选择从1937年卢沟桥事变写起，或者从日本人打进徐福贵所在的县城写起，只需要再往前推八年，他就可以丰富一个颇为重要的主题：我们中国人是如何熬过日本人的侵略战争的。

可惜余华并没有这么纵深的历史视野，他直接跳过了抗日战争，仿佛它从来就没有发生过。因此小说中徐福贵经历的第一个重大历史事件就是解放战争了。那余华是怎样表现被历史学家金冲及称为"战略决战"的三大战役的呢？

金冲及在《决战：毛泽东、蒋介石是如何应对三大战役的》一书中将战略决战定义为"对战争全局有决定意义的战役"，他指出："在全国解放战争中，就是辽沈、淮海、平津三大战役。这是规模空前、紧密衔接、直接决定中国命运的三大战役。像这样规模的战略战役，在世界军事史上也不多见。"

对于余华而言，他所面对的是一个多么富有挑战性的主题啊！他小说中的主人公即将以一个平民的身份被裹挟到战略决战中去，如果他稍具人道主义情怀的话，就可以写出一篇以"反战"为主题的华章来。

可是我们在余华的笔下读到的是什么呢？非常遗憾的是，我们连徐福贵被迫参加的是三大战役中的哪场战役都搞不大清楚。徐福贵被国民党抓丁拉夫以后，跟着这支往北去的炮队，走了一个多月以后到了安徽。"安徽"这个省份级别的地名成为唯一线索，据此我们推断，徐福贵参加的应该是淮海战役。

淮海战役是解放战争时期中国人民解放军华东野战军、中原野战军在以徐州为中心，东起海州（连云港）、西至商丘、北起临城（今枣庄市薛城）、南达淮河的广大地区对国民党军进行的战略性进攻战役，是三大战役中解放军牺牲和歼敌最多、政治影响最大、战争样式最复杂的战役。

淮海战役于 1948 年 11 月 6 日开始，1949 年 1 月 10 日结束，时任国民党徐州剿匪总司令刘峙指挥的 5 个兵团部、22 个军部、56 个师以及一个绥靖区共 55.5 万人被消灭及改编，解放军共伤亡 13.4 万人。

淮海战役的失利，使蒋介石在南线的精锐主力损失殆尽，尤其是嫡系部队中的骨干黄维的第 12 兵团和邱清泉的第 2 兵团全军覆没，其中还包括被称为"五大主力"的第 5 军和第 18 军，使蒋介石失去了赖以支持战争的中坚力量。

此战之后，淮河以北完全被解放，淮南大部分地区也为解放军所控制，江北只剩一个重要城市安庆还处在国民党控制下，解放军已直逼长江，攻击矛头直指蒋介石统治的核心地区——苏浙沪地区。国民党只得凭借长江天险占据江南半壁，但随着精锐主力的丧失，也已缺乏足够的兵力来组织起有效的防御。

在小说中，余华是怎样通过徐福贵的人生经历来表现

图9 电影《活着》剧照：福贵和春生被共产党军队俘虏。

这场"政治影响最大、战争样式最复杂"的战役的呢？要知道徐福贵可是在这场长达三年的解放战争中被裹挟了整整两年啊。对此小说中非常明确地写道：

> 我是跟在往南打去的解放军屁股后面回到家里的，算算时间，我离家都快两年了。走的时候是深秋，回来是初秋。我满身泥土走上了家乡的路，后来我看到了自己的村庄，一点都没变，我一眼就看到了，我急冲冲往前走。看到我家先前的砖瓦房，又看到了现在的茅屋，我一看到茅屋就忍不住跑了起来。

可是如果我们用较为简明的语言概述一下小说中徐福贵在战争中的主要经历的话，我们就会发现余华主要表现的就是"国民党抓丁拉夫"和"共产党优待俘虏"这两个情节。这当然是非常符合主旋律对战争的理解的，但是它完全没有达到《拯救大兵瑞恩》和《太极旗飘扬》这种影片对战争的反思深度。

余华虽然自诩写小说时非常注重细节，可惜他连国共

底层社会的家国记忆：整本读《活着》 47

双方军队的番号、枪炮使用的型号都没有在文中留下蛛丝马迹，只留下了"安徽"这样省份级别的地点，像淮海战役中赫赫有名的徐州、蚌埠、陈官庄、碾庄这种较为具体的地名都没有，完全没有严歌苓撰写《陆犯焉识》时那种实地调查的写实精神。

所以《活着》对于中国人所历经的苦难的描写，就像浮在水面的油脂，始终无法深入到生活经验的内部，虽然看上去油光陆离，却如浮光掠影一般，无法激荡起人类内心深处的情感，更无法触及人类灵魂对苦难的哀思。

不过，相对于小说中写到的其他重大历史事件，解放战争算是篇幅最长的了。余华原本可以从一个平民的视角历数我们中国人这几十年是怎样熬过来的，引发读者关于"人以什么理由来记忆"的深入思考，可惜他只是让这些历史事件蜕变为一个个时间坐标，蜻蜓点水般地掠了过去。

## 苦难就这样被温情消解

余华在对解放战争的描述中，唯一的亮点就是留下了春生这条线索。这个十五六岁的孩子，来自江苏，是一个被国民党抓来的娃娃兵，被解放军俘虏之后，参加了解放军。下文中在写到有庆之死的时候，他再次出现。那时的他已经成为徐福贵所在县的县长。

小说中像春生这种"草蛇灰线，伏行千里"式的叙事线索只此一条，其叙事手法简单明了。我们姑且认为这是余华在向他的文学导师卡尔维诺致敬，试图减少故事结构的沉重感，追求一种"轻逸"（Lightness）的文学风格。对此，卡尔维诺在《未来千年文学备忘录》中曾经这样论述道：

> 写了四十年小说，探索过各种道路和作过多种实验之后，应该是我寻求自己毕生事业的总体定义的时候了。我想指出：我的写作方法一直涉及减少沉重。我一向致力于减少沉重感：人的沉重感，天体的沉重感，城市的沉重感；首先，我一向致力于减少故事结构和语言的沉重感。

**图10**《未来千年文学备忘录》（辽宁教育出版社，1997年）
作者从作家、读者、批评家三个方面，纵横古今世界文学，梳理一条条线索，连接起不同倾向、不同风格的作家，谈论他们的共通点和差异性。译林出版社也有出版，书名为《新千年文学备忘录》。

在余华的"人生三部曲"中，《活着》和《许三观卖血记》与之前的《在细雨中呼喊》在风格上有着明显不同。跟余华早期的"先锋小说"[1]相比，《在细雨中呼喊》最多是长篇和短篇的区别，《活着》的发表，才使其在文学风格上突然有了一个真正的巨大的变化。

刘旭在《余华论》中指出："在《活着》出现以前，余华的小说在冷漠和愤激中带着强烈的价值判断，这种道德感如同愤世嫉俗者的一贯表现。从《活着》开始，愤激与价值判断基本都消失了。这都源于紧张的消失，而且是在一年内突然消失。"余华在《活着》"麦田新版自序"中曾经从小说中叙述人称变化的角度谈及这个问题：

> 1992年春节后，我在北京一间只有八平方米的平房里开始写作《活着》，秋天的时候在上海华东师大招待所的一个房间里修改定稿。最初的时候我是用旁观者的角度来写作福贵的一生，可是困难重重，我的写作难以为继；

---

[1]一种小说流派或小说创作思潮，始于20世纪80年代中期。作家重视的是"文体的自觉"，即小说的虚构性，以及"叙述"在小说方法上的意义。这类小说从对人的外在行为的摹写转向对主观精神世界的探幽，深化了对人的认识和对丰富复杂的内心世界的表现。代表作家有马原、莫言、残雪、格非、余华、北村等。

有一天我突然从第一人称的角度出发，让福贵出来讲述自己的生活，于是奇迹出现了，同样的构思，用第三人称的方式写作时无法前进，用第一人称的方式写作后竟然没有任何阻挡，我十分顺利地写完了《活着》。

那这种人称角度的转化对于余华而言具有怎样的意义呢？对此余华深入阐述道：

《活着》里的福贵经历了多于常人的苦难，如果从旁观者的角度，福贵的一生除了苦难还是苦难，其他什么都没有；可是当福贵从自己的角度出发，来讲述自己的一生时，他苦难的经历里立刻充满了幸福和欢乐，他相信自己的妻子是世上最好的妻子，他相信自己的子女也是世上最好的子女，还有他的女婿他的外孙，还有那头也叫福贵的老牛，还有曾经一起生活过的朋友们，还有生活的点点滴滴……

余华把这种转化理解为一种"人生态度的选择"，而学者刘旭在《余华论》中将《活着》中的这种变化概括为"温情母题"。在他看来，"温情"是《活着》的母题，也是余华最大的成功。在《活着》中，余华把底层小人物在苦难下的温情无限放大，各种方法的使用都是为了表现温情，诸如白描、叙述层次的推进、叙事高潮的精良建构、叙事频率、打破接受预期等。

但是，小说中的"温情母题"跟另一个母题——死亡母题——是格格不入的，有时甚至是互为抵牾的。在经历全家死光的悲剧之后，徐福贵居然觉得自己的独活是幸运的乃至幸福的，这种阿Q式的精神胜利法，无疑大大削弱了小说的批判力度。

## 双重叙述的失败实验

这里我们重点先来谈谈余华颇为引以为傲的人称问题。美国著名文学批评家韦恩·布斯[1]在《小说修辞学》中将叙述类型分为两大类。一类是"可信的"和"不可信的",前者表现为叙述者的信念、规范与作者一致,后者则相背离,因而导致了反讽与含混。另一类是"受限制的"和"不受限制的",前者由于选择一个特定叙述者角度,必然受到现实眼光和推理的局限,后者则可以突破个人局限,无所不知地自由运转。

图11 中译本《小说修辞学》(北京联合出版公司,2017年)
该书被学术界称为"小说理论的里程碑",自1961年问世以来,书中所提出的一些观念和术语,如"隐含的作者""可靠的叙述者""不可靠的叙述者"等都发展成为当今叙事理论的标准术语。

余华原本想用第三人称,从旁观者的角度来写作徐福贵的一生,第三人称属于"不受限制的"叙述视角,余华原本可以突破徐福贵的个人视角局限,自由运转于各色人物形象中。可惜这样描写的难度颇大,余华势必要像陈忠实笔下的《白鹿原》[2]一样,建构出一个体大思精的人物谱系才行。

可惜余华没有这种壮志雄心,他太急于求成了,于是选择了更为简便的第一人称叙述。虽然他明知这种叙述必然受到徐福贵的个人眼光的局限,但是在他看来,其他人物的眼光无关紧要。余华在《活着》"麦田新版自序"中

---

[1] 韦恩·布斯(Wayne Clayson Booth, 1921—2005),美国著名文学批评家。代表作《小说修辞学》(1961)被学术界称为小说理论的里程碑。
[2] 陈忠实(1942—2016),中国当代著名作家。代表作品有《白鹿原》、小说集《乡村》《初夏》等。《白鹿原》是他的成名作,是"一部渭河平原五十年变迁的雄奇史诗,一轴中国农村斑斓多彩、触目惊心的长幅画卷"。

就此写道："《活着》里的福贵就让我相信：生活是属于每个人自己的感受，不属于任何别人的看法。"

这种盲目自负的想法令人颇为遗憾，就像余华在《我能否相信自己》一文中所表现出的傲慢与偏见一样，让人难以接受。余华在这篇文章中引述了一个成功商人的话，然后借题发挥道："那些轻易发表看法的人，很可能经常将别人的知识误解成是自己的，将过去的知识误解成未来的。然后，这个世界上就出现了层出不穷的笑话。"

这位商人的原话是这样的："我的大脑就像是一口池塘，别人的书就像是一块石子。石子扔进池塘激起的是水波，而不会激起石子。""因此别人的知识在我脑子里装得再多，也是别人的，不会是我的。"

我真心地希望余华的这位商人朋友所说的"别人的书"不是指余华的作品，否则余华的借题发挥就太有反讽意味了。石子扔进池塘的确不会激起石子，但是它激起的水花也自有其影响的价值，否则美国文学批评家哈罗德·布鲁姆[1]提出的"影响的焦虑"就无用武之地了。虽然布鲁姆的《影响的焦虑：一种诗歌理论》主要研究的是"诗人之间的各种关系"，但是在小说家中也同样存在这种焦虑。在布鲁姆看来，诗的历史无法和诗的影响截然分开，因为一部诗的历史就是诗人中的强者为了廓清自己的想象空间而相互"误读"对方的诗的历史。

**图12**《影响的焦虑：一种诗歌理论》（中国人民大学出版社，2019年）
本书以具体案例和广征博引为基础，从精神分析角度研究诗人对诗人的影响，作者认为诗的历史形成乃是一代代诗人误读各自前驱的结果，而传统影响带来的焦虑感是无法回避的。自1973年首次出版以来，该书依然产生着持久的影响。

[1]哈罗德·布鲁姆（Harold Bloom，1930— ），美国著名文学教授、文学理论家，被誉为"西方传统中最有天赋、最有原创性和最有煽动性的一位文学批评家"。著有《影响的焦虑：一种诗歌理论》，从精神分析角度研究诗人对诗人的影响。

什么是"诗人中的强者"呢？布鲁姆解释说，就是以坚忍不拔的毅力向威名显赫的前代巨擘进行至死不休的挑战的诗坛主将们。天赋较逊的会把前人理想化，而具有丰富想象力的则会取前人之所有为己所用。但这是要付出代价的，代价就是由于受人恩惠而产生的负债的焦虑。这种焦虑形成了一种"影响的焦虑"。

在余华的随笔集《我能否相信自己》中，我们可以清晰地发现横亘在余华面前的"小说家中的强者"，这位强者就是阿根廷著名文学家博尔赫斯[1]。在一篇名为《博尔赫斯的现实》的长篇随笔中，余华谈及博尔赫斯带给他的双重影响：

在博尔赫斯这里，我们看到一种古老的传统，或者说是古老的品质，历尽艰难之后永不消失。这就是一个作家的现实。

当他让两个博尔赫斯在漫长旅途的客栈中相遇时，毫无疑问这是一个在幻觉里展开的故事，可是当年轻一些的博尔赫斯听到年老的博尔赫斯说话时，感到是自己在录音带上放出的那种声音。多么奇妙的录音带，录音带的现实性使幻觉变得真实可信，使时间的距离变得合理。

……………

然而，迷宫似的叙述使博尔赫斯拥有了另外的形象，

---

[1] 豪尔赫·路易斯·博尔赫斯（Jorge Luis Borges，1899—1986），阿根廷诗人、小说家、散文家兼翻译家，被誉为"作家中的考古学家"。他以短篇小说见长，作品情节多在"心理时间"内展开，以深刻的哲理和一种近似超现实主义的新颖手法而享誉拉丁美洲文坛。代表作品有短篇小说集《交叉小径的花园》《世界丑事》、诗集《布宜诺斯艾利斯的热情》等。

他自己认为："我知道我文学产品中最不易朽的是叙述。"事实上，他如烟般飘起的叙述却是用明晰、质朴和直率的方式完成的，于是最为变幻莫测的叙述恰恰是用最为简洁的方式创造的。因此，美国作家约翰·厄普代克这样认为：博尔赫斯的叙述"回答了当代小说的一种深刻需要——对技巧的事实加以承认的需要"。

我们姑且把这两种影响分别概括为"录音带的现实性"和"对叙述技巧的需要"。这两种影响在《活着》中集中表现为双重叙述人和双重叙事时空的存在。

《活着》一开始的叙述人是一个采集民间故事的小青年，我们多少可以从这位小青年身上发现一点余华自身的影子。余华在海盐县文化馆工作期间，的确曾经受命下乡采风。洪治纲《悲悯的力量》一文曾经指出："在当初调入海盐县文化馆时，余华曾花了两三年的时间很认真地领着任务，游走在海盐县的乡村之间，并经常坐在田间地头像模像样地倾听和记录农民们讲述的各种民间歌谣和传说。而《活着》开头出现的那个整天穿着'拖鞋吧嗒吧嗒，把那些小道弄得尘土飞扬'的民间歌谣搜集者，也正是这样一个人物。"

我们在后文中所读到的徐福贵的"自述"，都是这位民间歌谣搜集者所"转述"的内容。从叙述学的角度分析，我们基本上可以认定，这位民间歌谣搜集者所"转述"的内容属于"可靠的叙述"，因为他和徐福贵之间并不存在利害关系，完全没有必要说谎。

不过，同样作为第一人称叙述，徐福贵的自述则因为带有鲜明的主观性，属于"不可靠叙述"，所以我们在徐福贵的温情叙事中所读到的内容，未必就是真实可靠的。余华所孜孜以求的徐福贵那"苦难经历里立刻充满了幸福和欢乐"的情感体验，就大打折扣了。

在电影《活着》中，民间歌谣搜集者这个角色直接就被删掉了，因为他实在是一个可有可无的角色，影片被直接转换成了第三人称叙述，导演和编剧重建了大量的细节，才得以使这个故事显得血肉丰满起来。

即便余华在小说中坚持使用徐福贵第一人称的视角来讲故事，他也完全可以删掉民间歌谣搜集者这个角色，在小说的开头以徐福贵"口述历史"（Oral History）的口吻，来讲述他苦难的一生。

所谓口述历史，就是通过笔录、录音、录影等手段，记录历史事件当事人或者目击者的回忆而保存的口述凭证。口述史并不是像有些人所理解的那样，就是一个人言说、一个人记录，而是一种将记录、发掘和认识历史相结合的史学形式，即通过调查访问，用录音设备收集当事人或知情者的口头资料，然后与文字档案相核实，整理成文字稿。

自20世纪50年代以来，口述历史在海外一直就是历史学科的一个重要分支，著名历史学家、美籍华人唐德刚就多年坚持转述口述历史，较有影响力的作品有《胡适口述自传》《李宗仁回忆录》《张学良口述历史》《顾维钧回忆录》等。这种体例近些年在国内也方兴未艾，因为人们渐渐意识到，当一个世纪过去之后，单凭文献研究20

图13 《大家来做口述历史》（当代中国出版社，2006年）该书采用一问一答的形式，以大量实际案例，回答了如何做口述历史的问题，强调了由实践操作来学习的理念。虽然中国和美国做口述历史的环境、方法等有所不同，但该书仍不失为一本优秀的入门读物。

世纪的中国历史，已经颇感局限。

从某种意义上说，搜集和研究 20 世纪中国历史的资料，难度甚至大于研究 19 世纪以前的中国历史。而寻找历史当事人进行口述采访，便成为拓展史学空间、廓清历史谜团的一条可行之路。此外，口述历史也给了普通老百姓一个讲述和回忆的渠道，如果没有口述历史，许多文化不高的普通老百姓就难以提供他们所见所闻的重要历史情节，一些历史情节便只能通过推理和假设来完成。

余华原本可以模拟口述历史的形式，给徐福贵这样一个普通老百姓提供一个讲述自己一生苦难的机会，但是他深受博尔赫斯的影响，想通过双重叙述，做到既能呈现出"录音机的现实"，又能满足叙述技巧的需求，但是他在叙述形式上的努力远远超越了叙事内容，最终导致了"双重叙述的游离"，令人遗憾。

正如刘旭在《余华论》中指出的那样，小说中的民间歌谣搜集者没怎么在乎过福贵的苦难，也就是说，福贵的故事内容就从未真正进过他的耳朵。而在隐含作者的上帝之手的操纵下，福贵经历过许多苦难，却在字里行间流露出过多的幸运甚至幸福之意，感觉这个叙述人太容易幸福了，亲人全部死光，他却只留下自己独活的幸福感。

## 祭奠那些逝去的人们

《活着》的主题除了"温情"以外，更为激荡人心的就是"死亡"，尤其到了小说的后半部分，徐福贵的家人

图14 电影《活着》剧照：福贵一夜赌钱后让人背回家。

一个个悲惨地死去，赚取了无数读者同情的泪水。小说中先后写到七次死亡事件，前三次死亡事件分别是徐福贵的父亲、母亲和儿子之死，第四次是徐福贵的女儿之死，后三次分别是徐福贵的妻子、女婿和外孙之死。

前三次死亡事件中，最具社会讽刺意义的就是有庆之死。前两次死亡事件主要源于徐福贵年轻时期的胡作非为，在半年之内就把祖辈留下来的家产全部输给了龙二，家族的衰落直接导致徐福贵的老爹死于"从粪缸上摔了下来"，徐福贵的老娘则在他被抓丁拉夫两个月之后就病死了，临死之前还一遍一遍对家珍说"福贵不会是去赌钱的"。

如果说徐福贵的老爹之死多少有点滑稽，毕竟是死于粪缸这种不堪入目的地方，徐福贵的老娘之死则多少有点悲哀，颇有一种"可怜无定河边骨，犹是春闺梦里人"的味道，令人唏嘘不已。

有庆之死是小说的情感高潮之一。福贵一家好不容易

底层社会的家国记忆：整本读《活着》　　57

度过了困难时期，谁知道家珍身体刚刚好些，有庆就出事了。小说中写道：

  那天下午，有庆他们学校的校长，那是县长的女人，在医院里生孩子时出了很多血，一只脚都跨到阴间去了。学校的老师马上把五年级的学生集合到操场上，让他们去医院献血，那些孩子一听是给校长献血，一个个高兴得像是要过节了，一些男孩子当场卷起了袖管。他们一走出校门，我的有庆就脱下鞋子，拿在手里就往医院跑，有四五个男孩也跟着他跑去。我儿子第一个跑到医院，等别的学生全走到后，有庆排在第一位，他还得意地对老师说：

  "我是第一个到的。"

  ……………

  验到有庆血型才对上了，我儿子高兴得脸都涨红了，他跑到门口对外面的人叫道：

  "要抽我的血啦。"

  抽一点血就抽一点，医院里的人为了救县长女人的命，一抽上我儿子的血就不停了。抽着抽着有庆的脸就白了，他还硬挺着不说，后来连嘴唇也白了，他才哆嗦着说：

  "我头晕。"

  抽血的人对他说：

  "抽血都头晕。"

  那时候有庆已经不行了，可出来个医生说血还不够用。抽血的是个乌龟王八蛋，把我儿子的血差不多都抽干了。有庆嘴唇都青了，他还不住手，等到有庆脑袋一歪摔在地上，那人才慌了，去叫来医生，医生蹲在地上拿听筒听了听说：

"心跳都没了。"

医生也没怎么当回事,只是骂了一声抽血的:

"你真是胡闹。"

就跑进产房去救县长的女人了。

有庆之死的关键在于医生对权势的盲目崇拜,有庆的直接死因是医院的疏忽导致的失血而亡。但是,究其根本而言,是源于医务人员对于特殊身份——小学校长暨县长夫人——的特殊对待。我们姑且把社会上拥有这种特殊身份的人称为"特权阶层"。

按理说,那时,这种带有剥削和压迫性质的特权阶层早就应该销声匿迹了。可在现实生活中,这种盲目崇信权势的社会现象屡见不鲜,严重的时候,甚至会形成所谓的"新阶级"。

小说中作为背景人物出现的县长夫人及其丈夫刘解放正是新阶级的代表。虽然小说中受制于徐福贵第一人称的叙述视角,并没有怎么正面表现新阶级的特权思想,但是有庆之死正是这种特权思想深入医务人员骨髓的结果。

小说中虽然没有写清楚县长夫人的下场,不过刘县长的下场可是颇为凄惨。他被划作"走资派",遭到残酷迫害,而徐福贵刚好看到了这一幕。小说中写道:

春生被他们打倒在地,身体搁在那块木牌上,一只脚踢在他脑袋上,春生的脑袋像是被踢出个洞似的咚地一声响,整个人趴在了地上。春生被打得一点声音都没有,我这辈子没见过这么打人的,在地上的春生像是一块死肉,任他们用脚去踢。

起初，家珍一直不肯见前来道歉的春生，在得知春生上吊自杀以后，家珍才选择原谅了他。小说中关于有庆之死的这场悲剧才算落下帷幕。不过，"一波未平一波又起，接连发生的死亡事件打击着这个脆弱的家庭"。

徐福贵的哑女凤霞好不容易嫁给了身患偏头症的万二喜，可是死于难产。小说中对此描述道：

谁料到我一走凤霞就出事了，我走了才几分钟，好几个医生跑进了产房，还拖着氧气瓶。凤霞生下了孩子后大出血，天黑前断了气。我的一双儿女都是生孩子上死的，有庆死是别人生孩子，凤霞死在自己生孩子。

小说中对凤霞之死的描写着墨不多。不过在电影中，导演和编剧在这里增加了一个妇产科老医生的角色，大大拓展了小说的表现力度和深度。

电影中通过增加老医生这个角色，一则可以反衬出医院的红卫兵小将们的拙劣医术，从而为凤霞难产之死提供了一个更合理的解释，充分彰显了"反智"时代的荒谬性；二则在原著小说那单调的农民阶层中，增加了一个知识分子阶层的角色，大大拓展了小说的表现广度。

在电影中，凤霞之死是叙事的高潮部分，之后，徐福贵家中剩下的角色就存活了下来；而在小说中，叙事的高潮部分是有庆之死，其所在的章节比较居中。电影这样的安排在叙事结构上显得更为合理。

凤霞死后，家珍所剩的时日就不多了。小说中针对家珍之死是这样写的：

家珍是在中午死的，我收工回家，她眼睛睁了睁，我凑过去没听到她说话，就到灶间给她熬了碗粥。等我将粥端过去在床前坐下时，闭着眼睛的家珍突然捏住了我的手，我想不到她还会有这么大的力气，心里吃了一惊，悄悄抽了抽，抽不出来，我赶紧把粥放在一把凳子上，腾出手摸摸她的额头，还暖和着，我才有些放心。家珍像是睡着一样，脸看上去安安静静的，一点都看不出难受来。谁知没一会，家珍捏住我的手凉了，我去摸她的手臂，她的手臂是一截一截地凉下去，那时候她的两条腿也凉了，她全身都凉了，只有胸口还有一块地方暖和着，我的手贴在家珍胸口上，胸口的热气像是从我手指缝里一点一点漏了出来。她捏住我的手后一松，就瘫在了我的胳膊上。

从叙事节奏上讲，小说把徐福贵家中两位女性角色的死亡，安排得过于紧密，给人一种窒息的感觉，而且后面紧接着万二喜和苦根之死。小说在结尾部分安排密度如此大的死亡事件，给人一种草草收场的感觉，大大削弱了每一次死亡事件的悲剧性和渲染力。

**图15** 电影《活着》剧照：家珍、凤霞和有庆

底层社会的家国记忆：整本读《活着》　61

虽然古人说"生死有命，富贵在天"，可是小说中每一个人物的生死都掌控在作者手中，余华完全可以将小说中的死亡事件安排得更为合理。万二喜之死在小说中显得尤为无谓。虽然他身处的社会阶层是工人阶级，但是他的死亡没有任何象征意义。他就这样莫名其妙地死于一场意外事故。小说中这样写道：

这样的日子过到苦根四岁那年，二喜死了。二喜是被两排水泥板夹死的。干搬运这活，一不小心就磕破碰伤，可丢了命的只有二喜，徐家的人命都苦。那天二喜他们几个人往板车上装水泥板，二喜站在一排水泥板前面，吊车吊起四块水泥板，不知出了什么差错，竟然往二喜那边去了，谁都没有看到二喜在那里，只听他突然大喊一声：

"苦根。"

苦根之死则是所有死亡事件中最令人难以接受的。从宗法制度上来讲，苦根虽然不是徐家的后人，但是他毕竟是徐家最后的血脉。他本应是徐福贵活着的最后的念想，但是余华把徐福贵这根最后的情感线索也忍痛割断了。苦根之死在小说的结尾之处形成了一个情感上的小高潮，将读者推向濒临绝望的境地。小说中对此这样写道：

苦根是吃豆子撑死的，这孩子不是嘴馋，是我家太穷，村里谁家的孩子都过得比苦根好，就是豆子，苦根也难得能吃上。我是老昏了头，给苦根煮了这么多豆子，我老得又笨又蠢，害死了苦根。

其实害死苦根的不是徐福贵，而是余华，他太热衷于"死亡"这个母题了，徐福贵一家人必须死光，他才会罢手。

这么肆意地渲染死亡，是余华在小说创作之初就预先设定好的，谁也改变不了，谁让他当初听到的是《老黑奴》这首歌曲呢。这就是命。小说中人物的生死完全取决于作者，就像生活中人类的命运完全取决于上天的意志。余华就是那个决定小说人物命运的老天爷，作为读者的我们，只能默默流泪，默默接受。

好在编剧和导演不吃余华这一套，他们知道，即便是保留三五个角色，只要在情节上合理地设计，依然可以具有较高的艺术表现力和批判力，完全没有必要像余华这样刻意地渲染死亡。

正如司马迁所言，人难免一死，或轻于鸿毛，或重于泰山。只是余华笔下的有些人物，死得过于轻飘，一点艺术的美感也没有。可能这就是余华所理解的中国式人生，活得卑琐，死得也一样卑琐，没有任何崇高可言。

## 从一则发家致富的寓言说起

在电影《活着》中，有一则关于徐家发家致富的寓言先后出现过两次，这则寓言源于小说中徐福贵的老爹教训他的一段话：

从前，我们徐家的老祖宗不过是养了一只小鸡，鸡养大后变成了鹅，鹅养大了变成了羊，再把羊养大，羊就变成了牛。我们徐家就是这样发起来的。

这段看似不起眼的话，实则向我们揭示了一个重要的事实：在旧社会，像徐家这样的地主家庭，大多数都是靠

**图16** 电影《活着》剧照：福贵把房子输给龙二，一家人被迫搬家。

世世代代的积累发家的。像龙二这种凭借巧取豪夺发家的人，毕竟只是少数。所以，龙二的死就激不起读者半点同情之心和反思之意了。

龙二被设计成这样一个带有"原罪"的地主形象，大大削减了小说的批判深度。龙二所呈现出来的那副巧取豪夺、小人得志的嘴脸，使他成了一个彻头彻尾的扁平人物。例如小说中对龙二在赢得徐福贵全部家产之后的表现这样写道：

没出两天，龙二来了。龙二的模样变了，他嘴里镶了两颗金牙，咧着大嘴巴嘻嘻笑着。他买去了我们抵押出去的房产和地产，他是来看看自己的财产。龙二用脚踢踢墙基，又将耳朵贴在墙上，伸出巴掌拍拍，连声说：

"结实，结实。"

龙二的死，只是应了"善恶终有报"的民间逻辑，丝毫没有超越性可言。

像龙二这样被严重扁平化的人物还有很多，比如徐福贵的丈人、老全和村长。在小说中，徐福贵的丈人是居住在城里的一位米商——陈记米行的老板。他应该属于资产阶级或者富人阶层，其遭遇颇具典型意义，可惜余华居然把这条可贵的线索写丢了，只在饥荒时期提到过家珍曾到城里向她爹要过一小袋米。可是丈人一家的下场究竟如何，就再也没有下文了。余华又白白浪费了一个拓展小说表现广度的机会。

老全是徐福贵被国民党抓丁拉夫时认识的国民党老兵。据老全说，他在抗战时就被拉了壮丁，开拔到江西时逃了出来，没几天又被去福建的部队拉了去。当兵六年多，他没跟日本人打过仗，光跟共产党的游击队打仗。这中间他逃跑了七次，都被别的部队拉了去。最后一次他离家只有五十多公里路了，结果撞上了徐福贵所在的炮队。

老全的人生经历显得颇为主流。可是作为一篇现代小说，它本应从更富于人道主义的角度表现战争对底层社会的戕害。结果，在余华的笔下，老全就成了默默无闻的一名炮灰，死得毫无价值可言，只留下一句"老子连死在什么地方都不知道"这种看似颇为悲壮的话。

村长在小说后半部分的出场次数还是比较多的，可惜这个角色的形象始终比较模糊，我们很难用几句话把村长的形象概括出来。从人民公社成立开始，村长就改叫队长了，此时队长也就登上了小说的舞台。1958年人民公社化以后，队长在农民的日常生活中就扮演了越来越重要的角色。比起"天高皇帝远"的县长来，队长的性格对农民的日常生活的影响更为直接。对此小说中这样写道：

到了一九五八年，人民公社成立了。我家那五亩地全划到了人民公社名下，只留下屋前一小块自留地。村长也不叫村长了，改叫成队长。队长每天早晨站在村口的榆树下吹口哨，村里男男女女都扛着家伙到村口去集合，就跟当兵一样，队长将一天的活派下来，大伙就分头去干。村里人都觉得新鲜，排着队下地干活，嘻嘻哈哈地看着别人的样子笑，我和家珍、凤霞排着队走去还算整齐，有些人家老的老小的小，中间有个老太太还扭着小脚，排出来的队伍难看死了，连队长看了都说：

"你们这一家啊，横看竖看还是不好看。"

英国小说家 E.M. 福斯特[1]在《小说面面观》一书中指出叙事和情节的不同之处在于，叙事最简单的形式就是大事记，而情节是以因果模式展开的，蜿蜒曲折，途径若干情节点，情节点促使故事朝一个新的方向发展。例如，叙事是"国王死了，王后也死了"；而情节是"国王死了，王后因悲伤过度而逝"。

在小说《活着》中，像"国王死了，王后也死了"这种罗列事件式的叙事不胜枚举，而像"国王死了，王后因悲伤过度而逝"这种以因果模式展开的故事情节则少之又少，不得不说，这是小说的一大硬伤。像队长这种人物，本应在小说后半部分故事情节的推进上发挥更大的作用，可惜就这样被严重扁平化了。

余华本可借机塑造一个形象更为丰满的人物，可惜受

**图17** 中译本《小说面面观》（上海译文出版社，2016年）该书原是作者1927年应母校剑桥大学"克拉克讲座"之请所做的系列演讲，系统并深入地讲解和论述了长篇小说的取材、内容与艺术形式等问题。作者提出小说既大于现实又小于现实、"扁平人物"和"圆形人物"、"小说家的职能就是从其根源上揭示隐匿的生活"等著名观点。

---

[1] E.M. 福斯特（Edward Morgan Forster, 1879—1970），英国著名小说家、散文家和批评家，曾十三次被提名诺贝尔文学奖候选，代表作品《看得见风景的房间》《霍华德庄园》在全世界范围内拥有大量读者。

限于小说中徐福贵的第一人称叙述，除了徐福贵比较熟悉的家人以外，就再也未能塑造出形象更为丰满的圆形人物来。余华津津乐道的第一人称叙述，就像是一把双刃剑，虽然成全了徐福贵的温情叙事，但是却严重伤害了小说对圆形人物的形象塑造。

## 结语

总之，《活着》从艺术成就来说并不能算是一部成功的小说，虽然它在商业上获得了巨大的成功，使余华跻身于"准通俗作家"之列。他只是在最恰当的时机，拿出了一部小说杰作的半成品，在编剧和导演的精心改编之下，才在电影艺术上取得了巨大的成功。好在余华并没有止步于此，他很快就厉兵秣马，写出了迄今为止艺术成就最高的小说杰作——《许三观卖血记》。

反乌托邦极权的寓言

整本读《一九八四》

# 乔治·奥威尔

George Orwell
1903—1950

英国著名作家、新闻记者、社会评论家和英语文体家。年轻时赴缅甸加入帝国警察部队,后因厌倦殖民行径返回欧洲,开始文学创作。他参加了西班牙内战并在二战中积极投身反纳粹活动,1950年死于困扰多年的肺病。代表作《动物庄园》《一九八四》是反极权主义的经典名著,其中《一九八四》是20世纪影响最大的英语小说之一。奥威尔以敏锐的洞察力和犀利的文笔审视和记录着自己生活的时代,做出了许多超越时代的预言,被誉为"一代人的冷峻良知"。

**图1** 乔治·奥威尔

# 《一九八四》

《一九八四》创作于1949年,是奥威尔的传世之作,堪称世界文坛最著名的反乌托邦、反极权的政治寓言,刻画了人类在极权主义社会的生存状态。该书文笔犀利冷峻,以惊人的敏锐洞察力、严密的逻辑推理和丰富的想象力刻画了未来极权主义社会的面貌,历经几十年,生命力益显强大,被誉为20世纪影响最深远的文学经典之一。奥威尔在这部小说中创造的"老大哥""双重思想""新话"等词汇都已收入权威的英语词典,甚至由他的姓衍生出"奥威尔式"(Orwellian)、"奥威尔主义"(Orwellism)这

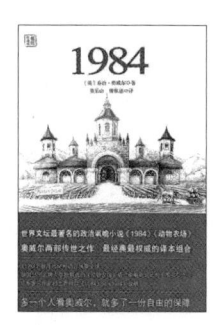

**图2** 中译本《一九八四》(万卷出版公司,2010年)

除了《一九八四》,该书还收录了奥威尔的另一本代表作品《动物庄园》。

样的通用词汇，不断出现在报道国际新闻的记者笔下，足见其作品在英语国家影响之深远。

"多一个人看奥威尔，就多了一份自由的保障。"有评论家如是说。

# 乌托邦与反乌托邦

"1984"这个年份虽然早已离我们远去,但是小说《一九八四》中影射的极权主义社会情境并没有像弗朗西斯·福山[1]预期的那样随着苏联的解体而走向"历史的终结",反而在高度发达的信息科技帮衬之下变本加厉地渗透到社会肌体的每一根毛细血管中。

《一九八四》与英国作家阿道司·赫胥黎的《美丽新世界》[2],以及俄国作家扎米亚京的《我们》[3]并称"反乌托邦"的三部代表作。尼尔·波兹曼[4]在《娱乐至死》一书的前言中,曾以前两部"反乌托邦"寓言开篇,他认为,这两篇寓言代表了文化精神枯萎的两种典型方式。奥威尔担心的是强制禁书的律令,是极权主义(Totalitarianism)统治中文化的窒息,是暴政下自由的丧失;而赫胥黎忧虑的是我们失去禁书的理由(因为没有人还愿意去读书),

---

[1]弗朗西斯·福山(Francis Fukuyama, 1952— ),日裔美籍学者,哈佛大学政治学博士,著有《历史的终结与最后的人》《信任》《政治秩序的起源》等。
[2]阿道司·赫胥黎(Aldous Huxley, 1894—1962),英国小说家、诗人、散文家、批评家和剧作家,写作了五十多部小说、诗歌、哲学著作和游记,对人类生活中的矛盾具有超人的预见力。《美丽新世界》(1932)是一部寓言作品,展现了赫胥黎眼中的人类社会的未来图景:通过最有效的科学和心理工程,人类从遗传和基因上就已经被先天设计为各种等级的社会成员,完全沦为驯顺的机器,个性和自由被扼杀,文学艺术濒于毁灭。
[3]叶夫根尼·伊万诺维奇·扎米亚京(1884—1937),俄国文学史上"白银时代"的重要作家之一,被誉为"语言艺术大师"。《我们》是他的代表作品。小说完成于1921年,但在1988年才得以在苏联公开发表。小说里的人们生活在大一统王国,姓名被数字取代,个性被抹杀,连生活也被王国控制。
[4]尼尔·波兹曼(Neil Postman, 1931—2003),美国著名的媒体文化研究者和批评家,对后现代工业社会有着深刻预见和尖锐批评。代表作品有《娱乐至死》《童年的消逝》等。

**图3** 中译本《娱乐至死》（广西师范大学出版社，2011年）该书认为，电视统治会导致曾经理性、富有秩序和逻辑性的社会话语逐渐变得肤浅且碎片化，一切公共话语都将以娱乐的方式呈现，公众成为娱乐的附庸，"其结果是我们成了一个娱乐至死的物种"。

是文化在欲望的放任中成为庸俗的垃圾，是人们因为娱乐而失去自由。

前者恐惧于"我们憎恨的东西会毁掉我们"，而后者害怕"我们将毁于我们热爱的东西"。波兹曼相信，奥威尔的预言已经落空，而赫胥黎的预言则可能成为现实：文化将成为一场滑稽戏，等待我们的可能是一个娱乐至死的"美丽新世界"。在那里"人们感到痛苦的不是他们用笑声代替了思考，而是他们不知道自己为什么笑以及为什么不再思考"。

可惜波兹曼只猜对了一半，赫胥黎式的"美丽新世界"的确已经出现，但是奥威尔式的极权主义预言并没有彻底消失，反而在变换着各种花样，发展出各种变种来。按照奥威尔的想法，"老大哥"（Big Brother）对人类有一种古老而神秘的吸引力，这种吸引力也许会潜伏蛰藏，但很难真正消失，它总是在阴影中等待召唤。

**图4** 老大哥指《一九八四》里的独裁者，他作为大洋国和英社的领袖，在《一九八四》中始终未出现。"老大哥在看着你"象征着无处不在的权力。

日本作家村上春树于2009年发表的长篇小说《1Q84》，明显就是受了奥威尔的启发。

《1Q84》的"Q"是"疑问"的意思，是英文"question"的缩写。而日语中"Q"和"9"发音相似，将"9"置换为"Q"，的确是个不错的创意。可惜《1Q84》并没有延续"反乌托邦"的主题。因为它影射的对象不是国家而是邪教，其创作背景主要是东京地铁毒气事件[1]。

---

[1] 1995年3月20日早晨，日本东京的营团地下铁（现在的东京地下铁）发生恐怖袭击事件。发动恐怖袭击的奥姆真理教邪教组织人员在东京地下铁三线共五列车上发放沙林毒气，造成13人死亡、5510多人受伤。

1995 年，奥姆真理教[1]制造了东京地铁毒气事件以后，村上春树采访了 62 名事件受害者以及 8 名奥姆真理教信徒，并尽可能旁听东京地方法院、东京高等法院对于奥姆真理教信徒的审判，写下了他的首部长篇纪实文学作品《地下》一书。此书于 1997 年 3 月东京地铁毒气事件两周年的前夕问世。《1Q84》则是以小说的形式反映"信徒"在邪教组织——"先驱"统治下的生存困境。

新兴宗教的存在和异化是社会存在的问题之一，邪教和恐怖主义问题的确引起了社会的动荡不安。虽然当代人早已有了信仰自由，但很多宗教组织并不是抱着向善的美好愿望，而是披着宗教的外衣危害社会，甚至残害生灵。村上春树通过对 1984 和 1Q84 这两个世界的描写，以非现实的世界来影射现实世界，挖掘出现代人性中最真实的部分。奥姆真理教这种"封闭的恶"是不可取的，因为它阻隔了人们对内心的探寻。

乔治·奥威尔在 1946 年撰写的《我为什么写作》一文中曾经自我剖析过写作的四大动机：一是自我表现的欲望；二是唯美的思想和热情；三是历史方面的冲动（希望还事物以本来面目）；四是政治上所做的努力（希望把世界推往一定的方向，帮助别人树立大家要努力争取的到底是哪一种社会的想法）。其中第四点指向的就是作家的政治使命和社会责任，意大利作家伊塔洛·卡尔维诺称之为

**图5** 中译本《我为什么写作》（南京大学出版社，2008年）该书收录了作者最有影响力的社会、政治与文学随笔共十四篇，《我为什么写作》亦包含在内。

---

[1] 奥姆真理教，日本邪教组织，由麻原彰晃（本名松本智津夫）于 1985 年创立。1995 年制造了东京地铁毒气事件之后，麻原彰晃等人被捕。奥姆真理教的后续影响尚未被消除，目前还存在着三个奥姆真理教后续团体，信徒总计 1600 余人。

反乌托邦极权的寓言：整本读《一九八四》　75

"乌托邦责任"。

乌托邦责任指的是这样一种强有力的未成形的愿望：在全世界范围内消灭马克思主义理论定义的贫困、种族主义、性别压迫和经济剥削等罪恶。其表现形式有很多种，如哲学无政府主义、左翼尼采主义、原始绿色运动、迷幻自由主义，其中影响最大的可能就是所谓弗洛伊德—马克思主义，它是弗洛伊德压抑分析与马克思主义批判压迫的结合，两者在批判资本主义方面互相重叠。

就奥威尔本人而言，他属于民主社会主义者[1]，被称为"一代人的冷峻良知"。他最想做的就是使"政治性写作成为一门艺术"。

我最初的出发点是一种盲目效忠的感觉，一种不公平的意识。当我坐下来写作的时候，我不必对自己说："我将创作一部艺术作品。"我写作是因为我想揭露一些谎言，想描述一些事实，我最初只想得到别人的关注。

有人认为，《一九八四》力图展示的正是，如果自由、社会和真相三者不复存在，残酷才会变得随处可见。只有当你能够自由追寻自己心中的真相时，才有思考的自由；而只有在一个真正的社会中，才会存在思考的自由。只有当人们接受他人的观点，不再以"步调一致"为纲，而以"对真相负责"为准时，一个真正的社会才可能存在。

对于真正理想社会的向往和追求，从西方哲学和中国

---

[1] 民主社会主义起源于欧洲传统的社会民主主义，主张在不改变资本主义政治和经济制度的前提下，通过选举，使社会主义者进入议会和政府机构，以渐进的方式实现社会主义。

思想史上，分别可以追溯到柏拉图的"理想国"和《礼记·礼运》中的"大同社会"。最早提出"乌托邦"这个概念的就是柏拉图。1516年托马斯·莫尔[1]出版的《乌托邦》中虚构了航海家拉斐尔·希斯拉德航行到一个奇乡异国乌托邦的旅行见闻，不经意间创造了乌托邦文类。

鲍曼[2]在《社会主义：激进乌托邦》一书中将乌托邦描述为：

一个更加美好的未来世界的图景。

1. 感觉为是未实现的，需要更多努力来实现。

2. 被视为值得拥有，一个并非必然而应该到来的世界。

3. 对现有社会持批判态度；事实上，只有在被认为本质上不同于——如果不是对立于——现有体系时，一个思想体系才能继续以乌托邦的形式存在，继续推动人类活动。

4. 包括了对危害的预估；若要未来的图景具有乌托邦的性质，则必须确定它唯有通过深思熟虑的集体行动才可能实现。

在形式的定义上最有趣的尝试，是戴维斯在《乌托邦和理想社会》[3]中对理想社会进行分类，并把乌托邦作为其中一个类别。除了他认为最重要的第五类理想社会乌

---

[1] 托马斯·莫尔爵士（Sir Thomas More，1478—1535），由于被天主教会封为圣人，又称"圣托马斯·莫尔"（Saint Thomas More），是英格兰政治家、作家、社会哲学家与空想社会主义者，为北方文艺复兴的代表人物之一，1516年用拉丁文写成《乌托邦》（全名是《关于最完全的国家制度和乌托邦新岛的既有益又有趣的全书》）一书，此书对之后社会主义思想的发展有很大影响。

[2] 齐格蒙·鲍曼（Zygmunt Bauman，1925—2017），当代最著名的社会学家与哲学家之一，是"后现代主义"概念的主要创造者。主要著作有《阐释学与社会科学》《现代性与矛盾》《后现代性其不满》《全球化：人类后果》等。

[3] 在该书中，作者J.C.戴维斯对乌托邦文学进行了分阶段研究。

托邦，他还确定了四种类型的理想社会。第一个是乐土，第二个是田园，第三个是完美的道德共和国，第四个是千年至福（millennium）。

戴维斯认为："田园和乐土理想化了大自然。完美的道德共和国理想化了人。千年至福想象了一个能够改变人与自然的外在力量。乌托邦理想化的不是人，而是组织。"其中乌托邦的特点就是其处理集体问题的方法和对一个整全、完美、有序环境的愿景。

乌托邦的功能是多方面的，韦恩·赫德森辨识出四种："作为建构理性运作模式的认知功能，作为教导人意欲更多、更好的神话艺术的教育功能，作为关于以后可能实现之事的未来学的期盼功能，以及作为历史变革发动者的因果功能。"英国学者鲁思·列维塔斯在《乌托邦之概念》[1]一书中加上了先于这些功能的第五种功能：作为不平之鸣的表达功能。

"反乌托邦"的发明则代表了对所有乌托邦希望的逆转和猛烈批评。这个观念源自巴特勒[2]1872年创作的反达尔文主义的《乌有之乡》一书，后来成为科幻文学中的一种文学体裁和重要流派。这类小说通常体现了人类科技的泛滥在表面上提高了人类的生活水平，但本质上掩饰着虚弱空洞的精神世界。人被关在自己制造的钢筋水泥的牢

---

[1] 鲁思·列维塔斯（Ruth Levitas, 1949— ），英国著名社会学家，欧洲乌托邦学会创始人之一、前任主席，其所著《乌托邦之概念》被誉为"当代乌托邦之基石"。
[2] 塞缪尔·巴特勒（Samuel Butler, 1835—1902），英国作家，死后成名，第一部作品为《埃瑞璜》。在埃瑞璜之国，疾病应受惩罚，而道德堕落和犯罪行为却得到了同情宽恕。巴特勒借此讽刺了英国维多利亚时期的社会秩序和风俗习惯。

笼里，物质浪费，道德沦丧，民主受压制，等级制度横行，人工智能背叛人类……最终人类文明在高科技的牢笼中走向毁灭。近年来最著名的反乌托邦主义小说就是《饥饿游戏》和《分歧者》。这两部小说都属于科幻青春小说，而且主角都是女性。它们和传统的反乌托邦作品不同，后者的结局都是主角纷纷死亡，黑暗世界和反面人物横行一世；但这两部作品能够让读者和观众体会到生活在奴役之下的一部分人的愤怒之火，让他们体会到人类昂扬的斗志和旺盛的生命力，并预示着"在绝望的未来图景中，仍然存在着反抗、超越与救赎的希望"。

**图6** 中译本《饥饿游戏Ⅲ：嘲笑鸟》（作家出版社，2011年）
"饥饿游戏"系列共三部，均已改编成电影。

## 一部还不够硬的科幻小说

科幻小说作为一个正式的文学流派，形成得很晚，一直要等到美国著名科幻杂志《惊异故事》的出现。《惊异故事》由编辑雨果·根斯巴克于1926年创办，给当时还处于迷惘状态的科幻作家提供了一个平台施展才华。人们为了纪念他的贡献，以他的名字命名了雨果奖[1]。

恩斯特·布洛赫[2]在《艺术和文学的乌托邦功能》中曾这样界定作为新文学体裁出现的科幻小说："看来我们的时代可能已经创造出了一种乌托邦的'升级版'——

**图7** 杂志《惊异故事》封面
《惊异故事》于1926年创刊，是世界上第一份专业科幻小说杂志。创刊人雨果·根斯巴克成为科幻文学的先驱。

---

[1]科幻小说创作奖项，和星云奖一同堪称科幻艺术界的诺贝尔奖。自1953年以来，由世界科幻协会在每年科幻大会上颁发。中国作家刘慈欣的《三体》和郝景芳的《北京折叠》分别获得了2015年和2016年的雨果奖。
[2]恩斯特·布洛赫（Ernst Bloch，1885—1977），德国著名哲学家，因其丰富的学识和独立之精神，被誉为"德国古典哲学在思辨方面的最后一个代表"。代表作品有《本时代的遗产》《主体—客体》《希望的原理》《图宾根哲学导论》等。

只是它不再被叫作乌托邦，而是被称为'科幻小说'。"

然而作为科幻小说的乌托邦，与其说是一种独立的文学表现形式，不如说是一种政治理想的表达方式。它诉诸了一切可以诉诸的方式来叙述对于理想社会的构想。而这种理想社会表现的正是与我们"正常"世界的极端差异性。因此，科幻小说要表达的内在精神仍然是人类长久以来的社会理想。

就某种意义而言，各类科幻的共同特点就是构建一个不同的世界，这个世界可能是另一个星球，甚至另一个宇宙，也可能是一个已经天翻地覆的未来世界。但无论有什么新的环境或者条件，作者都要标明这种变化，并且要能让读者理解这些标志的意义。

《一九八四》出版于1949年。对当时的读者而言，"1984"就是一个已经天翻地覆的未来世界。不过在现在的读者看来，《一九八四》倒有点像描述过去世界的历史小说了。

在奥威尔的想象中，未来世界形成被三个超级大国——大洋国、欧亚国和东亚国——所瓜分的局面。三个国家之间战争不断，且国家内部社会结构被彻底打破，均实行高度集权的统治，以篡改历史、改变语言、打破家庭等极端手段钳制人们的思想和本能，以具有监视与监听功能的"电幕"（telescreen）控制人们的行为，以对领袖的个人崇拜和对国内外敌人的仇恨维持社会的运转。

不过，奥威尔对未来世界的想象比较单调，三个超级大国的面貌并不都很清晰。小说重点描述的是大洋国的极权统治，欧亚国和东亚国只是作为背景，偶尔跳出来点缀一下。在大洋国的极权统治中，唯一具有科幻元素的想象就是电幕了。

电幕作为一种监控技术手段，的确很瘆人。但它描述的那个系统并不具备可操作性。如此众多的电幕，怎么派人一一监视呢？小说中大洋国的总人口为3亿，其中英社[1]的党员占15%，即4500万人。每个党员的部门和办公室都有几台电幕，所有的电幕都必须有人监控，其荒诞不言而喻。

可以说，除了电幕，奥威尔笔下的思想控制体系基本就是斯大林统治下苏联的翻版。这部小说倒是带有鲜明的写实色彩，不过它描述的不是1984年的大洋国，而是1948年的苏联。所以这部小说的科幻色彩并不浓厚，它只能算是软科幻小说（Soft Science Fiction）。

在科幻小说家看来，《一九八四》根本不能算是科幻小说。匈牙利裔英国作家阿瑟·库斯勒曾直言："斯威夫特的《格列佛游记》、赫胥黎的《美丽新世界》、奥威尔的《一九八四》都是伟大的文学作品，因为这些作品中奇特的外星人世界只不过是社会信息的背景或者托词而已。也就是说，它们是纯粹的文学，而不是什么科幻。"

不过，这并不妨碍我们向《一九八四》致敬。弗里德里克·詹姆逊[2]在《未来考古学——乌托邦欲望和其他科幻小说》中指出：

图8 电影《一九八四》海报（英国，1984年）

---

[1] 小说中统治大洋国的政党。
[2] 弗里德里克·詹姆逊（1934— ），美国文学批评家、马克思主义政治理论学家，早年从事文学理论研究，后来转而关注资本主义后现代文化。代表作品有《马克思主义与形式》《语言的牢笼》《政治无意识》等。

事实上奥威尔的神秘之处在于需要我们区分他的作品的三个层次：首先，是他对自己在自身经验范围内观察到和经历到斯大林主义历史的阐述，这是建立在偶然性事件层面上的；其次这是他非历史地将一种关于人类本质的恶意观点——即认为人类本质是对权力及其实现的贪得无厌的、显而易见的饥渴——普遍化；最后是他非常病态地、偏执地将这种危机当作对自己生存的一个解决办法，即将它转变成一种生活激情。这种难以驯服的、毫不宽恕的激情于是就变成了反乌托邦主义在我们自己时代中的面孔，变成了很难为其辩解的一种表述。

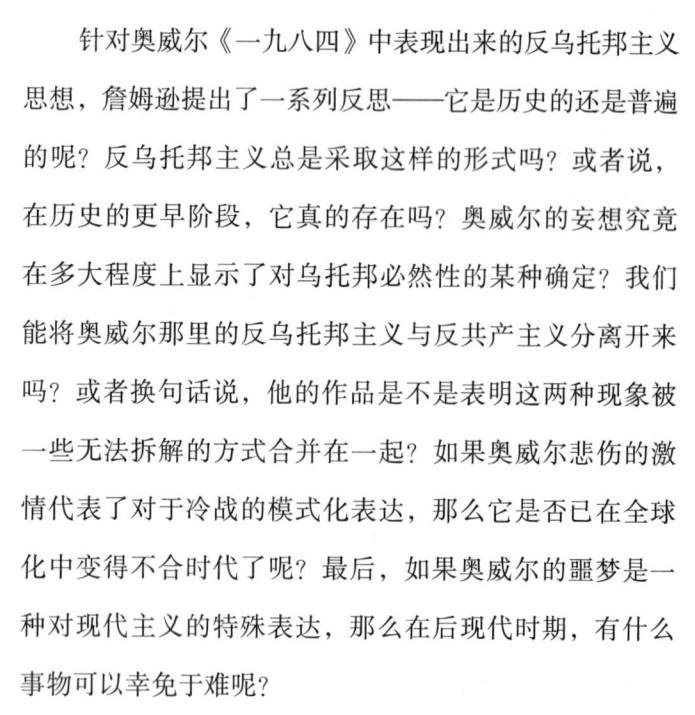

针对奥威尔《一九八四》中表现出来的反乌托邦主义思想，詹姆逊提出了一系列反思——它是历史的还是普遍的呢？反乌托邦主义总是采取这样的形式吗？或者说，在历史的更早阶段，它真的存在吗？奥威尔的妄想究竟在多大程度上显示了对乌托邦必然性的某种确定？我们能将奥威尔那里的反乌托邦主义与反共产主义分离开来吗？或者换句话说，他的作品是不是表明这两种现象被一些无法拆解的方式合并在一起？如果奥威尔悲伤的激情代表了对于冷战的模式化表达，那么它是否已在全球化中变得不合时代了呢？最后，如果奥威尔的噩梦是一种对现代主义的特殊表达，那么在后现代时期，有什么事物可以幸免于难呢？

在科幻小说中，带有鲜明未来科学色彩的小说被称为硬科幻（Hard Science Fiction）。它是一种科学导向性最强的科幻小说，如果一部作品的核心内容与科技有关并对科

**图9** 中译本《未来考古学——乌托邦欲望和其他科幻小说》（译林出版社，2014年）
该书分为两个部分，第一部分细致地考察了"乌托邦"这种社会构想的历史发展变迁，并对它在后共产主义时代的功能提出了质疑；第二部分重点关注一系列科幻小说中所体现出的他者性。作者探讨了乌托邦与科幻小说的关系，反思了对于乌托邦的各种反对之声。

技知识做了大量介绍,即为硬科幻作品。在硬科幻作品中,科技或科学猜想不仅仅是未来世界的点缀,更往往是推动情节发展的主要动力。

美国科幻小说编辑、出版人、文学批评家大卫·哈特威尔罗列了识别硬科幻的一些标准:第一,硬科幻是关于真理的美,是关于描写和面对科学真相的情感体验;第二,当故事讲述方式在科学上合乎逻辑的时候,有经验的读者会认为硬科幻是真实的;第三,在故事的某一节点上,硬科幻依赖说明散文而非文学散文,其目的在于描写特定现实的属性;第四,硬科幻依赖故事外部的科学知识;第五,硬科幻主要是通过传递信息,事实上是通过教导来达到它的影响的。

作为激进硬科幻的代表,保罗·麦考利[1]认为:"科幻根植于核心传统,但也引领时代潮流,它应该有全面的人物、前沿的科学和表达复杂世界的愿望,它通过伟大的技术变革即纳米技术、长生不老技术和生物技术来回应传统科幻过滤未来的方法。"

像备受科幻小说读者欢迎的刘慈欣[2]的《三体》就属于硬科幻。《三体》三部曲被誉为迄今为止中国当代最杰出的科幻小说,是中国科幻文学的里程碑,将中国科幻推上了世界的高度。

**图10**《三体》(重庆出版社,2008年)
三体三部曲(《三体》《三体Ⅱ·黑暗森林》《三体Ⅲ·死神永生》),讲述了"文革"期间一次偶然的星际通讯引发的三体世界对地球的入侵以及之后人类文明与三体文明三百多年的恩怨情仇。《死神永生》荣获2010年度银河奖特别奖、星云奖最佳长篇奖。

---

[1] 保罗·麦考利(Paul J. McAuley,1955— ),英国植物学家、科幻小说家,被视为英国最优秀的新生代作家之一,在作品中对反乌托邦进行了社会学的思考。
[2] 刘慈欣(1963— ),科幻作家、高级工程师,创下连续八年荣获中国科幻最高奖银河奖的纪录。代表作品有长篇小说《超新星纪元》《球状闪电》《三体》,中短篇小说《流浪地球》《乡村教师》《朝闻道》《全频带阻塞干扰》等。

## 温斯顿：最后一个人的孤独

由英国学者爱德华·詹姆斯、法拉·门德尔松主编的《剑桥科幻文学史》一书指出："如果提及最具科幻小说特色的东西，那就是'惊异感'了。惊异感是科幻小说的情感核心……惊异感这一核心让科幻继续壮大。"但惊异感是非常脆弱的，人们熟悉了就很难再感到惊异。用来弥补这一缺陷的是荒诞感——"惊异感让人们惊叹蘑菇云的美，荒诞感则让读者和作者考虑到后果"。最后，和惊异感纠结在一起的孤独感，也成为科幻小说的一部分。硬科幻中的"冷酷的方程式"[1]概念就是这种孤独感的明证，科幻小说还一度把"孤独"视作人物的中心要素。

奥威尔最初将小说《一九八四》命名为《欧洲的最后一个人》，后来他的出版商出于营销需求建议他换一个书名，他采纳了这个建议。

"最后一个人"就是指主人公温斯顿，他的名字很容易让人想起第二次世界大战期间领导英国人民抗击德国法西斯的首相温斯顿·丘吉尔。小说描述了温斯顿觉醒、反抗并最终被思想改造的过程。到了小说的结尾，被改造成功的温斯顿还是被射杀了，成了奥威尔心中的"最后一个

---

[1] 1982年出版的《科幻海洋》第四卷上，刊登了美国科幻作家汤姆·戈德温的短篇小说《冷酷的方程式》。小说讲述了一位宇航员面对两难困境并最终做出抉择，发表后不仅在美国科幻界引发一连串争议，至今仍然影响深远。刘慈欣在多篇随笔和书评中提到这篇小说，称赞其"在小舞台一般简洁的虚拟小世界中，用两个符号一样的人物，准确深刻地展现出在宇宙铁一般法则面前传统伦理的脆弱"。

人"。这种"最后一个人"的孤独感笼罩着整篇小说,充分表现了极权主义老大哥独裁统治的荒诞感。

在小说中,温斯顿出场时是一位已39岁的中年离异男子,他工作的单位是真理部。在大洋国,真理部负责新闻、娱乐、教育、艺术,和平部负责战争,友爱部维持法律和秩序,富裕部负责经济事务。用新话[1]来说,它们分别称为真部、和部、爱部、富部。

在小说的第一章,作者着重介绍了真理部:

真理部——用新话来说叫真部——同视野里的任何其他东西都有令人吃惊的不同。这是一个庞大的金字塔式的建筑,白色的水泥晶晶发亮,一层接着一层上升,一直升到高空三百米。从温斯顿站着的地方,正好可以看到党的三句口号,这是用很漂亮的字体写在白色的墙面上的:

战争即和平

自由即奴役

无知即力量[2]

这三句颇为辩证的口号,实际上讽喻了被庸俗化了的辩证法。因为这三句口号的内容揭示的正是看似互相矛盾的双方在一定条件下可以相互转化的道理。其中第一句口号"战争即和平"暗示了大洋国、欧亚国、东亚国之间的战争是为了维护和平。

第二句口号"自由即奴役"倒是颇为符合卡尔·波普

---

[1] Newspeak,也译作新语,小说中大洋国为了遏制人民思想而创造的新语言体系。
[2] 本章《一九八四》引文均引自富乐山译,万卷出版社,2010年版。

尔在《开放社会及其敌人》[1]一书中提出的"自由悖论"：一味地追求想做什么就做什么的积极自由，最终就会导致消极自由的消失，从而陷入被奴役的境地。

第三句口号"无知即力量"比较容易理解。正所谓"无知者无畏"，无知的乌合之众当然更容易被统治者利用。中国近代史上"扶清灭洋"的义和团运动就是最好的例子。所以像商鞅这种法家思想家才会提出"愚民""弱民""夺民"的政治主张，在秦国搞起"燔书"[2]来。

这三句口号中与温斯顿在真理部所做的工作直接相关的就是"无知即力量"，因为温斯顿在真理部的工作正是不断地根据现实政治的需要篡改历史。奥威尔写道：

凡是与当前需要不符的任何新闻或任何意见，都不许保留在纪录上。全部历史都像一张不断刮干净重写的羊皮纸。这一工作完成以后，无论如何都无法证明曾经发生过伪造历史的事。……书籍也一而再再而三地收回来重写，重新发行时也从来不承认作过什么修改。甚至温斯顿收到的书面指示——他处理之后无不立即销毁的——也从来没有明言过或暗示过要他干伪造的勾当，说的总是为了保持正确无误，必须纠正一些疏忽、错误、排印错误和引用错误。

我想，温斯顿之所以选择了挺身反抗，正是因为他所从事的工作让他看清了英社的统治真相。在小说的第一章

---

[1]卡尔·波普尔（Karl Popper, 1902—1944），当代西方最有影响的哲学家之一，提出了关于民主社会的"三大悖论"——民主悖论、宽容悖论、自由悖论，其所著《科学发现的逻辑》一书标志着西方科学哲学最重要的学派——批判理性主义的形成。《开放社会及其敌人》是其社会哲学方面的代表作。
[2]语出东汉班固《汉书·地理志下》："并六国，称皇帝，负力怙威，燔书坑儒，自任私智。"

他就展开了行动，他打算写日记，于是在日记上笨拙地写下了这样一个日期：1984年4月4日。

这个日期对他而言并没有特殊含义，不过正是在这天的两分钟仇恨节目[1]中，他注意到了小说的女主角——来自小说司的裘莉亚。这就为小说第二部中他们的共同反抗埋下了伏笔。

然后，他在日记上一遍又一遍地写出了自己的心声：打倒老大哥！他从此一发而不可收，走上了反抗老大哥的道路。如果这是一部积极乐观的文学作品，温斯顿应该顺利成为反抗军的首领，像电影《V字仇杀队》里头戴面具、身披斗篷的神秘怪人"V"一样，成功地推翻大洋国的极权主义统治。

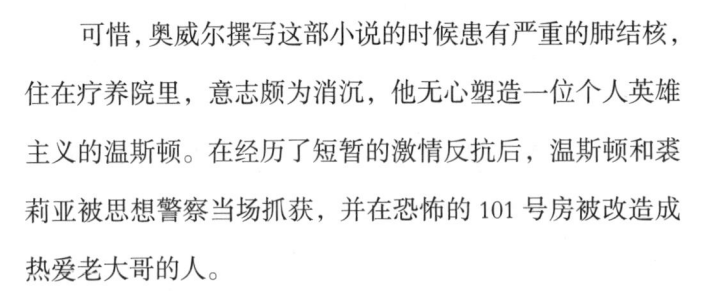

图11 电影《V字仇杀队》海报（美国，2016年）

可惜，奥威尔撰写这部小说的时候患有严重的肺结核，住在疗养院里，意志颇为消沉，他无心塑造一位个人英雄主义的温斯顿。在经历了短暂的激情反抗后，温斯顿和裘莉亚被思想警察当场抓获，并在恐怖的101号房被改造成热爱老大哥的人。

小说结尾颇为绝望地写道：

他抬头看着那张庞大的脸。他花了四十年的工夫才知道那黑色的大胡子后面的笑容是什么样的笑容。哦，残酷的、没有必要的误会！哦，背离慈爱胸怀的顽固不化的流亡者！他鼻梁两侧流下了带着酒气的泪。但是没有事，一

---

[1] 小说中大洋国的人民每天必须观看的两分钟短片节目，每天播放的内容不一样，但都是以党的叛徒爱麦虞埃尔·果尔德施坦的背叛行为作为核心。观看者会情不自禁地产生恐惧和愤怒，甚至有人会攻击电幕。

切都很好，斗争已经结束了。他战胜了自己。他热爱老大哥。

1999年，为了纪念奥威尔小说发表五十周年，芝加哥大学法学院举办了一场研讨会，探讨它对当下美国的意义。在这场研讨会上，诞生了论文集《〈一九八四〉与我们的未来》。在这部论文集中，阿博特·格里森指出：

我个人认为《一九八四》结尾处的自传色彩异常浓厚，其中透露出的挫败感和绝望感是作者个人感情的流露，因为他的信仰已经不合时宜，落伍于时代的洪流。尽管奥威尔不相信宗教，但自己的无能无用，让他怀有强烈的愧疚感（赛迪森称之为清教徒的"消极良知"），只好借温斯顿这一角色来表达内心的苦楚。

奥威尔是1946年8月开始创作《一九八四》的，一连几年他都非常抑郁，与病魔长期斗争影响了他的心情。1947年夏秋两季，他的身体状况急剧恶化。然而彻底让他感到孤立和绝望的事件，是1945年3月妻子在手术台上去世，这给了奥威尔致命的一击。他一直没能走出丧偶的阴影。

另外，从1947年到1948年的七个月里，奥威尔被隔离起来治疗肺结核，他一直没能见到自己的养子，这也加快了他病情的恶化。在这段被隔离的日子里，他开始研究战争对英国人的影响：他们是如何堕落的？为何会一步步走向极权主义？[1]

1948年12月，奥威尔终于完成了《一九八四》。他

图12 中译本《〈一九八四〉与我们的未来》（法律出版社，2013年）

---

[1] 此为奥威尔的预判，现实中的英国并未走向极权主义。

觉得世界在极权主义道路上越走越远，而以道德为基础的自治个体也只是一个无法维持的幻觉。在小说的结尾，温斯顿彻底投降，成为"欧洲的最后一个人"，这深深表达了奥威尔对人类社会的悲观和绝望。

正如玛格利特·德拉布尔[1]在《〈一九八四〉与我们的未来》这部论文集中指出的：

看过《一九八四》的人，很容易觉得奥威尔对人性的看法是相当悲观的。这本小说表明，奥威尔认为即使是人类中最勇敢的那些人，也会受制于政治操控、暴力威胁，从而降低行为准则。没有人坚贞不屈。没有什么利他主义。我们的遗传基因就是自私的，每个人都是自利的。归根结底，我们达不到利他主义的要求，无论是社会整体还是个人。在强压之下，我们变得半信半疑，就像1952年的阿希实验表明的那样：人们总是趋向于服从，而不是尊重客观存在。

在他看来，这才是《一九八四》的主旨，即我们是谁，怎样才能抵御我们的自私天性。

## 双重思想：自由与真相

在《〈一九八四〉与我们的未来》这部论文集的"引言"中，编者提出了关于《一九八四》的五个值得我们进一步探讨的话题：

---

[1] 玛格利特·德拉布尔（Margaret Drabble, 1939— ），英国当代最有影响力的女作家之一，女权主义者。

首先，这部小说在我们文化中的地位所引发的一个宏观性的问题便是，虚构文学作品应该在政治上扮演什么角色？……其次，这部小说围绕着真相及其与政治自由的关系展开，那么相信真相（科学的或者历史的）可得的信念和自由民主社会的可持续性之间有何关联？第三，小说最为人所知的一点是描写了技术手段维持的暴政，而今天我们生活的社会，监视和控制技术所提供的可能性，其程度远远超出了奥威尔的想象。那么，他的恐惧变为现实了吗？未来又将如何？技术本身有什么特质能够减轻奥威尔提出的担忧吗？第四，小说详细描写了酷刑和思想控制，和1949年相比，我们对这一主题的了解丰富了很多。如何用历史经验和心理学研究解释奥威尔噩梦般的深见，即人性可能被心理手段击溃？最后，就是小说中贯穿始终的一个主题——性。……小说在性爱管制和政治中的性爱隐喻方面，给了我们怎样的启发？

其中第一个话题略显宽泛，任何一部政治小说都可以被拿来探讨其在政治上扮演的角色。政治小说的功能大体有以下两种：一则偏重于政治宣传，此类如奥斯特洛夫斯基的《钢铁是怎样炼成的》；一则偏重于政治影射，此类如奥威尔的《动物庄园》。《一九八四》当然属于后者。

用虚构的文学作品来影射政治，有很多好处。在《〈一九八四〉与我们的未来》这部论文集中，伊莱恩·斯卡丽整理出五种：

第一，我们进入文学作品的世界的目的正是为了关注它，思索它。……

**图13** 中译本《动物庄园》（华中科技大学出版社，2016年）
该书是乔治·奥威尔的中篇小说，讲述了农场的一群动物"革命"成功，将压榨他们的人类东家赶出农场，建立起一个平等的动物社会。然而，动物领袖——猪最终篡夺了"革命果实"，成了更加独裁和极权的统治者。

第二，在文学作品内部，我们可以没有风险、不受惩罚地思考。……

第三个好处在于文学作品经常描述不凡事件（或者在日常生活中被掩盖的平凡事件）。……

…………

第四个好处就在于：文学作品中"被当作事实的细节"，通常比历史或现实中的事实更加密集。……

…………

……而第五个即最后一个好处，甚至比它还要伟大：我们可以随意发挥文艺作品特许给我们的臆想。……

因为在论者看来，一部文艺作品就是一个持续放线的臆想，使人脱离现实，人们借此可以不受约束地思考。文学并不是对已经存在的现实世界的复制，而是塑造一个最好的模型，《一九八四》中的大洋国就是奥威尔根据苏联的现实和第三帝国的历史臆想出来的一个极权主义国家的最佳模型。

这倒不是说大洋国的社会制度照搬了苏联模式或第三帝国模式，显然大洋国的政府架构要比后二者简单多了，只有真理部、和平部、友爱部、富裕部等四个政府部门，比中国古代的"三省六部"还要简单明了。极权主义国家的政府架构绝不可能如此简陋。因为极权主义是用来描述一个对社会有着绝对权威并尽一切可能谋求控制公众与私人生活的国家的政治制度。

提出"极权主义"这一概念的学者是卡尔·施密特[1]，早在20世纪20年代，他就在有关全能[2]政府之合法性的作品中使用了"Totalstaat"一词，它意味着社会秩序完全由政治权力或国家权力掌控，私人空间被压缩到几乎不存在的状态，自由被减至最低限度。这当然需要架构一个严密而庞大的政治系统，才能完成其"统治一切"的野心。

尽管极权主义国家形态各异，但仍有一些共同特点，其中最重要的三点就是，存在某个意识形态（"一个主义"），它规范生活的方方面面，勾勒出达到终极目标的手段；有一个唯一的群众性政党（"一个政党"），以此动员人民的热情和支持；这个政党一般是由一位独裁者领导（"一个元首"），该党的领导全面控制政府体系，包括警察、军队、通信、经济及教育等部门。社会上的不同声音受到系统的压制，人民则生活在秘密警察的恐怖控制中。

在《一九八四》中，大洋国比较显性的特征就是"一个元首"（老大哥）和"一个政党"（英社），至于其所奉行的"一个主义"的具体内容是什么，奥威尔并未给出一个清晰明确的描述。不过，他提炼出了一个关于极权主义国家如何达到"一个主义"的非常重要的统治手段：双重思想。这是此小说最伟大的贡献。

在第一章，温斯顿下决心开始写日记时，他就想起了"新话"中的这个词语——"双重思想"。这是奥威尔在

---

[1] 卡尔·施密特（Carl Schmitt，1888—1985），德国著名法学家和政治思想家，其政治思想对20世纪政治哲学、神学思想产生了重大影响。代表作品有《宪法学说》《政治的神学》等。
[2] all-powerful，即统治一切。

小说中第一次提到这个词语,他并没有急于展示这个伟大贡献,而是把它放在后文中加以展开:

  知与不知,知道全部真实情况而却扯一些滴水不漏的谎话,同时持两种互相抵消的观点,明知它们互相矛盾而仍都相信,用逻辑来反逻辑,一边表示拥护道德一边又否定道德,一边相信民主是办不到的一边又相信党是民主的捍卫者,忘掉一切必须忘掉的东西而又在需要的时候想起它来,然后又马上忘掉它,而尤其是,把这样的做法应用到做法本身上面——这可谓绝妙透顶了:有意识地进入无意识,而后又并不意识到你刚才完成的催眠。即使要了解"双重思想"的含义你也得使用双重思想。

  这段话堪称《一九八四》的神髓之笔。它首先向我们揭示出极权主义的一个内涵:极权主义政党要想在大范围内维持"有组织的谎言",最终一定会剥夺社会成员自己判断真假的能力——任何判断的能力都必须被剥夺,甚至仅仅倚靠寻常感知或算术常识的判断,也必须被禁止,甚至包括二加二等于几的这类判断,这在小说中被反复彰显。

  在《〈一九八四〉与我们的未来》中,美国心理学家菲利普·G.津巴多[1]指出:

  双重思想是一种"催眠逻辑",面对催眠师虚构的幻觉,被催眠者总是努力寻求合理的解释。在意识的某一层面,他们知道这种正在经历的幻觉并非真实的存在。但同时,在意识的另一层面里,他们又看不清现实,从而认为

---

[1] 菲利普·G.津巴多(Philip George Zimbardo,1933— ),曾担任美国心理学会(APA)主席要职,进行过著名的斯坦福监狱实验,著有《心理学与生活》等书。

**图14** 中译本《路西法效应：好人是如何变成恶魔的》（生活·读书·新知三联书店，2010年）

该书是津巴多在进行了著名的斯坦福监狱实验后写成的。日常生活中的种种社会角色与剧本，会不会使我们像上帝最钟爱的天使路西法那样堕落成为魔鬼？我们如何抗拒情境的影响力？作者做出了极有说服力的分析。

这种幻觉是真的。因此，被催眠者费尽心思，寻找答案，为什么这些不合理的经验是合乎常理的？双重思想也是如此，人们虽然存有疑虑，但还是极力说服自己应当如此，即使事实并非如此。

奥威尔在小说的第三部里向我们展示了"催眠逻辑"的全过程。它分为三个阶段：学习、理解、接受。其中最恐怖的就是接受阶段，因为它是在最惊悚101号房进行的。101号房里的东西是世界上最可怕的东西。对温斯顿来说，世界上最可怕的东西正好是老鼠。

在奥勃良[1]的恐吓下，温斯顿试图把这一"最可怕的东西"转嫁到裘莉亚身上，他一遍又一遍地拼命大叫："咬裘莉亚！咬裘莉亚！别咬我！裘莉亚！你们怎样咬她都行。把她的脸咬下来，啃她的骨头。别咬我！裘莉亚！别咬我！"他的心理防线被彻底攻破，他蜕变成了一个"灵魂洁白如雪"的人。"他站在被告席上，什么都招认，什么人都咬。他走在白色瓷砖的走廊里，觉得像走在阳光中一样，后面跟着一个武装的警卫。等待已久的子弹穿进了他的脑袋。"

这部小说通过"双重思想"这个核心概念向我们揭示了，一个真正的社会中的自由和真相之间的密切关系。小说力图展现的正是，如果自由、社会和真相三者不复存在，残酷就会变得随处可见。

---

[1]小说中思想警察的头子，前期伪装成老大哥的反对者接近温斯顿。

## 奥勃良：温斯顿的斯德哥尔摩综合征

在《一九八四》中，作为"一个元首"的老大哥虽然名头很响，但形象是非常模糊的，只是作为背景人物偶尔出现在政治宣传画和宣传片中。和小说主人公温斯顿发生直接关联的是思想警察头子奥勃良。很多人都注意到温斯顿对奥勃良存在着一种既爱又恨的复杂情感。

在《〈一九八四〉与我们的未来》中，有论者就认为："我觉得作者既受制于奥勃良，又迷恋奥勃良。就好像有些激进的女权主义者一边抨击色情文学，一边又沉湎其中——这是司空见惯的事。"

温斯顿受制于奥勃良，从而害怕奥勃良，这是很容易理解的。但是温斯顿为什么又会迷恋奥勃良呢？这可以用所谓的"斯德哥尔摩综合征"（Stockholm Syndrome）来解释。

斯德哥尔摩综合征，又称斯德哥尔摩症候群、人质情结、人质综合征，是指犯罪事件的被害者对犯罪者产生好感、依赖心等正面情感，甚至反过来帮助犯罪者、协助其加害人的一种情结。

这种症状之所以被称为"斯德哥尔摩综合征"，是源于 1973 年 8 月 23 日发生于瑞典首都斯德哥尔摩市的银行抢劫案。当时两名有前科的罪犯在意图抢劫银行失败后，挟持了四位银行职员。最终警方使用了催泪弹。半小时后，两人投降。

图15 1967年在去法院路上的未来劫匪之一（中）、他当时的未婚妻（左）、警察（右）。在1973年抢劫案发生之前他已是全国知名罪犯。

然而这起事件发生后的几个月里，这四名遭受挟持的银行职员，仍然对绑架他们的人显露出怜悯的情感。他们拒绝在法庭上指控绑匪，甚至还为他们筹措法律辩护的资金。他们都表示并不痛恨歹徒，甚至感激歹徒没有伤害他们还照顾他们，反而对警察采取敌对态度。

更甚者，人质中的一名女职员竟然爱上其中一名劫匪，并在他服刑期间与之订婚。这两名歹徒劫持人质达六天之久，其间他们威胁被绑架者，但有时也表现出仁慈的一面。在出人意料的心理转变下，这四名人质抗拒政府的营救。

此事激起了社会学家的研究兴趣，他们想了解在绑匪与受害人之间发生的这种感情到底是特例，还是代表了普遍的心理反应。后来的研究显示，这种被社会学家称为"斯德哥尔摩症候群"的现象，普遍得令人震惊。

研究人员发现，这种症候群的例子见诸各种不同的经验，从集中营的囚犯、战俘，到受虐妇女与乱伦的受害者，都有可能经历斯德哥尔摩综合征体验。因为人性能承受的恐惧有一条脆弱的底线，当遇到凶狠狂暴、不讲理的杀手，人质就会把生命权渐渐付托给这个暴徒。

时间久了，人质吃一口饭、喝一口水，都会觉得是恐怖分子对自己的容忍与慈悲。他对暴徒的恐惧会首先转化为感激，然后转变为崇拜，最后，人质下意识地以为暴徒的安全就是自己的安全。

这种屈服于暴虐的人性弱点，就是斯德哥尔摩综合征，它证明人是可以被驯养的。而在《一九八四》里，温斯顿最终被奥勃良改造成了一个"灵魂洁白如雪"的人，而且"他战胜了自己,他热爱老大哥"。

在《〈一九八四〉与我们的未来》中,有论者认为小说在奥勃良的人物形象塑造上存在两个问题,一是小说的最后部分淡化了全书对极权政治的讽刺色彩,因为和施虐成性的疯子奥勃良相比,极权统治的独裁者反倒显得比较仁慈;二是奥勃良自己好像从来没有感到害怕,极权国家的核心党员也害怕上级、对手,甚至是起义的民众,但是奥勃良却什么都不怕。

这里需要辩驳的是,首先像温斯顿这种级别的小人物,根本不可能接触到极权国家的领导人,所以在《一九八四》中,老大哥只能作为背景人物出现在宣传画和宣传片里。老大哥只是显得比较仁慈而已,未必就真的仁慈,从他对付政敌爱麦虞埃尔·果尔德施坦因的种种残酷手段上就可以看出。

熟悉苏联历史的人一眼就可以看出,果尔德施坦因这个人物影射的是苏联历史上著名的革命家、军事家列夫·托洛茨基。小说中对果尔德施坦因的描述跟托洛茨基完全吻合:"一度是党的领导人物之一",后来被打成"头号叛徒,最早污损党的纯洁性的人",外貌特征是长着"一张瘦削的犹太人的脸,一头蓬松的白发,小小的一撮山羊胡须","长长的尖尖的鼻子有一种衰老性的痴呆,鼻尖上架着一副眼镜"。

小说中声称果尔德施坦因"也许是在海外某个地方,得到外国后台老板的庇护;也许甚至在大洋国国内某个隐蔽的地方藏匿着"。但这只是奥威尔耍的一个小花招。他

图16 列夫·托洛茨基(1879—1940),俄国十月革命的领导者,苏联红军的缔造者。1924年列宁去世后,托洛茨基被斯大林、季诺维也夫、加米涅夫等人排挤,1929年被逐出苏联,1932年被取消苏联国籍。1938年托洛茨基建立第四国际,和斯大林所控制的第三国际相抗衡。托洛茨基先后流亡土耳其、法国和挪威等地,最后定居墨西哥。流亡期间他曾多次遇刺,最终于1940年在墨西哥被苏联特工用冰镐杀害。

当然知道托洛茨基早在 1940 年 8 月就在墨西哥遇刺身亡了。但在小说里,奥威尔不能让他死,还必须让他发挥头号叛徒的作用,否则就不能激起温斯顿的反抗希望了。

其次,的确像汉娜·阿伦特[1]指出的那样,像犹太人大屠杀这样大规模犯罪的主要成因不仅仅是少数种族主义分子的"极端的恶",还有社会上普遍存在的"平庸之恶"。

其实,像奥勃良这种有恃无恐的极端恐怖分子的确存在于极权国家的真实历史上。

在苏联历史上,就有一个比奥勃良还臭名昭著的极端恐怖分子——尼古拉·叶若夫。叶若夫曾任苏联内务人民委员部首脑,是斯大林大清洗计划的主要执行者。1937 年到 1938 年的大清洗运动中,在叶若夫主持下,苏联内务部逮捕了 150 万人,并处决了其中的半数。

在苏联的官方档案中,叶若夫出生于俄罗斯圣彼得堡,然而他本人却宣称自己生于立陶宛的马里连堡。他的教育程度仅仅是小学水平,这也在某个方面为他后来血腥残暴的工作方式找到了一个较合理的解释。

1936 年,在一封名为"一个老共产党员的信"的信中,有对叶若夫的个人描述:"在我的一生中,从来没有看见过有比叶若夫更冷酷无情的人,我还记得他小时候喜爱用一张沾满煤油的纸条绑住猫的尾巴并将其点燃,看着猫号叫的样子直到被火焰撕裂。我个人认为他直到现在仍然在用和孩童时同样的心理折磨其他的人。"

---

[1] 汉娜·阿伦特(Hannah Arendt,1906—1975),20 世纪思想家、政治理论家,著有《极权主义的起源》。

加之身体上的缺陷，叶若夫就有了"有毒的侏儒""血腥的侏儒"的外号。1936年9月26日，他被选举为苏联内务人民委员部人民委员，代替了前任亚戈达，同时又成为中央裁决委员会委员。在他的统治下，大清洗运动[1]达到了高峰，将近半数的政治人员和军事指挥人员因"不忠"或"叛逃"的罪名被草草逮捕并处死。

不过，历史上像叶若夫这种热衷制造恐怖的酷吏往往自食恶果。1938年11月，叶若夫向斯大林写了长长的忏悔信，半年后，他招供了自己的罪行：德国间谍、托洛茨基阴谋集团成员、企图暗杀斯大林。1940年2月4日，叶若夫被枪毙。

**图17** 在原来照片（上）右侧的叶若夫清晰可见；后来的照片（下）叶若夫的身影消失了，系被审查人员删除。

## 裘莉亚：作为政治反抗形式的性

在小说的第一部中，裘莉亚就作为温斯顿反抗的主要动机出现了。裘莉亚的出现，引发了温斯顿开始以撰写日记作为反抗。不过在温斯顿和裘莉亚的感情发展中，扮演主动角色的是裘莉亚。

裘莉亚来自真理部的小说司。"真理部不仅要满足党的五花八门的需要，而且也要全部另搞一套低级的东西供无产阶级享用。"温斯顿在收到裘莉亚表白的小字条后，活下去的欲望猛然高涨。裘莉亚引导温斯顿的反抗意识达

---

[1] 1934年斯大林执政下爆发的一场政治镇压和迫害运动。不少托洛茨基主义者和知识分子遭到清洗。在叶若夫的作用下，1937至1938年被称为苏联"大恐怖"时期。由此，斯大林个人崇拜达到前所未有的高度。

到新的境界，带领温斯顿重新发现和取回对生命和自然的审美感受力。她选择的林中幽会地点正是温斯顿梦中的自然理想国——"黄金乡"。

虽然裘莉亚满嘴粗话，但是在温斯顿看来，"这不过是她反对党和党的一切做法的一种表现而已，而且似乎有点自然健康，像一头马嗅到了烂草打喷嚏一样"。当然，他们在一起绝不是只讲粗话而已。他们通过疯狂的性爱来表现对极权政治的反抗。

在温斯顿看来，"不仅是一个人的爱，而是动物的本能，简单的不加区别的欲望：这就是能够把党搞垮的力量"，"他们的拥抱是一场战斗，高潮就是一次胜利。这是对党的打击。这是一件政治行为"。

小说为什么要通过性描写来反抗极权政治呢？首先当然是因为极权政治已经渗透到社会生活的每一个层面，哪怕是人们的私生活，乃至性生活，也无所遁形。在小说中，温斯顿是结过婚的，他的前妻凯瑟琳是一个"头发淡黄、身高体直的女人"，在温斯顿看来，"她毫无例外地是他所遇到过的人中头脑最愚蠢、庸俗、空虚的人。她的头脑里没有一个思想不是口号，只要是党告诉她的蠢话，她没有、绝对没有不盲目相信的。他心里给她起了个外号叫人体'录音带'。然而，要不是为了那一件事情，他仍是可以勉强同她一起生活的。那件事情就是性生活"。

奥威尔颇为嘲讽地写道：

她提起这件事来有两个称呼。一个是"生个孩子"，另一个是"咱们对党的义务"（真的，她确实是用了这句话）。

不久之后，指定的日期一临近，他就有了一种望而生畏的感觉。幸而没有孩子出世，最后她同意放弃再试，不久之后，他们俩就分手了。

而且凯瑟琳绝不是个案，大洋国的妇女普遍如此：

党内的女人都是一样的。清心寡欲的思想像对党忠诚一样牢牢地在她们心中扎了根。通过早期的周密的灌输，通过游戏和冷水浴，通过在学校里、少年侦察队里和青年团里不断向她们灌输的胡说八道，通过讲课、游行、歌曲、口号、军乐等等，她们的天性已被扼杀得一干二净。……性欲是思想罪。即使是唤起凯瑟琳的欲望——如果他能做到的话——也像是诱奸，尽管她是自己的妻子。

从中我们可以看出，首先，极权政府对性的禁锢情有独钟。因为政治狂热是缺少房事的典型症状，也是极权政府实现统治的一种好方法。对此，《美丽新世界》的观点恰恰相反。在作者赫胥黎看来，纵欲主义是麻醉大众的鸦片，政府之所以一贯鼓励纵欲，有一个理由就是它有预防叛乱的功能。

**图18** 中译本《美丽新世界》
（上海译文出版社，2017年）

这两部小说都讲述了人类灵魂的泯灭，但角度迥异。《一九八四》是极权政治的噩梦，《美丽新世界》则是极盛的资本主义梦魇。赫胥黎认为，性生活能够把人们的注意力从政治上引开，因此，一个需要使民众噤声的政府理应鼓励性生活——这种观点已经被美国现代社会的一些政治运动所接受。

其次，小说里将性当作权力的对立面，认为其具有革命性和政治性，主要因为它是一种动物性的本能。奥威尔在小说中并没有深入展开论述这一点。在《〈一九八四〉与我们的未来》中，罗宾·韦斯特对此展开了更深入的论述：

兽性的、本能的、只与性欲有关的性，是自发的而非控制性或受控性的；是和善且向生的而非邪恶且致命的；是快乐的寻欢而非绝望的寻死；是安抚的慰藉而非残酷的折磨；是同情心的馈赠而非憎恶心的产物；是激情的迸发而非审慎的思考；是全身心的投入而非不情愿的胁迫；是自我放纵的机会而非操纵他物的欲求。在集权面前，家庭之爱、夫妻之事以及相濡以沫的情分被摧毁了，家庭成员间的支持与关爱也不堪一击。但是，仅与性欲有关的性则不然：它不仅仅受到权力的威胁，它就是权力的对立面。

所以，奥威尔在小说中选择以温斯顿和裘莉亚之间的性爱来反抗极权政治，就显得颇为合理了。何况，温斯顿和裘莉亚之间不但有性，而且有爱。可惜这段美好的感情很快就被思想警察打碎了。

温斯顿和裘莉亚被捕之后，都经历了奥勃良的思想改造，被改造成功的他们在公园相遇了，两个人坐在长椅上留下了一段颇为伤感的对话：

"我出卖了你。"她若无其事地说。

"我出卖了你。"他说。

她又很快地憎恶地看了他一眼。

⋯⋯⋯⋯

"你关心的只是你自己。"他随声附和说。

"在这以后，你对另外那个人的感情就不一样了。"

"不一样了，"他说，"你就感到不一样了。"

他们之间的互相出卖，一则证明了人性的自私，二则证明了感情的脆弱。他们以性爱反抗极权的感情基础被摧折殆尽，从此以后，他们再也不可能回到过去。正是这种情人之间互相检举揭发的行为，打破了他们的心理防线，让他们堕入万劫不复的境地。

这种"大义灭亲"式的互害模式正是极权政治最有利的统治手段，它以公权破坏私权，侵入到私人生活中最隐秘的角落。因此，《一九八四》又被称为"一本有关权力的书"。

《〈一九八四〉与我们的未来》中有论者说：

《一九八四》是一本有关权力的书。更确切地说，它描述集权可怕的破坏作用。集权可能禁锢甚至扼杀本性——它会破坏我们的本性、自然语言、动物本能、自然环境。最重要的是，我们作为人的欲求也同样遭到扼杀——比如，舐犊之乐、反哺之情、凡世之爱、云雨之欲、相濡之恩、百年之好。

加拿大小说家玛格丽特·阿特伍德[1]的代表作《使女的故事》讲述的就是一个关于女权主义的反乌托邦小说。在她所描述的未来世界，由于污染等一些原因，生育率骤降，为了应对这种社会问题，便有了"使女"这种人群的存在，她们的专职工作就是繁衍后代。

在小说描述的未来世界里，美利坚合众国已经沦陷，

图19 中译本《使女的故事》（上海译文出版社，2017年）该小说自2017年被改编为美剧，现在已经出了三季，无论是小说还是电视剧，都引起极大反响。

---

[1] 玛格丽特·阿特伍德（Margaret Atwood，1939— ），加拿大小说家、诗人、文学评论家。代表作品有《使女的故事》《盲刺客》等。

代之而起的是以极端原教旨主义[1]立国的基列共和国,《圣经》被视为不可辩驳的最高真理,且需逐字逐句严格遵守。于是在生育率急剧下降的现状下,《创世记》中拉结让使女比拉为雅各生子的故事成为范本,使女由此开始了她们作为大主教[2]生育机器的命运。

她们被剥夺了一切,名字、身份、家庭、爱情、阅读的权利、让人烦恼的毕业论文……这些原本构筑日常生活的一切。女主角在成为使女后,发现自己总想念自助洗衣房,想念她走过去时穿的短裤和牛仔裤,想念她放进洗衣机里的那些微不足道然而属于她自己的东西,"自己的衣服,自己的肥皂,自己的钱"。

自助洗衣房代表她曾经能掌控自己的生活,但忽然之间这些都消失了,以上帝和安全的名义。和《一九八四》中的温斯顿一样,她试图找回这种掌控感的方式就是性——她和大主教的司机疯狂偷情做爱,直至怀孕。在小说的结尾,她被神秘力量带走,他们有可能是来自"上面"的执法者,将她带至死亡,也有可能是密谋推翻基列共和国的革命者,将她带至光明。值得一提的是,玛格丽特·阿特伍德开始创作这部小说的时候,正是 1984 年。当时,她脑子里总想着乔治·奥威尔的《一九八四》。

---

[1] 20 世纪初兴起的一种宗教思潮和现象。最早以基督教为背景。第一次世界大战以来,西方尤其是美国基督教新教中一些自称为保守派的神学家,为反对现代主义,尤其是反对《圣经》考证学,形成这一神学主张。近年来,由于其他宗教也出现了类似的思维和现象,故国际学术界和传播媒介通称之为原教旨主义。具有极强的保守性、对抗性、排他性及战斗性,但在非基督教之各教中情况复杂。
[2] 小说中基列共和国的当权者。

## 新话：第三帝国的语言与宣传

"新话"是奥威尔在《一九八四》中设想的新人工语言，是大洋国的官方语言，被形容为"世界唯一会逐年减少词汇的语言"。它的发明是为了满足英社的意识形态需要。

在1984年，无论口头语还是书面语，还没人能够把新话作为自己唯一的交流工具。虽然《泰晤士报》的社论都是用新话写成，但这种技艺只有专家才能掌握。预计到2050年，新话会最终取代老话，也就是人们常说的标准英语。

奥威尔在小说中通过新话制造者赛麦和温斯顿之间的一段对话来阐述新话的功能，赛麦对温斯顿说：

你难道不明白，新话的全部目的是要缩小思想的范围？最后我们要使得大家在实际上不可能犯任何思想罪，因为将来没有词汇可以表达。凡是有必要使用的概念，都只有一个词来表达，意义受到严格限制，一切附带含意都被消除忘掉。在十一版中，我们距离这一目标已经不远了。但这一过程在你我死后还需要长期继续下去。词汇逐年减少，意识的范围也就越来越小。当然，即使在现在，也没有理由或借口可以犯思想罪。这仅仅是个自觉问题，现实控制问题。但最终，甚至这样的需要也没有了。语言完善之时，即革命完成之日。新话即英社，英社即新话……温斯顿，你有没有想到过，最迟到2050年，没有一个活着的人能听懂我们现在这样的谈话？

奥威尔在这段话中对新话的政治功能阐述得已经很明确了，但他还是不厌其烦地在故事结束后附上了一篇关于新话的论文《新话的原则》。论文将新话分成了所谓的三类词汇——A 类词汇、B 类词汇（也叫复合词）和 C 类词汇——并制定了新的语法规则。奥威尔为何会对语言的改造有如此超乎寻常的兴趣？他创作新话的源起最早见于其文章《政治与英语》。在文章中他慨叹当时人们运用英语的素质低劣，滥用矫揉造作的文字及无意义的词语，导致思想模糊以及思考缺乏逻辑。在文章的末段，他反思道："我说过语言腐坏可以救治。但反对者辩称，语言不过反映社会的现实状况，不可能透过小修小补，改变语言的发展。"

也有人提出，乔治·奥威尔 24 岁时曾与姨妈同住在巴黎，他的姨丈是著名的世界语学者和斯大林批评者。奥威尔由于不能学好世界语，所以对这种表达模式有所厌恶。

新话的核心理论是，我们如果不能表达某种事物，那么就不能进行相关的思考，减少字词数目就是缩窄思想范围。这与萨丕尔-沃尔夫假说[1]以及路德维希·维特根斯坦[2]定理有关。维特根斯坦定理可指向一句名言：语言的限制就是世界的限制。这衍生出一个问题，是事物被语言定义还是人们主动地定义事物。例如，没有"自由"

---

[1] 萨丕尔-沃尔夫假说（Sapir-Whorf Hypothesis）是美国人萨丕尔及其弟子沃尔夫提出的有关语言与思维关系的假说，即所有高层次的思维都倚赖于语言，语言结构决定某个文化群体成员的行为和思维习惯。

[2] 路德维希·维特根斯坦（Ludwig Josef Johann Wittgenstein，1889—1951），德国哲学家，犹太人，是 20 世纪最有影响力的哲学家之一，其研究领域主要有数学哲学、精神哲学和语言哲学等。曾经师从罗素，被罗素评价为"天才人物的最完美范例"。

二字，我们能否自由？

在《一九八四》中，新话的主要功能在于统一思想。在这方面希特勒的第三帝国为我们提供了一个绝佳的范例。饱受德国纳粹迫害的犹太学者克莱普勒在记录纳粹德国话语的《第三帝国的语言：一个语文学者的笔记》一书中，揭示了一个陷千百万德国人于"比无知更可怕境地的极权国家"的内幕。

主宰这个国家的媒介是一种渗透到每个人的日常语言和思维方式之中的官方宣传。克莱普勒发现，德国媒体和官方宣传所使用的语言并不仅仅是呈现在意识层次上的词汇、概念和说法，更是一种在下意识层次诱导和左右普通人思维的毒质话语。这种极权语言像是很小剂量的砒霜，在不知不觉中毒杀人的独立思考能力。

克莱普勒是一位语言学家，他研究的是日常生活中普通人实际接触和使用的语言。这种语言看上去是口语的，但却渗透着纳粹书面语言和政治宣传的思维模式、乖戾逻辑和意识形态特征。民主话语的理性逻辑和说理是纳粹非理性话语的死敌，也是阻止纳粹非理性话语彻底胜利的最后希望。

在克莱普勒看来，第三帝国的语言是苍白无力的，"这个语言一方面独霸天下，一方面贫瘠可怜，而且正是通过其贫瘠而威淫四方"，而且"第三帝国的语言完全是针对个人的，扼杀个体的本质，麻木其作为个人的尊严，致使他成为一大群没有思想、没有意志的动物中的一只，任人驱赶着涌向某一个规定的方向，令他变为一块滚动着

**图20** 中译本《第三帝国的语言：一个语文学者的笔记》（法律出版社，2013年）该书记录并分析了第三帝国时期，语言是如何走向堕落的。作为一部诞生于恐怖年代的经历之书，该书以骇人而真实的方式呈现出纳粹统治残忍的日常性。

的巨石的原子"，从而"让单个的战士、单个群组，不受外界的影响，不理内心的权衡，不顾任何本能的感觉，完全像一台机器那样去听从上级的命令，按钮一揿就随之运行起来"。

克莱普勒以自己在第三帝国的经历举了一个鲜活的例子：

在我的日记本里，LTI这个符号最初是个语言游戏，带有模仿戏谑的意味，然后很快就成为一种仓促的记忆的紧急救助了，作为在手帕上系的一种结扣，没过多久，它又成为所有苦难岁月的一种紧急防卫，成为一种向我自己发出的SOS呼叫。

克莱普勒发现，"人民"这个词语在纳粹的行文中被频繁使用，"就像吃饭时用盐一样，给所有的东西都捏上一撮人民：人民的节日，人民的同志，人民的团体，接近人民，背离人民，来自人民"。克莱普勒紧盯着这些词语，用冷静的反讽衬托出它们的臃肿和狂妄。"人民""领袖""英勇""狂热"——所有这些美好的词语在纳粹的语境中都堕入深渊。

作为语言学家，克莱普勒深知语言的厉害："纳粹主义是通过那一句句的话语、那些常用语、那些句型潜入众人的肉体与血液的，它通过成千上万次的重复，将这些用语和句型强加给了大众，令人机械地和不知不觉地接受下来。"换句话说，纳粹宣传的本质就是语言毒素的渗透，这毒素慢慢渗进大众的日常用语中，令他们偏执和短视，而语言毒素最终会演变成行为上的暴力。

在克莱普勒看来，纳粹语言改变了词语的价值和使用率，将从前一般的大众语汇收缴为党的话语，并使所有这些词语、词组和句型浸染毒素，让这种语言服务于他们可怕的体制，令其成为他们最强大的、最公开的，也最秘密的宣传鼓动手段。

在第三帝国短短十二年的历史上，出现过两位臭名昭著的宣传家，一位是帝国宣传部长保罗·约瑟夫·戈培尔，一位是被称为"纳粹女人"的电影导演莱妮·里芬施塔尔。

戈培尔被称为"宣传的天才""纳粹喉舌"，以铁腕捍卫希特勒政权和维持第三帝国的体制，被认为是"创造希特勒的人"。1924年，戈培尔受到希特勒演讲的感染，加入了纳粹党，谋求通过政治活动而出人头地。1927年，戈培尔创办了《进攻报》并兼任主编，加强纳粹主义宣传工作。

戈培尔设计广告画，出版宣传品，组织在街上游行，举行慕尼黑"啤酒馆暴动"纪念集会和柏林体育馆大型演讲会；制造元首"一贯正确"的神话，把希特勒描绘成"主宰者"，诱导人们盲目服从；将被杀的冲锋队头目生前所作的进行曲作为纳粹党歌，鼓吹为纳粹事业献身。1929年，戈培尔被任命为纳粹党宣传部长。

戈培尔认为宣传的唯一目的就是"征服民众"。"我们的宣传对象是普通老百姓，故而宣传的论点须粗犷、清晰和有力；真理是无关紧要的，完全服从于策略的心理"，"我们信仰什么，这无关紧要；重要的是我们有信仰"，"政治不再是可能的艺术，我们相信奇迹，相信不可能和可望而不可即。在我们看来政治正是不可能的奇迹"。

1935年5月10日的夜晚，拥有博士学位的戈培尔在柏林发起随后遍及全国的焚书运动，那些被视为"对我们的前途起着破坏作用"的书籍，都被付之一炬。戈培尔向参加焚书的学生们说："德国人民的灵魂可以再度表现出来。这火光不仅结束了旧时代，而且照亮了新时代。"戈培尔因此获得了"焚书者"的称号。

1945年4月，戈培尔夫妇迁居总理府地下室。决定自杀的希特勒立下遗嘱任命戈培尔为总理。5月1日，戈培尔夫妇先让纳粹军医毒死自己的六个孩子，之后双双自杀殉党。死后，尸体被党卫军成员浇满汽油焚毁。

纵观戈培尔的一生，他利用德国一战失败带来的消极思想，成功地将整个民族引上了一条不归路，也毁灭了自己的家庭。一生得意扬扬煽动别人的他，也骗了自己，只留下一句"谎话重复一千遍，就是真理"，警示着后人。

里芬施塔尔原本是一个演员，但不满足于仅仅做一名明星。她于1932年自导自演了第一部剧情片《蓝光》，由此开始导演生涯。1932年，希特勒在看过她的电影后，非常欣赏电影里那种阳刚、强烈、骄傲的美学。

1933年，德国纳粹党掌权，希特勒与里芬施塔尔私人会面后，邀请她为纳粹党拍摄纪录片。里芬施塔尔答应了希特勒的要求，拍摄了以"纳粹党在纽伦堡的党代会"为主题的纪录片《意志的胜利》。该片显示出她在电影制作上的杰出才华。

在希特勒的全力支持下，里芬施塔尔调用三十六台摄

图21 电影《意志的胜利》剧照，从这一张图就可窥见电影之恢宏。（德国，1935年）

影机像机枪一样同时向100万人"扫射"，无数的聚光灯轰炸得纽伦堡好像是被挖掘出的罗马古迹一样令人惊心动魄。无与伦比的手笔让她几乎一夜之间就完成了电影史上最气势宏伟、蛊惑人心的纪录片，该片后来获得威尼斯双年展和巴黎博览会电影展两大金奖。

1936年，她又拍摄了以1936年柏林奥运会为题的《奥林匹亚》，该片因其在电影技术上的创新被认为是电影史上最重要的影片之一，成为法西斯美学的代表性作品。当时，她指挥着200多人的摄制小组铺设同步轨道，挖摄影坑，甚至放飞热气球，在画面叙事上的构思开创了崭新的摄影技巧，开了运动摄影领域的先河。最后，里芬施塔尔花费了一年半，在四百公里长的素材中剪辑出四个小时的鸿篇巨制。这部电影至今仍然是研究纳粹美学的一个经典电影文本。

图22 电影《奥林匹亚》海报（德国，1938年）

反乌托邦极权的寓言：整本读《一九八四》　　111

第二次世界大战结束后，里芬施塔尔因涉嫌与纳粹牵连，被投入监狱。她虽然在1952年被西柏林法庭终审判决无罪，但长期遭到欧美电影界的抵制。里芬施塔尔曾为自己辩解："我只是一个艺术家，不太关心现实，只想留住过去的所有美好。我只忠实于一切美与和谐的事物，或许这样的处理方式是相当德国化的，但这并非出自我的意志，而是源自潜意识。"

里芬施塔尔一生崇尚力与美，崇尚形体上的庄严和大肆渲染，这种美学追求本身没什么错，但她偏偏将这种美的形象投向了纳粹，投向了法西斯，投向了元首希特勒。造化弄人，这个强悍的女人注定一生也走不出希特勒的阴影，也无法撕下被贴上的法西斯美学的标签。

## 结语

乔治·奥威尔的《一九八四》出版至今已有六十年，它已是一本被研究得透烂的书。但不管各路学者将其剖析得如何透彻，我依然想表达一下自己在重读此书之后那种难以言喻的复杂感受——这是一种奇妙又难得的阅读体验，就像被一股巨大又庞杂的情绪裹挟。想到书里的那些新词，想到书中的极权政治和现实世界的联系，想到那些没有发生却有可能发生的未来，想到信息时代的"1984"，我一时间觉得《一九八四》真是太真实、太可怕了。

# 扑朔迷离的真相与人性

## 整本读《竹林中》

# 芥川龙之介

Ryūnosuke Akutagawa

1892—1927

号柳川隆之介、澄江堂主人、寿陵余子，俳号我鬼，是日本大正时代文学流派"新思潮派"的代表作家，其早期作品多取自历史题材，重艺术构思、审美意趣，显示一定的唯美主义倾向，后转向写实。就读于东京帝国大学英文科期间，芥川龙之介与久米正雄、菊池宽等人先后两次复刊《新思潮》。1921 年 3 月到 7 月间，他作为大阪每日新闻社的记者到中国旅行，回国后发表《上海游记》和《江南游记》等，1927 年发表短篇力作《河童》，体现出自己苦恼、悲哀、不安的内心世界，也展露了文明社会中隐藏的黑暗和残酷，同年自杀，享年 35 岁。芥川龙之介著有小说一百四十八篇，小品、随笔、评论、游记多种，作品文笔雅丽，立意精当，形式多样。1935 年，菊池宽为纪念这位文豪提议设立芥川龙之介文学奖，以他之名激励纯文学新人作家。

图1 芥川龙之介

# 《竹林中》

《竹林中》是芥川龙之介最负盛名的短篇小说之一。芥川龙之介早期创作以历史小说为主，多借古喻今，以嘲讽的笔法针砭时弊，《竹林中》是这一时期的代表作。小说叙事视角独特，由七段供词组成，将读者引进了叙事的

图2 中译本《罗生门》（上海译文出版社，2010年）

除了《竹林中》，该书还收录了《罗生门》《地狱变》等名篇。

扑朔迷离的真相与人性：整本读《竹林中》

迷宫当中。七人的供词有相互矛盾之处，读者要通过分析才能得出一个结论，但却不一定是真相。黑泽明的著名电影《罗生门》改编自《竹林中》，影片名称借用了其另一部短篇小说《罗生门》的标题，但影片内容与小说《罗生门》无关。

## 文学改编电影的典范

说到以悬念叙事见长的小说，我最钦佩日本小说家芥川龙之介所写的短篇《竹林中》。我至今还记得当年在看由黑泽明[1]导演、改编自这篇小说的电影《罗生门》时，被彻底震撼的情形。很难想象这是拍摄于1950年的电影，它远远超越了那个时代的影像风格和叙事风格。即使是之前看过的好莱坞大片、奥斯卡最佳影片，带给我的影响也没有《罗生门》来的深远。

图3 电影《罗生门》海报（日本，1950年）

我一直想静下心来，好好对照一下这部电影和原作小说。这种电影文本和小说文本对照阅读的学理并不难找，李欧梵[2]曾经写过《不必然的对等——文学改编电影》，试图经由现今来重新认识过去，也通过电影来重新认识文学，特别是中外文学的经典。

在李欧梵看来，相对文学而言，电影"后来居上"，早已成了大众消费的媒体，逐渐不分雅俗起来，而且电影媒体和与之相关的新科技媒体也早已成了我们日常生活中必不可少的部分，它虽没有取代文字，却逐渐有凌驾以文字为主的文学的趋势。

图4《不必然的对等——文学改编电影》（人民文学出版社，2017年）
该书从实例出发，分析了种种文学改编电影的长处与不足，并对这一形式有着整体性的思考，"可以说是一个老影痴的观影札记"。

关于文学与电影关系的探讨，早期较为重要的理论研

---

[1] 黑泽明（1910—1998），日本最具世界影响力的导演，被誉为"电影界的莎士比亚"，于1936年进入PCL电影公司（东宝电影的前身）担任导演助理，结识了恩师山本嘉次郎。1950年上映的电影《罗生门》引起了世界影坛的瞩目。

[2] 李欧梵（1942— ），国际知名文化研究学者、著名教授、作家、文化评论员。主要研究领域包括现代文学及文化研究、现代小说和中国电影。代表作品有《上海摩登》《徘徊在现代与后现代之间》《自己的空间：我的观影自传》等。

扑朔迷离的真相与人性：整本读《竹林中》　117

究著作是法国"新浪潮电影之父"安德烈·巴赞[1]的《电影是什么？》一书。早在20世纪50年代初，他就在《非纯电影辩：为改编辩护》一文中指出文学正在左右电影演进历程的现象，因为他发现电影愈来愈多地到文学和戏剧宝库中取材。

电影作为"第七艺术"，自诞生之日起就与文学存在着难分难解的关系：一则文学作品源源不断地为电影提供创作素材；二则电影作为受众庞大的媒介，为文学的传播提供了更广泛的读者。

不过，在探讨文学改编电影这一话题的时候，我们关注的焦点主要在于两种文本的不同之处。美国学者乔治·布鲁斯东在《从小说到电影》一书中强调电影是一种独立的艺术形式，由小说改编的电影，必然会变成一个和它所凭借的小说完全不同的完整的作品。而电影的超文本形式使得文学改编电影这种跨媒介操作具有无穷的不可预见性和多样性。

海南大学文学博士章颜在《文学与电影改编研究》一书中对文学改编电影的多重关系做了梳理。在改编过程中，原著经历了一系列复杂的变形过程：筛选、丰富、具体化、现实化、批评、推断、推广、重读、跨文化传播。

章颜对此阐述道："原著构成了一个巨大的信息网络、一系列语言线索，而改编的文本将选择性地对原著采纳、忽视、颠覆和变形。电影根据特定媒介格式对小说进行变

---

图5 《电影手册》1951年4月首发刊
1951年4月，安德烈·巴赞联合雅克·多尼奥尔-瓦尔克洛兹和尤瑟夫-马利·洛杜卡创办了世界上最久负盛名的电影杂志《电影手册》，直接推动了法国"新浪潮"（1958—1962）的崛起。

图6 中译本《电影是什么？》（商务印书馆，2017年）
该书为巴赞发表的一系列高质量影评和电影评论的结集，涉及电影本体论、电影社会学、电影心理学和电影美学等诸多话题，是研究巴赞和当代电影美学的重要读物。

---

[1] 安德烈·巴赞（André Bazin, 1918—1958），法国电影理论家，被称为"电影界的亚里士多德"，其代表作《电影是什么？》被奉为"电影的圣经"。

形处理，通过话语和意识形态的网络或吸收或改变原类型和互文本，同时经过一系列'过滤装置'——工作室风格、意识形态方法、政治和经济的限制、作者的偏好、影星的影响力、文化价值等，改变对原著的阅读。"

芥川龙之介的短篇小说《竹林中》取材于《今昔物语》中的一个凶杀故事，采用独特的多重叙事视角，使整个凶杀案形成了一个叙事的迷宫。该小说共有七段文字，分别是案件的证人樵夫、行脚僧、捕快、老妪和案件的关键人物大盗多襄丸在公堂上的五篇供词，以及被害人的妻子真砂在清水寺忏悔时对案件的叙述和被杀的武士金泽武弘借巫女之口对案件的叙述。

这种叙事手法在叙事学上被称为"不可靠叙述"（Unreliable Narration）。1961年，美国文学理论家韦恩·布斯在《小说修辞学》一书中首次提出"不可靠叙述者"这个概念，"叙述的不可靠性"就成为当代叙事学研究的一个中心议题。

在布斯看来，"可靠的叙述者指的是当叙述者在讲述或行动时，与作品的思想规范相吻合，不可靠的叙述者则并不如此"。不可靠叙述者"装作似乎他们一直在遵循作品的思想规范来讲述，但他们实际上并非如此"。

讲到这里，就不得不提到"隐含作者"（Implied Author）这一概念。布斯在《小说修辞学》中首次提出，把隐含作者看作是作者的"第二自我"，是作者潜在的"替身"，真实的作者创造了隐含作者。换句话说，某一个叙事文本之所以是其呈现出来的形态，正是由于隐含作者有

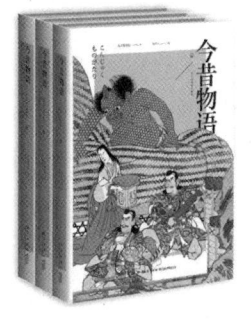

**图7** 中译本《今昔物语》（浮世绘插图珍藏版）（新星出版社，2017年）
《今昔物语》是日本平安时代的民间传说故事集，旧称《宇治大纳言物语》。内容包括佛教故事与世俗故事。芥川龙之介曾将《今昔物语》称为日本古代的"人间喜剧"。

意或无意地将自己的意识形态、价值观、审美趣味等注入其中。

与之相应的是，德国接受美学的代表人物伊瑟尔[1]在《隐在的读者》一书中提出了"隐含读者"（Implied Reader）这一概念，这两个概念已经成为叙述学或文本学中的核心概念。

伊瑟尔指出，隐含读者是相对于现实读者而言的。隐含读者不是实际读者，而是作者在创作过程中预先设计和希望的读者，即隐含的接受者。它存在于作品之中，是艺术家凭借经验或者爱好，进行构想和预先设定的某种品格。并且，这一隐含读者业已介入创作活动，被预先设计在文艺作品中，成为隐含在作品结构中的重要成分。显然，隐含读者排除了许多干扰因素，更符合作者的理想，甚至可以说，是第二个作者，即作者自言自语时的聆听对象。

芥川龙之介的短篇小说《竹林中》属于典型的不可靠叙述文本，小说中的七个叙述者至少有四个人在说谎，樵夫、强盗、真砂和武士四个当事人各怀鬼胎，让这起凶杀案的真相显得扑朔迷离，连武士究竟是被谁杀的这一重要问题都得不到确定答案。

黑泽明在电影《罗生门》中沿用了不可靠叙述这一手法，让樵夫、强盗、真砂和武士四个人轮番登场，在对同一事件的反复叙述中，互相质疑又互相补充，揭示了人类

---

[1] 沃尔夫冈·伊瑟尔（Wolfgang Iser, 1926—2007），德国接受美学的重要理论家，"康斯坦茨学派"的代表人物之一，代表作品有《本文的召唤结构》《隐在的读者》等。《本文的召唤结构》与姚斯的《文学史作为向文学理论的挑战》堪称接受美学的奠基之作。

的不可信赖性和真相的不可知性。

黑泽明的电影《罗生门》拍摄于1950年，由大映映画[1]制作发行，其编剧是被誉为日本"战后编剧第一人"的桥本忍[2]。

桥本师从日本著名导演兼编剧伊丹万作[3]，在1946年9月伊丹去世之后，虽曾一度想要放弃剧作，但还是遵从了伊丹"试试改编原作"的最后遗言，写下了电影剧本《罗生门》。该片获得了巨大的成功，荣获1951年威尼斯国际电影节金狮奖以及第23届奥斯卡最佳外语片奖。

该片虽然名为《罗生门》，但是主要取材于芥川龙之介的短篇小说《竹林中》，只不过导演把电影的故事讲述地安放在了罗生门这个颇具象征意味的地方，并且在电影的结尾添加了一个跟小说《罗生门》情节相似但主题完全不同的场景，以致后来人们大多只知小说《罗生门》而不知《竹林中》的尴尬局面。

美国学者奥蒂·波克[4]在《日本电影大师》一书中对黑泽明的《罗生门》这样评价道："影片拒绝从众多真相中选择一种作为最终的决定性真相，这种处理手法震

图8 黑泽明（右）和桥本忍（左），摄于1960年。

图9 中译本《日本电影大师》（复旦大学出版社，2014年）该书选择了日本电影三个黄金时代的十位代表性导演，分析他们的制作电影的经历、作品特色，进而宏观展示日本电影的发展历史；同时精选每位导演最杰出的一部作品详细解读，以微观透视日本电影的特色。

---

[1] 即大日本映画制作株式会社，角川映画株式会社的前身，1942年成立，战后改名"大映株式会社"。2002年会社被角川书店收购，改名为"角川先驱映画"，2007年更名为"角川映画"。
[2] 桥本忍（1918—2018），日本著名编剧，和黑泽明、野村芳太郎、山田洋次等多名大师级导演多次合作，参与完成了《罗生门》《生之欲》《砂之器》《雾之旗》等多部经典电影剧本。
[3] 伊丹万作（1900—1946），日本著名剧作家和电影导演。日本著名导演、演员伊丹十三的父亲。其所作剧本《无法松的一生》被导演稻垣浩搬上荧幕，获得了1958年的威尼斯国际电影节金狮奖。
[4] 奥蒂·波克（Audie Bock，1946—　），美国著名电影研究学者，翻译了黑泽明自传，撰写成濑巳喜男导演专论。代表作品有《日本电影大师》。

惊了欧洲观众,《罗生门》成为世界电影中即时飞上枝头的经典,对它的反响,甚至在1960年代的前卫作品例如阿伦·雷乃[1]的《去年在马里昂巴德》(Last Year at Marienbad)中仍可以看到。"

## 真相:怀疑论与利己主义

小说《竹林中》通过七个人物的叙述来建构凶杀案的真相。这七个人对同一事件的讲述却莫衷一是,既互相印证又彼此矛盾。在芥川龙之介的叙事迷雾中,我们唯一能够确定的是武士金泽武弘死了,他的妻子真砂被强盗多襄丸强奸了。而案子的关键问题——金泽武弘是怎么死的——却被悬搁。多襄丸在被捕之后承认是通过公平决斗杀死了武士,而武士通过巫女的转述说自己是自杀的,真砂则在清水寺忏悔的时候说是自己杀死了丈夫。

多襄丸供述时,一上来就直接认罪,说"那男的,是我杀的;可女的,我没杀",摆出一副"好汉做事好汉当"的光明磊落的架势。然后他给自己找了杀人的理由:"反正得把女人抢到手,那男的就非杀不可。"他对自己用"腰上的大刀"来杀人的行为颇为自负,因为在他看来,"可你们杀人,不用刀,用的是权,是钱,有时甚至几句假仁假义的话,就能要人的命",要讲起罪孽来,自己比那些

---

[1] 阿伦·雷乃(Alain Resnais, 1922—2014),法国著名导演,"新浪潮"的中坚力量,后成为更有精英意识、更注重文学性的电影流派——左岸派的领军人物,因执导影片《广岛之恋》和《去年在马里昂巴德》而声名大噪。

当权者轻多了。

　　这段辛辣尖刻的嘲讽出自强盗多襄丸之口，似乎有些不协调，颇有些黑色幽默的味道。但正是这种不和谐突显了小说的社会批判价值。也许，多襄丸就是那些被权力、金钱所"杀死"的人中的一个？也许他就是要以这种极端邪恶的方式发泄对现实的不满，以此和这个邪恶的社会对抗？总之，现实社会让他很绝望。

　　接着多襄丸讲起自己利用武士的贪婪将其诱骗的过程，他本来想用不着杀那男人就把他小媳妇弄到手，可是正当他想撇下趴在地上嘤嘤啜泣的小娘们儿从竹林中溜之大吉之时，她却发疯似的缠上身来，让他们两个男人决斗。于是他打定主意："不杀她男人，誓不离开此地。"

　　于是多襄丸和武士展开了一场公平的决斗。在第二十三回合，多襄丸一刀刺穿了武士的胸膛。多襄丸对此颇为骄傲，因为能够跟他交手二十回合的人，普天之下只有武士一个人。

　　其实在人证、物证都很可疑的情况下，多襄丸完全可以蒙混过关，推脱责任，但是他却干脆利落地承认自己杀了人。谁都知道等待他的结局是什么，那就是死刑。但是跟死刑相比，他更看重的是自己的名声。

　　多襄丸的供词处处体现出他的光明磊落，不管真相如何，只有承认自己是凶手他才能塑造光明磊落的形象。多襄丸最后说道："横竖我脑袋总有一天会悬在狱门前示众的，尽管处我极刑好啦。"在无法逃脱的死刑面前，他选择的是豪气地死，保留作为大盗的自己敢做敢当的形象。

而在真砂的忏悔中，她是在丈夫的应允之下杀了丈夫的，然后自杀未遂。原因是她被多襄丸糟蹋够了之后，她看见丈夫眼里闪着无法形容的光芒："他那灼灼的目光，既不是愤怒，也不是悲哀——只有对我的轻蔑，真个是冰寒雪冷呀！"这导致她又羞愧，又悲哀，又气愤，简直不知怎么说才好。

于是她对丈夫说："官人！事情已然如此，我是没法再跟你一起过了。狠狠心，还是死了干净。可是……可是你也得给我死掉！你亲眼看我出丑，我就不能让你再活下去。"丈夫动了动嘴唇，只对她说了一句："杀吧！"于是她就用匕首朝他胸口猛一刀扎了下去。

真砂作为一个弱女子，在遭受强盗凌辱之后，最希望得到的便是自尊，所以她在供词里把自己塑造成一个柔弱、自尊的形象。丈夫不仅见证了她的耻辱，而且用轻蔑憎恨的眼神彻底摧毁了她做人的尊严，所以她只能杀死丈夫。她以为消灭了耻辱的见证者就能消灭耻辱，但是耻辱仍在。

她说自己在杀了丈夫后晕了过去，为的是强调自己受辱后陷入一种无意识的疯狂状态，以此来向世人表现她是一个自尊的人。因为求死不能，所以她只能以痛哭来塑造自己柔弱的形象以获取同情。

而在武士亡灵的供词中，强盗在凌辱过真砂之后，不是将她撇在一旁，而是百般宽慰，甜言蜜语滔滔不绝。被强盗蛊惑的真砂则抬起那张神迷意荡的面孔，答应了强盗的求爱。不仅如此，正当强盗拉着她的手准备走出竹林时，真砂居然猛一变脸，要求强盗杀掉丈夫。正是这一要求，把武士推向了黑暗的深渊。连强盗听了都大惊失色。

不过强盗并没有听从真砂的建议，而是一脚把真砂踢倒在落叶上，任凭武士发落。就凭此，武士已经愿意饶恕强盗的罪孽。结果真砂趁武士犹疑之际逃走了，强盗在割断武士身上的绳子之后也溜之大吉，武士则用妻子的匕首自杀身亡。

武士作为一个男人，目睹自己的妻子被强盗凌辱之后，最想逃避的就是自己的无能。武士的供词干脆把真砂塑造成一个放荡的女人，而自己是因妻子的背叛而自杀的人。

读罢这篇小说，我们并没有得到任何关于案件真相的提示。芥川龙之介通过这种各自为己的叙述，表现了他的怀疑主义和利己主义思想：正因为人是自私自利的，所以人性是值得怀疑的，人的行为总是从自我的角度出发，维护自身的形象和权益，真相总是被歪曲，真理是不可知的。这使得他的作品上升到了形而上的哲学层面，不仅探讨了现实和人性的问题，更对终极的"存在"问题提出了自己的见解。

芥川龙之介作为隐含作者，本人就是一个怀疑主义者、不可知论者。他在《小说作法十则》[1]的"附记"中直接写道：

我对任何事物都是一个怀疑主义者。不过我在这里坦白，无论怎样要做一个怀疑主义者，在诗的面前我还不能是一个怀疑主义者。同时我还要坦白，即使在诗的面前，

---

[1] 芥川龙之介作于大正十五年（1926）的评论文章，可见于《芥川龙之介全集》第四卷（山东文艺出版社，2005年）。

我也想努力做一个怀疑主义者。

同时，芥川龙之介还是一个悲观厌世的颓废派，在随笔《侏儒警语》中他这样写道：

人生比地狱更为地狱。地狱所施加的苦难不曾打破一定的常规。譬如饿鬼之苦，不过是在将要取食眼前饭菜时上面突然起火而已。然而不幸的是人生所给予的苦难并不这么单纯。……在这种莫名其妙的世界面前，任何人都不可能轻易得手。

无论是多襄丸、金泽武弘还是真砂，他们都是悲观的化身，无论他们怎样挣扎，都难以摆脱绝望的折磨。

芥川龙之介的悲观厌世跟他童年作为养子被寄养在舅父家的经历有关。芥川龙之介本姓新原，是一个送奶工人的儿子，因生于辰年辰月辰日辰刻，故名龙之介。

芥川出生后七个月，母亲福子发疯，八个月后猝然发狂，至死仍为狂人。龙之介被送到位于本所区泉町十五番地的外婆芥川家。养父芥川道章是母亲的兄长，当时是东京府的土木课长。芥川虽是当地的士族大户，但寄人篱下的日子，加之对生母发疯之事及自己或许也会如此的恐惧，于是变得愈发敏感、拘谨而多疑。

在颇有自传色彩的《一个傻子的一生》[1]中，渗透了芥川痛苦压抑的情绪，一开始他就写道："如今，我生活在最不幸的幸福之中。但不可思议的是，我并不后悔。我只是感到，有像我这样的恶夫、恶子、恶父的人们是多

**图10** 中日双语本《侏儒警语》（中国宇航出版社，2008年）
该书是芥川龙之介晚期的作品，阐述了作者对艺术和人生的看法，技巧纯熟，文笔精练。

---

[1]写于昭和二年（1927）六月，是芥川龙之介的自叙传，可见于《芥川龙之介全集》第二卷（山东文艺出版社，2005年）。

么可怜。"

他的悲观、绝望、自我贬低最终导致了他的自杀。1927年7月23日，他一整天都把自己关在书斋中，完成了最后作品《续西方之人》[1]。24日凌晨一点钟时，他来到姨母床边，说了几句话，随后回到书斋，服下致死量的巴比妥，听着雨声读了一会儿《圣经》，在睡梦中与世长辞，结束了仅三十五年的短暂生命。

黑泽明在电影《罗生门》中延续了"人性的自私"这一主题。在其回忆录《蛤蟆的油》中，他这样说道：

> 人对于自己的事不会实话实说，谈自己的事的时候，不可能不加虚饰。这个剧本描写的就是不加虚饰就活不下去的人的本性。甚至可以这样说：人就算死了也不会放弃虚饰，可见人的罪孽如何之深。这是一幅描绘人与生俱来的罪孽和人难以更改的本性、展示人的利己心的奇妙画卷。

不过，这部电影并没有止步于此。他在全长八十八分钟的电影中，用了将近八十分钟的时间表现了"人性的自私"这个主题，然后在最后的八分钟力挽狂澜，让观众恢复了对人性的信心。我认为就是这八分钟成就了电影史上最伟大的文学改编，让我们从电影中看到了真正意义上的善良。在电影的结尾，导演安排樵夫领养弃婴，这个行为深深触动了观众。

由此看来，电影前面的大部分都只能算是铺垫，结尾才是真正意义上的高潮。前面的大部分的确把人类内心的

图11 中译本《芥川龙之介》全集（山东文艺出版社，2005年）

图12 中译本《蛤蟆的油》（南海出版公司，2014年）
"蛤蟆的油"来源于日本民间故事：在深山里，有一种蛤蟆，不仅外表丑陋，而且还多长了几条腿。人们抓到它后，将其放在镜前或玻璃箱内。蛤蟆一看到自己丑陋不堪的外表，不禁吓出一身油。晚年回首往事时，黑泽明自喻是只站在镜前的蛤蟆，发现自己从前的"种种不堪"，吓出一身油。

---

[1]可见于《芥川龙之介全集》第四卷（山东文艺出版社，2005年）。

图13 电影《罗生门》剧照：樵夫抱着弃婴离开罗生门。

阴暗暴露无遗，丝毫不留余地，尤其是作为目击者的樵夫在讲出凶杀案的真相之后，我们发现真相比前面三个版本更为丑陋；而樵夫之所以隐瞒真相，没有在检察官面前指出三个人的谎言，居然也是因为自私自利——他在犯罪现场捡走了真砂那把珍贵的匕首，这的确更让人难堪。

电影至此已经把观众的心理承受能力推向了极限，但是它并没有继续把观众推向彻底绝望的深渊。黑泽明通过樵夫领养弃婴这一情节，把观众从绝望的边缘拉了回来，让我们从中感受到了人性的善良和美好，完成了人性的救赎。我想这就是这部电影在主题上远超小说的原因吧。当然向善并没有那么简单。电影中的樵夫在犯了严重的错误之后，经历了痛苦的心理磨炼，经历了心灵上的激烈斗争，才最终走上救赎之路。

在我看来，樵夫才是这部电影的主角，如果没有樵夫最后的反转，这部电影将大打折扣。正是由于樵夫在道德上完成了救赎，才让这部电影成为经典中的经典，历经半个多世纪的风云变幻，依然能够打动人心。

## 罗生门：人间地狱的影像表征

电影《罗生门》中樵夫收养弃婴这一情节改编自芥川龙之介 1915 年创作的短篇小说《罗生门》，其故事情节取材于日本古典故事集《今昔物语》第二十九卷第十八篇《罗城门登上层见死人盗人语》。小说讲述的是这样一个故事：日暮时分，罗生门下，一个仆役正在等候雨停。他在茫然不知所措、生死未决时，偶遇拔女尸头发做假髻的老妪。走投无路的仆役邪性大发，决心弃苦从恶，剥下老妪的衣服逃离了罗生门。

电影中，在罗生门避雨的农夫在听到弃婴的哭声之后剥下其和服的情节，就改编自这个仆役的故事。电影中的农夫象征了人性的丑与恶，他在听完强盗、真砂、武士和樵夫四个版本的凶杀案陈述之后，揭穿了樵夫私藏匕首、隐瞒真相的行为，并狠狠地打了他一记耳光，然后消失在瓢泼大雨中。

罗生门是日本平安朝（794—1185）平安京[1]于朱雀大路南端所建城门，原称"罗城门"。据史料记载，罗城门是一个两层楼的大门，其正面共有七间，中间的五间有门。城内外有三米宽的河相隔，河上建有唐风的桥。据说

---

[1] 日本京都的古称。784 年桓武天皇从长冈京（今京都府长冈京市）迁都到此。直到 1868 年明治天皇迁都东京，平安京一直是首都。都城位于现京都市中心地区。

抗风能力较差。

罗城门曾于弘仁七年（816）八月十六日倒塌一次，再建后于天元三年（980）七月九日在暴风雨中再次倒塌，此后就没有再建，而是随着平安京的没落被渐渐荒废。在日本流传下来的谣曲中常有关于罗城门是鬼神的住处的词句。

芥川没有使用"罗城门"这一正确的表记，而是使用了近世以来一直被误用的名称"罗生门"[1]。关于这一点，吉田精一[2]曾经有过这样的解释：芥川使用"罗生门"是为了引起读者对"生"的思考，最终弄清人存在的全貌和走投无路时的心理状态与选择。

小说《罗生门》这样描述道：

这两三年来，京都城中地震、飓风、火灾、饥馑等灾祸连绵不断，因而京畿一带的萧条景象非比寻常。……于是这里日益荒芜，狐狸来此栖息，盗贼在此藏身。久而久之，甚至形成了一个惯例，凡是无人认领的尸体，便被运来抛弃在城门上。因此，每当暮色降临，人们都心惊胆寒，不敢走近这座城门。[3]

四五天前刚被主人家辞退的仆役来到了罗生门避雨，只因他无处可去。在这道门的下面，他看见了许多和他一样无处可去的人，死了的、活着的——死了的有许许多多，

---

[1] 受日本能剧家观世信光所作谣曲《罗生门》的影响，人们将"罗城门"误读为"罗生门"。

[2] 吉田精一（1908—1984），日本文学评论家，其研究领域主要在于日本近代文学，著有《明治大正文学史》。

[3] 本章《罗生门》引文均引自赵玉皎译，云南人民出版社，2015年版。

活着的只有一个老妪。而这个老妪，也早已被生活逼得走上绝路。罗生门就是这样一个地方，是每一个无处可去的人的最终归宿。走向罗生门，即是走向生命和人性的尽头，走向无路可退的绝望。

在仆役走向罗生门的时候，他宁愿饿死也没有勇气去做偷盗之事以求苟且生存。不管他是真的良心未泯，还是仅仅害怕名誉败坏，这起码意味着他还没有放弃对人性的希望。而当他看见老妪在拔取尸体上的头发时，内心涌起对罪恶的强烈愤怒，甚至在一瞬间坚定了自己堂堂正正饿死路旁的决心。

小说中写道：

若是此时有人再次问起仆役方才在城门下思考过的"饿死还是成为盗贼"这一问题，恐怕他会毫不踌躇地选择饿死。这个人对罪恶的憎恨之情，正如老妇插在地板上的松木火把那样熊熊燃烧着。

有这样的情绪反应，说明他还是一个正常的人，有着正常人的道德和感情。

老妪对自己的行为辩解道：

是哩，拔死人的头发或许是干坏事，不过这里的死人都不是什么好人，对他们干这种事并不过分哩。就说我刚才拔头发的那个女人，她把蛇切成四寸[1]一段晒干了，拿到禁卫军营地里当干鱼卖。要不是她染上瘟病死了，这会儿肯定还去卖哩。而且禁卫军们还说这女人卖的干鱼味

---

[1] 一寸约等于3.33厘米。

道好，每顿都少不了拿它下饭。我不觉得这女人干了坏事，她不那么干就得饿死，是没办法的。所以，我也不觉得我刚才干了坏事，我不这么干也得饿死，都是没办法的事，对不？这女人很明白都是没办法的事，我想她会宽恕我的。

当仆役听完老妪作恶的理由之后，转瞬之间摇身一变成为魔鬼。仆役再也不为"饿死还是为盗"而踌躇迷惑，"饿死"的念头已经被他驱赶到了九霄云外。岂止如此，他剥下老妪的衣服，把她一脚踢进死骸堆里，头也不回地离开了。所有的人情和人性都在瞬间令人难以置信地泯灭了，消失得无影无踪。原来，人性中那善良无私的部分竟如此脆弱，那么不堪一击。

在仆役的身影消失之后，老妪爬到楼梯口向门下张望，只见"外面唯有一片黑沉沉的夜"。夺去了老妪的生机然后扬长而去的仆役，放弃了自己的原则，只求多活一日。但他又何尝不是朝不保夕，难逃一死呢？"一片黑沉沉的夜"隐喻的不正是深藏在人性内心深处的阴暗吗？罗生门就是一个没有出路的迷宫，就是一个解不开的死结。

电影把《竹林中》的故事，摆放在"罗生门"这个舞台上讲述，再恰当不过了。影片中残破的城门、神秘恐怖的树林、连绵不断的大雨、游移不定的凶杀，连缀在一起构成了一张绵密而发散的大网，而在这张网中不存在任何确定性。残破的罗生门在瓢泼大雨中坚定地游离着，在这样一个强大而矛盾的场景中，一切都让人无法琢磨，无论是真相还是人性。

图14 电影《罗生门》剧照：作为人性舞台的罗生门

## 决斗：对武士道精神的批判

小说《竹林中》原本取材于《今昔物语》第二十九卷第二十三话《携妻行丹波国男于大江山被缚语》：一位武士和他的妻子出远门，途中被一个强盗骗至树林中捆绑，强盗侮辱了他的妻子后逃走。其妻哭着为他松绑，并责骂武士——身为武士，却连自己的妻子都保护不了。

如果用现在的眼光来看，这是一个让人觉得匪夷所思的故事。因为在故事的结尾，作者这样感慨道："年轻的男子真令人佩服，没有抢女人的衣服。这个丈夫真是可耻，在山里把弓箭给了从未见过的人，太愚蠢了。"

所谓"年轻的男子"就是指强盗，在《今昔物语》中强盗、武士和妻子都没有名字，到了芥川龙之介的小说中才有了名字，故事也因此显得更为真实。《今昔物语》中的故事情节颇为简单，主题也不集中，只是一个文笔颇为拙劣的民间故事而已。

扑朔迷离的真相与人性：整本读《竹林中》　133

这个故事对武士阶层进行了嘲笑。武士阶层曾经是日本封建王朝国家机器的支柱，担负着维护政权和社会治安的责任。在日本的传统观念中，武士应该果敢睿智、重义轻利、武艺高强。芥川龙之介虽然对这个故事进行了大幅度的改写，但武士利欲熏心、懦弱无能的形象却与原文的人物设定基本一致。

在《罗生门》这部电影中，黑泽明强化了对以日本武士道精神为核心的民族性的批判色彩。这部电影拍摄于1950年，距离第二次世界大战结束只有短短四五年。广岛、长崎的原子弹阴影想必还笼罩在每个日本国民的心头，更不用说极具艺术敏感力的电影艺术大师了。

我所说的日本民族性，是指从日本明治维新以来一直没有能够根除的所谓武士道精神。日本军国主义思想的源头正是被后世极端美化乃至神化的武士道精神。在这部影片中，强盗多襄丸是野武士，被抢劫的是武士及其妻子，两人在各自的叙述中都极力美化自己在对峙中的表现。野武士认为自己赢得很荣耀，很容易就将对方击毙；武士则拒绝承认自己是被对方杀死的，自称是自杀身亡，当然是为了成全他的武士名节。

二人丝毫没有考虑真砂的感受，把被侮辱的真砂当作玩偶，这直接导致真砂在樵夫叙述的"真相版"中那样愤怒到发狂。在樵夫的叙述中，二人的决斗狼狈百出，丝毫不具备美感：两个人都贪生怕死，不敢主动攻击对方，在打斗的过程中，还是受了真砂的激将手段影响才真正拼上性命。

这场打斗是真正意义上的决斗，完全再现了决斗时二人真实的心理状态。正是这种真实，让观众看清了武士道精神的真相。从这场决斗中，我们看到了黑泽明的良心，看到了一位电影艺术家执着地通过影像表达不同政见的可贵精神，看到了一名日本国民对国民性的真诚反省。

值得一提的是，在日本电影史上，对武士道精神展开更为直接的批判的是小林正树[1]导演的《切腹》。这是小林正树执导的第一部古装片，编剧依然是桥本忍。该片后来荣获第17届日本每日映画大奖最佳影片奖、第16届戛纳国际电影节评审团特别奖。

该片改编自泷口康彦的小说《异闻浪人记》[2]，围绕展现武士道精神的终极形式——切腹，展开了一个别开生面的故事。故事背景设定在宽永七年（1630）德川幕府第三代将军德川家光在位之时。由于家光实行中央集权，削弱了许多诸侯大名的势力，使得社会上出现了许多浪人，即失业武士，以至于当时经常有一些浪人跑到诸侯家，表示要在玄关切腹自杀，而诸侯则用钱打发他们走。这种"假言切腹"成为当时流行的敲诈手段。

宽永七年十月，一名叫作津云半四郎的浪人来到名门井伊家，要求在庭前切腹自杀。家老斋藤勘解由讲起去年来此提出同样要求的千千岩求女的事情：家老欣然应承了

**图15** 电影《切腹》海报（日本，1962年）

**图16** 德川家光画像
德川家光（1604—1651），江户幕府第三代征夷大将军。他在位期间（1623—1651）对外压制在日天主教的发展，驱逐在日欧洲人，颁布了日本历史上的第一个锁国令；对内则加强幕府的统治，修订《武家诸法度》，愈加抑制大名势力，加强幕府的权威。

---

[1]小林正树（1916—1996），与黑泽明、木下惠介、市川昆并称"日本影坛四骑士"。自1959年开始，他花费三年拍摄制作了系列电影《人间的条件》，影片深刻展现了人性如何被战争渐渐扼杀和摧残，被誉为反战电影的最高杰作。长篇纪录片《东京审判》，荣获柏林电影节国际影评家联盟奖。
[2]泷口康彦（1929—2004）所著《异闻浪人记》在《切腹》之后，也被改编成电影——由三池崇史执导，于2011年上映的电影《一命》。

扑朔迷离的真相与人性：整本读《竹林中》 **135**

求女提出的要求。然而在为他准备好一切之后，求女却推脱再等一两天，家老不允。后来众人发现他携带的原来是一把竹刀，于是逼迫他以竹刀切腹。求女不堪痛苦，最后咬舌而死。

原来求女是半四郎的女婿，他为了给妻儿治病，才出此下策。半四郎呵斥那些人不问缘由就逼他切腹，所谓的武士道精神只是表面的虚饰。井伊家的武士们围住了半四郎，武艺高强的半四郎奋勇地砍倒了几个家臣，但终因寡不敌众而被打倒。最后，半四郎切腹，因此事而死的家臣们则被说成是重病而死，井伊家的勇武之名依然响彻四方。

《切腹》将德川幕府时代诸路大名家"大厦将倾"、低级武士生活贫困求助无门、在生活的重迫下只能随波逐流的时代哀歌演绎得动人心弦。该片对人性的剖析，对血腥的刻意描述，以及对象征符号画龙点睛式的注解，都让它达到了一个不可逾越的高度，在政治隐喻和对日本民族性的探讨中，揭露了武士道对人性的践踏和其虚伪的本质。

图17 电影《切腹》剧照：孤注一掷的精彩打斗场面。

奥蒂·波克在《日本电影大师》一书中着重分析了《切腹》中的五个视觉象征：

第一个视觉象征在片名之后随即出现：一个面具和战场上的巨大头盔的特写，连同羊角似的尖叉。这一切指向的是高级军衔。这个盔甲代表的是井伊家族的祖先。在打斗最激烈的时候，津云打翻盔甲并拿它来进行防御。

第二个视觉象征紧接着开场的盔甲镜头出现，是井伊家族的日常纪实簿《井伊家觉书》。它构成了电影的由开场和结尾构成的环形结构，代表被记录下来的历史谎言。

第三个象征是武士的刀。对于武士来说，刀代表的是他的身份和社会地位。对于千千岩来说，贫穷的象征意义比刀更现实，他于是卖了刀以维持家庭生活。而井伊家族命令千千岩用他的竹刀自杀，表现出对刀的象征意义残忍到极点的嘲笑。

第四个象征是武士的顶髻。津云拿着井伊家族三位武士的顶髻前去复仇，而不是直接杀死对方，就是因为摘取顶髻相当于夺取他们的刀。按照武士道的规则，即使是死去也比受到这种奇耻大辱要好。

第五个象征是武士的花言巧语。井伊家族的残忍意图表明他们在滥用武士道。小林的讽刺基于这样一个事实：他们要求别人严格遵循这套准则，然而他们自己对于撒谎或更坏的恶劣行径——甚至是谋杀——却毫无良心上的谴责。

这部电影被小林正树看作是自己最好的电影，在日本电影史上的地位跟黑泽明的《七武士》不相上下，凭借其完美的结构和深刻的内涵杀出重围，成为日本剑戟片中当之无愧的名作。

从黑泽明的《罗生门》到小林正树的《切腹》，编剧桥本忍用了十年的时间，将对日本国民性的批判提高到了全新的高度。他真正可以称得上是战后日本电影界最伟大的电影人之一。导演山田洋次[1]在《素材与剧本》一文中写道："桥本忍被认为是电影结构方面的'鬼才'，仅就我同他有过接触的几个剧本来看，也有同感。"

当"鬼才"编剧桥本忍遇到"鬼才"小说家芥川龙之介，一部由文学改编的旷世之作就这样横空出世了。

## 芥川龙之介《竹林中》评点

艾莲◎译　王召强◎评点

◎推官审讯樵夫供词

是呀，发现那具尸体的，正是小的。今儿个早上，小的像往常一样，去后山砍柴，结果在山后的竹林里看到那具尸体。老爷问在哪儿吗？那地方离山科大路约莫一里[2]来地，是片竹子和小杉树的杂树林，少有人迹。

尸身穿一件浅蓝色绸子褂，头上戴了一顶城里人的细纱帽，仰天躺在地上。虽说只挨了一刀，可正好扎在心口上，尸体旁的竹叶子全给染红了。没有，血已经不流了，伤口

---

[1]山田洋次（1931—　），日本著名导演、编剧，擅长拍摄普通人的喜怒哀乐故事，其多部作品获得柏林电影节的金熊奖提名。他最为中国观众熟知的电影是《幸福的黄手帕》《家族之苦》和《寅次郎的故事》系列电影。
[2]一里等于0.5公里。

图18《罗生门》剧照：樵夫

好像也干了。而且有只大马蝇死死叮在上面，连我走近的脚步声都不理会。

没看见刀子什么的吗？——没有，什么都没看见。就是旁边杉树根上，留下一条绳子。后来……对了，除了绳子，还有一把梳子。尸体旁边没别的，就这两样东西。不过，有一片地里，荒草和竹叶给踩得乱七八糟的，看样子那男子被杀之前，准是狠斗了一场。

怎么，没有马？——那地方，马压根儿进不去。能走马的路，在竹林外面呢。

◎评点

樵夫的供词并没有明确指出武士是死于大刀还是匕首，只说武士挨了一刀就死了，这一点跟下文中强盗多襄丸、真砂和武士亡灵的供词都是一致的。不过樵夫说自己没看见什么刀子，尸体旁边就只有绳子和梳子，显然是在撒谎了。这里暗示樵夫捡走了真砂那把贵重的匕首，借此表现"人性的自私"的主题。

电影将樵夫设计为强盗杀人的现场目击者、"真相版"的最后一个叙述者，堪称神来之笔，这是对原作最为大胆的改编之处，几乎完全颠覆了原作中真相不可知论的哲学色彩。

◎推官审讯行脚僧供词

贫僧昨日确曾遇见死者。昨天……大约是晌午时分吧，地点是从关山快到山科的路上。他与一个骑马女子同去关山。女子竹笠上遮着面纱，所以贫僧不曾得见她的容貌，

图19《罗生门》剧照：行脚僧

只看见那身紫色绸夹衫。马是桃花马[1]……马鬃剃得光光的，不会记错。个头有多高么？总有四尺[2]多吧……贫僧乃出家之人，这些事情不甚了然。那男子……不，佩着刀，还带着弓箭。特别是黑漆箭筒里，插了二十多支箭，要说这点，贫僧至今还历历在目。

[1] 指毛色白中带红点的马。
[2] 一尺约等于0.33米。

做梦也想不到，那男子会有如此结局。真可谓人生如朝露，性命似电光。呜呼哀哉，贫僧实无话可说。

◎评点

行脚僧的供词对于案情的侦破看似帮助不大，不过他最后这句关于武士人生结局的感慨非常重要。所谓"人生如朝露，性命似电光"，出自佛家经典《金刚经》，原文是说："一切有为法，如梦幻泡影，如露亦如电，应作如是观。"

梦、幻、泡、影、露、电这六样东西，都是不经长久、转瞬即逝的。在行脚僧看来，昨日还历历在目的武士，今日就命丧黄泉，命运如此无常，人生太多意外，真是令人悲哀。这种消极的人生态度，跟芥川龙之介本人的人生观颇为相似。

在电影中，行脚僧象征了人性的真与善。虽然他也在听完四个版本的叙述之后，一度丧失对人类的信心，但是他在目睹樵夫收养弃婴后，恢复了对人类的信心，完成了道德的救赎与信仰的一跃。

◎推官审讯捕快供词

大人问小人捉到的那家伙吗？他确确实实是臭名远扬的大盗多襄丸。小人去抓的时候，他正在粟田石桥上哼哼呀呀，大概是从马上摔下来的缘故。什么时辰吗？是昨晚初更时分。上次逮他的时候，穿的也是这件藏青裌子，佩着这把雕花大刀。不过这一回，如大人所见，除了刀还带着弓箭。是吗？被害人也带着刀箭……那么，行凶杀人的，必是多襄丸无疑。皮弓、黑漆箭筒、十七支鹰羽箭矢……这些想必都是被害人的。是的，正如大人所说，马是秃鬃桃花马。那畜生把他摔下来，是他的报应。马拖着长长的缰绳，在石桥前面不远的地方，啃着路旁的青草。

这个叫多襄丸的家伙，在出没京畿一带的强盗中，最是好色之徒。去年秋天，鸟部寺宾头卢后山，有个像是去进香的妇人连同丫鬟一起被杀，据说就是这家伙作的案。这回，这男的若又是他下的毒手，那骑桃花马的女子，究竟给弄到什么地方去了，把她怎么样了，就不得而知了。也许小人逾分，还望大人明察。

◎评点

这里借捕快的供词交代了强盗的身份——臭名远扬的大盗多襄丸。不过捕快只有物证——弓箭和桃花马，没有人证，那骑桃花马的女子的下场不得而知。多襄丸本可凭此矢口否认自己杀人。至于去年秋天的人命案，也只是"据说"而已，不能证明就是多襄丸所为。

电影中这段凶杀案的叙述是借在罗生门避雨的农夫之口讲出来的，这位农夫后来强抢婴儿和服的情节改编自小说《罗生门》。相对于行脚僧而言，他代表的是人性的丑与恶，在樵夫阻止他抢和服时，他不但痛斥樵夫，还狠狠地扇了樵夫一记耳光，把一旁的行脚僧推向对人性绝望的深渊。

在电影中捕快谎称是自己制服了多襄丸，被多襄丸当场戳破，声称自己是在山间饮水时中了蛇毒才跌下马来。小说中并没有这一段辩驳。电影添加这一段，主要是为了表现多襄丸的虚荣。

◎推官审讯老妪供词

是的，死者正是小女的丈夫。他并非京都人士，是若狭国[1]府的武士，名叫金泽武弘，二十六岁。不，他性情温和，不可能惹祸招事的。

小女么？闺名真砂，年方十九。倒是刚强好胜，不亚于男子。除了武弘以外，没跟别的男人相好。小小的瓜子脸，肤色微黑，左眼角上有颗痣。

武弘昨天是同小女一起动身去若狭的，没料到竟出了这样的事，真是造孽哟！女婿死了，认倒霉罢，可小女究竟怎样了？老身实在担心得很。恳求青天大老爷，不论好歹，务必找到小女的下落才好。说来说去，最可恨的便是那个叫什么多襄丸的狗强盗，不但杀了我女婿，连小女也……（接着泣不成声）

◎评点

老妪的供词交代了武士及其妻子的身份和性格，武士金泽武弘性情温和，其妻子真砂倒是颇为刚强好胜，这跟下文中多襄丸和武士的供词中对真砂的描述颇为吻合。

老妪的供词在电影中被删掉了，它对于故事情节的推进的确起不到什么作用，在小说的七篇供词中，只有行脚僧和老妪的供词没有说谎的嫌疑。

[1] 大约相当于现在福井县的岭南地区。

◎多襄丸的供词

　　那男的，是我杀的；可女的，我没杀。那她去哪儿啦？——我怎么知道！且慢，大老爷。不管再怎么拷问，不知道的事也还是招不出来呀。再说，咱家既然落到这一步，好汉做事好汉当，决不隐瞒。

　　我是昨天过午遇见那小两口的。正巧一阵风吹过，掀起竹笠上的面纱，一眼瞟见那小娘们儿的姿容，可一眨眼就再无缘得见了。八成是这个缘故吧，觉得她美得好似天仙，顿时打定主意，即使要杀她男人，老子也非把她弄到手不可。

　　什么？杀个把人，压根儿不像你们想的，算不得一回事。反正得把女人抢到手，那男的就非杀不可。只不过我杀人用的是腰上的大刀，可你们杀人，不用刀，用的是权，是钱，有时甚至几句假仁假义的话，就能要人的命。不错，杀人不见血，人也活得挺风光，可总归是杀手哟。要讲罪孽，到底谁坏，是你们？还是我？鬼才知道！（讽刺地微微一笑）

　　当然，只要能把那小娘们儿抢到手，不杀她男人也没什么。说老实话，按我当时的心思，只想把她弄到手，能不杀她男人就尽量不杀。可是，在山科大道上是没法动手的。于是，我就想法子，把那小两口诱进山里。

　　这倒不是什么难事。我跟他们一搭上伴，就瞎编了一通话，说对面山里有座古墓，掘出来一看，竟有许多古镜和宝刀。我不想让人知道，就偷偷埋在后山的竹林里。打算若是有人要，随便哪件，就便宜出手——不知不觉间，男的就对我这套话渐渐动了心。

这后来嘛——你说怎么着？人的贪心真叫可怕！不出半个时辰，小两口竟掉转马头，跟我上山了。

到了竹林前，我推说，宝物就埋在里边，进去瞧瞧吧。男的财迷心窍，自然答应。可女的，连马也不肯下，说她就在这儿等。那竹林子密密匝匝，也难怪她要说这话。老实说，这倒正中咱家下怀。于是便让那小娘们儿留下，我跟她男人一起钻进了林子。

开头林子里净是竹子，再过去十多丈地，才是一片稀疏的杉树林——要下手，那地方再合适不过了。我一面拨开竹丛，一面煞有介事地骗他说，宝物就在杉树下面。男的信以为真，就朝看得见杉树的地方拼命赶去。不大会儿工夫，便来到竹子已稀稀落落、有几棵杉树的地方——说时迟那时快，我一下子便把他摔倒在地。还真不愧是个佩刀的武士，力气像是蛮大的哩。可是不意着了我的道儿，他也没辙。我当即把他绑在一棵杉树根上。绳子吗？这正是干我们这行的法宝，说不准什么时候要翻墙越户，随时拴在腰上。当然啦，我用竹叶塞了他一嘴，叫他出不了声。这样，就不用怕什么了。对付过男的，回头去找那小娘们儿，慌说她男人好像发了急症，叫她快去看看。不用说，她也中了圈套，便摘下竹笠，由我拽着她的手，拉进竹林深处。到了那里，她一眼就看见丈夫给绑在杉树根上。说时迟那时快，她从怀里掏出一把明晃晃的匕首来。老子从来没见过那么烈性的女人。当时要是一个不小心，没准肚子就会挨上一刀。虽说我闪开了身子，可她豁出命来一阵乱刺，

图20 电影《罗生门》剧照：竹林中的打斗

保不住哪儿得挂点彩。不过，老子是多襄丸，何须拔刀，结果还不是将她的匕首打落在地。一个再烈性的女子，没了家伙，也就傻了眼了。我终于称心如意，用不着杀那男人，也能把他小媳妇儿弄到手。

用不着杀她男人——不错，我本来就没打算杀。可是，当我撇下趴在地上嘤嘤啜泣的小娘们儿，正想从竹林里溜之大吉，不料她一把抓住我胳膊，发疯似的缠上身来。只听她断断续续嚷道，不是你这个强盗死，便是我丈夫死，你们两个总得死一个。让两个男人看我出丑，比死还难受。接着，她又气喘吁吁地说，你们两个，谁活我就跟谁去。这时，我才对她男人萌生杀机。（阴郁地兴奋起来）

听我这么说来，你们必定把我看得比你们还残忍。那是因为你们没看到她的脸庞，尤其没看到那一瞬间，她那对火烧火燎的眸子。我盯着她的眸子，心想，就是天打雷劈，也要娶她为妻。我心里只转着这个念头。绝非你们大人先生们所想的，是什么无耻下流、淫邪色欲。如果当时仅止于色欲，而无一点向往，我早一脚踢开她，逃之夭夭了，我的刀也不会沾上她男人的血。可是，在幽暗的竹林里，我凝目望着她的脸庞，刹那间，主意已定：不杀她男人，誓不离开此地。

不过，即便开杀戒，也不愿用卑鄙手段。我给他松开绑，叫他拿刀跟我一决生死。（杉树脚下的绳子，就是那时随手一扔忘在那里的。）他脸色惨白，拔出那把大刀，一声不吭，一腔怒火，猛地一刀朝我劈来——决斗的结果，也不必再说了。到第二十三回合，我一刀刺穿他的胸膛。请注意——是第二十三回合！只有这一点，我对他至今还十分佩服。因为跟我交手，能打到二十回合的，普天之下也只他一人啊！（快活地微笑）

男人一倒下，我提着鲜血淋漓的大刀，回头去找那小娘们儿。谁知，哪儿都不见踪影。逃到什么地方去啦？我在杉树林里找来找去。地上的竹叶，连一点踪迹都没留下。侧耳倾听，只听见她男人临终前的喘息声。

**图21**《罗生门》剧照：多襄丸和真砂

扑朔迷离的真相与人性：整本读《竹林中》　147

说不定我们打得难分难解之际,她早就溜出竹林搬救兵去了。为自己着想,这可是性命攸关的事,便当即捡起大刀和弓箭,又回到原来的山路。小娘们儿的马还在那里静静地吃草。后来的事,也就不必多说了。只是进京之前,那把刀给我卖掉了——我要招的,便是这些。横竖我脑袋总有一天会悬在狱门前示众的,尽管处我极刑好啦!(态度昂扬地)

◎评点

在多襄丸的供词中,他一上来就认罪了,摆出一副好汉做事好汉当的磊落的姿态。在叙述犯罪情节的时候,他承认自己是见色起意,即使要杀掉武士,也要得到那个美似天仙的小娘们儿。

接着他话锋一转,讽刺起当权者来,认为自己用大刀杀人比那些当权者用权力和金钱杀人来得更光明些。芥川这样写,虽然深化了小说的主题,起到了讽世的作用,但多少显得有点"旁逸斜出"。在电影中,黑泽明删掉了这段话,让电影的情节更集中在表现"人性的自私"的主题上。

接着,多襄丸讲述了自己诱骗武士的过程。武士显然比较贪婪,渐渐被多襄丸说动了心。连多襄丸都发出了"人的贪心真叫可怕"的慨叹。

多襄丸没想到真砂会从怀里掏出一把明晃晃的匕首刺向自己,这把匕首将会成为该案的关键物证。武士是死于武士的大刀,还是真砂的匕首,这本是解开武士被杀之谜的关键。为了制造这个谜团,这把匕首必须失踪。而失踪的理由很简单,那就是它很珍贵,很值钱。这是这篇小说创作成功的核心机关。

多襄丸所述的在得手以后对待真砂的态度，跟下文中武士的供词完全相反。显然武士的供词更为可信，真砂主动纠缠多襄丸的可能性并不大。多襄丸对真砂或许真的动过心，尤其是在看到她"那对火烧火燎的眸子"时，这在多襄丸的供词中显得很真实可信，绝不是空穴来风。在武士的供词中，真砂居然答应了多襄丸的求婚，这是这篇小说中最为前卫的地方。因为直到芥川创作出这篇小说将近半个世纪之后，社会学家才提出斯德哥尔摩综合征这种效应。

真砂居然在某种程度上"爱"上了强盗多襄丸，这多少有点令人匪夷所思。芥川在小说中并没有给出太多解释，黑泽明在电影中则不得不重新面对这个问题，他给出的解释是，真砂厌倦了武士生活中那些"无聊的把戏"，渴望跟大盗多襄丸展开一段自由浪漫的生活。这对日本武士社会的空洞与贫乏，无疑是一个莫大的讽刺。

最后，就是多襄丸口中所谓的公平决斗。这场决斗在真砂和武士的供词中都没有出现，可能是出于多襄丸的臆想，因为过程太简单了，只留下了"二十三回合"这个颇为抽象的概念。电影中两次决斗的对照设计颇为经典，多襄丸叙述版的决斗彰显了武士道的勇武精神，在樵夫叙述版的决斗中，武士和强盗都恐惧战栗得很，两个人在地上摸爬滚打，丝毫不具备暴力美感，是对所谓的武士道精神的辛辣讽刺。

◎真砂的供词

那个穿藏青褂子的汉子把我糟蹋够了，瞧着我那给捆在一旁的丈夫，又是讥讽又是嘲笑。我丈夫心里该多难受啊。不论他怎么挣扎，绳子却只有越勒越紧的份儿。我不由得连滚带爬，跑到丈夫身边去。不，我是想要跑过去的，但是，那汉子却冷不防把我踢倒在地。就在那一刹那，我看见丈夫眼里，闪着无法形容的光芒。我不知该怎样形容好，至今一想起来，都禁不住要打战。他嘴里说不出话，可是他的心思，全在那一瞥的眼神里传达了出来。他那灼灼的目光，既不是愤怒，也不是悲哀——只有对我的轻蔑，真个是冰寒雪冷呀！挨那汉子一脚不算什么，可丈夫的目光，却叫我万万受不了。我不由得惨叫一声，昏了过去。

过了一会儿，我才恢复神志，穿藏青褂子的汉子已不知去向，只留下我丈夫还捆在杉树根上。我从落满竹叶的地上抬起身子，凝目望着丈夫的面孔。他的眼神同方才一样，丝毫没有改变，依然是那么冰寒雪冷的，轻蔑之中又加上憎恶的神色。那时我的心呀，又羞愧，又悲哀，又气愤，简直不知怎么说才好。我晃晃悠悠地站了起来，走到丈夫跟前。

"官人！事情已然如此，我是没法再跟你一起过了。狠狠心，还是死了干净。可是……可是你也得给我死掉！你亲眼看我出丑，我就不能让你再活下去。"

我好不费劲才说出这番话来，但是我丈夫仍是不胜憎恶地瞪着我。我的心都快碎了。我克制住自己，去找他的刀。也许叫那强盗拿走了，竹林里不仅没大刀，连弓箭也找不见。幸好那把匕首还在我脚边。我挥动匕首，最后对他说：

"那么，就请把命交给我吧。为妻的随后就来陪你。"

听了这话，我丈夫才动了动嘴唇。嘴里塞满了落叶，当然听不见一点声音。可我一看，立即明白他的意思。他对我依然不胜轻蔑，只说了一句："杀吧！"丈夫穿的是浅蓝色的绸裇。我懵懵懂懂，朝他胸口猛一刀扎了下去。

这时，我大概又晕了过去。等到回过气来，向四处望了望，丈夫还被绑在那里，早已断了气。一缕夕阳透过杉竹的隙缝，射在他惨白的脸上。我忍气吞声，松开尸身上的绳子。接下来——接下来，怎么样呢？我真没勇气说出口来。要死，我已没了那份勇气！我试了种种办法，拿匕首往脖子上抹，还是在山脚下投湖，都没有死成。这么苟活人世，实在没脸见人。（凄凉地微笑）我这不争气的女人，恐怕连大慈大悲的观世音菩萨都不肯度化的。我这个杀夫的女人呀，我这个强盗糟蹋过的女人呀，究竟该怎么办才好啊！我究竟，我……（突然痛哭不已）

图22 电影《罗生门》剧照：真砂握着刀看着丈夫

◎评点

小说中真砂的忏悔地是清水寺，电影对此做了更合理的改编——让真砂在公堂之上指证多襄丸。不过，她的供词并没有怎么指证多襄丸，而是更多地聚焦在了丈夫的反应上。她在丈夫眼中得到的既不是愤怒，也不是悲哀，而只有轻蔑和憎恶！这才真让她觉得可悲。

这里匕首再一次出现，她决定用其跟丈夫同归于尽，以便消解各自的痛苦。狠狠心，还是死了干净。丈夫同意了她的请求，可是她自己却失去了自杀的勇气，多次自杀未遂，只能躲避在清水寺中忏悔。

不过，真砂的忏悔并不能自圆其说。嘴里塞满树叶的丈夫，怎么可能对她说出"杀吧"的命令呢？多次自杀未遂，只能说明她还是不想一死了之的。真砂的忏悔是在佛祖面前，还是在众人面前呢？如果只是在佛祖面前，她是否有必要隐瞒真相呢？如果她在佛祖面前忏悔时都要撒谎，那还能怎样救赎自己呢？

从真砂的忏悔中，我们可以看出丈夫给她带来的伤害远远大于强盗。如果说强盗侮辱的只是她的身体，那么丈夫侮辱的则是她的灵魂。如果从女性主义的角度解读真砂杀夫的行为，那么真砂倒真是有超乎寻常人的刚强。在丈夫的轻蔑和憎恶面前，真砂没有任凭男人作践，而是选择了挺身反抗。

◎亡灵借巫女之口的供词

强盗将我妻子凌辱过后，坐在那里花言巧语，对她百般宽慰。我自然没法开口，身子还被绑在杉树根上。可是，我一再向妻子以目示意："千万别听他的，他说的全是谎话！"可她只管失魂落魄，坐在落叶上望着膝头，一动也不动。那样子，分明对强盗的话，听得入了迷。我不禁妒火中烧。而强盗还在甜言蜜语、滔滔不绝："你既失了身，和你丈夫之间，恐怕就破镜难圆了。与其跟他过那种日子，不如索性嫁给我，怎么样？咱家真正是爱煞你这俏冤家，才胆大包天，做出这种荒唐事儿。"——这狗强盗居然连这种话都不怕说出口。

听强盗这样一说，妻子抬起她那张神迷意荡的面孔！我从来没见过妻子这样美丽。然而，我这娇美的妻子当着我——她那给人五花大绑的丈夫——的面，是怎样回答强盗的呢？尽管我现在已魂归幽冥，可是一想起她的答话，仍不禁恣火中烧。

她确是这样说的："好吧，随你带我去哪儿都成。"（沉默有顷）

妻子的罪孽何止于此，否则在这幽冥界，我也不至于这样痛苦了。她如梦如痴，让强盗拉着她手，正要走出竹林，猛一变脸，指着杉树下的我，说："把他杀掉！有他活着，我就不能跟你。"她发狂似的连连喊着："杀掉他！"这话好似一阵狂风，即使此刻也能将我一头刮进黑暗的深渊。这样可憎的话，有谁说得出？这样可诅咒的要求，又有谁听到过？哪怕就一次……（突然冷笑起来）连那个强盗听了，也不免大惊失色。妻子拉住强盗的胳膊，一面喊着："杀掉他！"强盗一声不响地望着她，没有说杀，也没有说不杀……就在这一念之间，他一脚将妻子踢倒在落叶上，（又是一阵冷笑）抱着胳膊，镇静地望着我，说道："这贱货你打算怎么办？杀掉么？还是放过她？回答呀，你只管点点头就行。杀掉？"——就凭这一句话，我已愿意饶恕强盗的罪孽。（又沉默良久）

趁我还在犹疑之际，妻子大叫一声，随即逃向竹林深处。强盗立刻追了过去，似乎连她衣袖都没抓着。我像做梦似的，望着这一情景。

妻子逃走后，强盗捡起大刀和弓箭，割断我身上的绳子。"这回该咱家溜之大吉了。"——记得在林中快看不见他身影时，听见他这样自语。然后，四周是一片沉寂。不，似有一阵呜咽之声。我一面松开绳子，一面侧耳谛所。原来呜呜咽咽的，竟是我自己呀。（第三次长久沉默）

我疲惫不堪，好不容易才从杉树下站起身子。在我面前，妻子掉下的那把匕首，正闪闪发亮。我捡起来，一刀刺进了自己胸膛。嘴里涌进一股血腥味，可是没有一丝痛

图23 电影《罗生门》剧照：武士

苦。胸口渐渐发凉，四周也愈发沉寂。啊，好静啊！山林的上空，连只小鸟都不肯飞来鸣啭。那杉竹的梢头，唯有一抹寂寂的夕阳。可是，夕阳也慢慢暗淡了下来，看不见杉，也看不见竹。我倒在地上，沉沉的静寂将我紧紧地包围。

这时，有人蹑手蹑脚悄悄走近我身旁，我想看看是谁，然而这时已暝色四合。是谁……谁的一只我看不见的手，轻轻拔去我胸口上的匕首。同时，我嘴里又是一阵血潮喷涌。从此，我永远沉沦在黑暗幽冥之中……

大正十年（1921）十二月

◎评点

武士亡灵的供词，在当事人的三种叙述中，是最为惊悚的。不过比起电影中樵夫目击到的真实场景，还是略逊了一筹。比起强盗的伤害，妻子的背叛更让武士无地自容，最终导致了他的自杀身亡。在这段只有千余字的供词中，一连出现了四个反转。首先是真砂居然听信了强盗的甜言蜜语，爱上了强盗，说出"随你带我去哪儿都成"这样混账的话；其次是真砂居然在临走之际提议强盗杀死丈夫，说出"有他活着，我就不能跟你"这样更为混账的话；再次就是强盗居然在一念之间，抛弃了真砂，把她一脚踢倒在落叶上，任凭武士发落；最后就是趁着武士犹疑之际，真砂居然从强盗身边逃走了，逃向竹林深处。

真砂爱上强盗，就跟小说《一九八四》中温斯顿迷恋思想警察头子奥勃良并最终热爱上了老大哥一样，属于典型的斯德哥尔摩综合征。

强盗多襄丸之所以抛弃真砂，恐怕主要还是因为不敢杀人，这跟他当初只想通过诱骗的手段占有真砂一样。他只想劫色，而不想谋杀。

　　武士被妻子双重背叛之后，表示愿意饶恕强盗，而割断他身上的绳子的人，正是强盗。武士只好用妻子留下的匕首自杀，而轻轻拔去武士胸口匕首的人，一定就是小说开头的樵夫了。到这里，小说构成了一个完整的圆环，从头到尾，几乎每个当事人都在有选择地撒谎，七种叙述，就像七巧板一样，拼凑出一个扑朔迷离的真相。也许，根本就没有真相。

　　如果真相真的像电影中的樵夫目击版那般丑陋，只会把人性带入绝望的深渊。那么，真相还是否值得去揭露？正如《红楼梦》中第五回贾宝玉在游历太虚幻境时看到的那副对联一样，"假作真时真亦假，无为有处有还无"。芥川龙之介虽然没有给出案件的真相，但是我们还是从他那不可靠叙述的"七巧板"中发现了他对人性的洞察。

# 无法承受的存在之轻
## 整本读《不能承受的生命之轻》

# 米兰·昆德拉

Milan Kundera（1929— ）

捷克小说家，第一部长篇小说《玩笑》于1967年出版后获得巨大成功，他在捷克当代文坛上的重要地位从此确立。昆德拉1975年移居法国，曾多次获得国际文学奖，并多次被提名为诺贝尔文学奖候选人，其作品有一些用捷克文写成，另一些则用法文写成。代表作品有《笑忘录》《不能承受的生命之轻》，以及论文集《小说的艺术》等。昆德拉擅长用反讽手法和幽默的语调描绘人类境况，其作品表面轻逸、通俗，实则精致、深邃，在世界各地掀起"昆德拉热"。

图1 米兰·昆德拉

## 《不能承受的生命之轻》

《不能承受的生命之轻》是昆德拉最著名的作品，描写了托马斯与特蕾莎、萨宾娜之间的感情生活。但它不是三角恋爱故事，而是一部哲理小说。故事从"永恒轮回"的讨论开始，把读者带入了对一系列问题的思考中，比如轻与重、灵与肉。这个意象繁复的故事承载了多种含义：对被政治化了的社会内涵的揭示，对人性的考察，对个人命运在特定历史与政治语境下的呈现，以及对两性关系本质上的探索等。昆德拉将这些元素糅合在一起，写成一部非同凡响的小说——其中既有隐喻式的哲学思考，也展现了人的悲欢离合的生命历程。

图2 中译本《不能承受的生命之轻》（上海译文出版社，2003年）

无法承受的存在之轻：整本读《不能承受的生命之轻》　159

## 一部存在主义哲学思考小说

《不能承受的生命之轻》这部小说很特别，跟我们读到过的很多小说都不一样。有人曾经称米兰·昆德拉是20世纪现代小说的一个"例外"，可见他有多么特别。总体上来说，我先给这部小说贴一个标签，把它称为"存在主义哲学小说"，然后再慢慢剖析它与存在主义哲学之间的内在联系。书名中的"生命"二字，应该译作"存在"，英文版对应的单词是"being"，而不是"life"或"live"，所以应该译作"不能承受的存在之轻"[1]。"生命"是个误译，它跟"存在"还是有很大区别的。

米兰·昆德拉对此曾经做过区分，他说：

> 正是在哈姆雷特著名的独白中，活着与存在被清楚地做出区分：如果在死之后我们继续梦想，如果在死之后仍有某些东西存在，那么死（无生命）并没有使我们摆脱存在的恐惧。哈姆雷特提出了存在的问题，而不是生命的问题。

昆德拉显然深受莎士比亚的影响，在他的小说中深入展开了关于"存在"的思考。

譬如，余华的小说《活着》里面的主人公徐福贵，他的人生境界就还停留在"活着"的阶段，还没有达到"存在"的境界。达到"存在"境界的人，例如臧克家对鲁迅

---

[1] 此书英文译名为 *The Unbearable Lightness of Being*

的评价："有的人死了，但是他还活着"，他一直"存在"到现在，依然有很大的影响力。鲁迅的影响力在未来还会持续存在，因为他早已被写入中国现代文学史。而像徐福贵这种人，我们通常把他称为"泛泛之辈"，虽然他被写进了小说，但也仅仅是作为一个文学形象实现了不朽，而像徐福贵那样的无数的中国农民去世后，一旦被人遗忘，就不再存在了。

我国古代有一种"三不朽"的说法，颇能说明"存在"的问题。它出自《左传·襄公二十四年》，记载的是鲁国大夫叔孙豹应答范宣子的话："太上有立德，其次有立功，其次有立言，虽久不废，此之谓不朽。"

"三不朽"又被称为"三立"，陈寅恪[1]的父亲陈三立的名字就取材于此，寄寓了陈氏家族对他殷切的期望。在我国古代的贤达中，被公认达到"三不朽"境界的，只有两个人，一个是王阳明[2]，一个是曾国藩[3]。

胡适曾将"三不朽"称为"三W主义"。"三W"分别指英文"worth""work""words"。这三个词的含义与"立德""立功""立言"非常接近。在《不朽——我的宗教》一文中，胡适提出了"社会的不朽论"，他认为：

---

[1] 陈寅恪（1890—1969），中国现代最负盛名的集历史学家、古典文学研究家、语言学家、诗人身份于一身的百年难见的人物。陈寅恪之父陈三立是"清末四公子"之一、著名诗人。

[2] 王守仁（1472—1529），明代著名思想家、文学家、哲学家和军事家，心学集大成者，精通儒、释、道，其学术思想传至日本、朝鲜半岛及东南亚。立德、立言于一身，成就冠绝有明一代。其文章博大昌达，行墨间有俊爽之气。

[3] 曾国藩（1811—1872），"晚清中兴四大名臣"之一，中国近代政治家、战略家、文学家，湘军的创立者和统帅，可说是中国近代化建设的开拓者。在他的倡议下，清王朝建造了第一艘轮船、第一所兵工学堂，印刷翻译了第一批西方书籍，安排了第一批赴美留学生。

"小我"虽然会死，但是每一个"小我"的一切作为，一切功德罪恶，一切语言行事，无论大小，无论是非，无论善恶，——都永远留存在那个"大我"之中。

　…………

我这个现在的"小我"，对于那永远不朽的"大我"的无穷过去，须负重大的责任；对于那永远不朽的"大我"的无穷未来，也须负重大的责任。

胡适"社会的不朽"论，旨在把每个人的一己行为与人类的历史发展关联在一起，给有限的个体生命赋予永恒的意义。人的一言一行、所作所为，无论是非功过、积德造孽，都要被历史记上一笔。不过，存在主义哲学并不关心"大我"，它关心的是个人，是具体的人类存在。

让我们回到昆德拉，昆德拉所谓的"哈姆雷特的著名独白"指的就是这段话：

生存还是毁灭，

这是一个值得考虑的问题；

默然忍受命运的暴虐的毒箭，

或是挺身反抗人世的无涯的苦难，

通过斗争把它们扫清，

这两种行为，哪一种更高贵？

这段话有多种精彩的译本，可以找来对比一下，看看哪种翻译得最好。这段独白中暗含的道德困境，贯穿整部《不能承受的生命之轻》，也是这部小说中最核心的一个问题。是委曲求全苟延残喘，还是挺身反抗杀身成仁？这的确是一个问题。

小说中接受拷问的是男主人公托马斯。对于"布拉格之春"时期的捷克斯洛伐克知识分子托马斯而言，是默默忍受苏联的悍然入侵，还是挺身反抗苏联的暴力强权，的确是一个严重的问题。在此，哈姆雷特的复仇困境被置换成托马斯的反抗困境。

南非总统纳尔逊·曼德拉讲过一段名言，算是对这种道德困境的经典答复：

如果天空是黑暗的，那就摸黑生存；如果发出声音是危险的，那就保持沉默；如果自觉无力发光的，那就蜷伏于墙角。但不要习惯了黑暗就为黑暗辩护；不要为自己的苟且而得意；不要嘲讽那些比自己勇敢的人们。我们可以卑微如尘土，不可扭曲如蛆虫。

昆德拉热衷于把他的小说主人公置身于这种道德困境中，道德困境本身就带有戏剧性和冲突性，可以用来审视在不同社会情境之下具体的人的存在。昆德拉认为，小说就是用来审视存在的，而不是用来反映现实的，小说不是社会的镜子，它审视的是个体存在的诸多可能性。

昆德拉在《小说的艺术》中说：

实际，必须理解什么是小说。……小说审视的不是现实，而是存在。而存在并非已经发生的，存在属于人类可能性的领域，所有人类可能成为的，所有人类做得出来的。小说家画出存在地图，从而发现这样或那样一种人类的可能性。但还是要强调一遍：存在，意味着："世界中的存在。"[1]

图3 "布拉格之春"是1968年1月5日开始的捷克斯洛伐克国内的一场政治民主化运动。这场运动直到当年8月20日苏联及华约成员国20万军队和5000辆坦克武装入侵捷克斯洛伐克才告终。

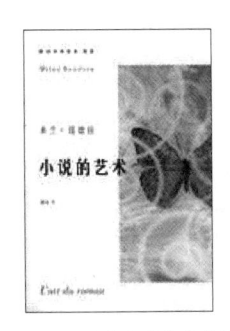

图4 中译本《小说的艺术》（上海译文出版社，2004年）该书收录了作者的七篇文章及对话，包括《收到诋毁的塞万提斯遗产》《关于小说的谈话》《受〈梦游者〉启发而作的札记》《关于小说结构艺术的谈话》《六十七个词》《耶路撒冷演讲：小说与欧洲》，体现了作者的艺术观点、风格、技巧，以及他对写作的态度、对文学传统的理解，对人和世界的想法。

[1] 本章《小说的艺术》引文均引自上海译文出版社，董强译，2004年版，原书中"萨比娜"均改为"萨宾娜"。

无法承受的存在之轻：整本读《不能承受的生命之轻》　　163

存在当然离不开个体所身处的世界，即一定的社会情境。对于小说中的人物而言，社会情境越糟糕，人物面对的道德困境越激烈，故事就会越精彩。托马斯身处的社会情境是1968年的"布拉格之春"，苏联入侵时期，可被称为捷克的"黑暗时代"。托马斯就属于"黑暗时代的人们"。

这部小说写于1984年，主人公身处的社会情境的确糟透了，昆德拉在《〈雅克和他的主人〉序》一文中称其为"西方文化的暴卒"：

面对俄国占领的漫漫长夜，我在布拉格体验到了西方文化的暴卒，一如它在现代纪元的黎明时期，在个人及其理性、思想的多远以及宽容的基础上孕育那样。在一个小小的西方国家我体验到了西方的终结。这就是那宏大的告别。

好在这种终结并没有持续太长时间，到1989年捷克"天鹅绒革命"[1]时期，捷克终于走出了"黑暗时代"。

昆德拉在《小说的艺术》中写到小说创作有三种可能性：一是"讲述一个故事"，例如菲尔丁的《汤姆·琼斯的故事》[2]；二是"描写一个故事"，例如福楼拜的《包法利夫人》[3]；三是"思考一个故事"，例如穆齐尔的《没

---

[1] 指捷克斯洛伐克于1989年11月（东欧剧变时期）发生的民主化革命。与"暴力革命"相比，"天鹅绒革命"没有经过大规模的暴力冲突就实现了政治制度更迭，如天鹅绒般平和柔滑，故得名。

[2] 亨利·菲尔丁（Henry Fielding, 1707—1754），18世纪杰出的英国小说家、戏剧家，启蒙运动代表人物，被称为"英国小说之父"。在《汤姆·琼斯的故事》等作品中，菲尔丁奠定了至19世纪末一直支配着英国小说的全面反映当代社会的现实主义传统，是英国现代小说的奠基人之一。

[3] 居斯塔夫·福楼拜（Gustave Flaubert, 1821—1880），法国著名作家，对社会风俗人情进行真实细致描写记录的同时，探索现代小说的审美趋向，被认为是"自然主义之父"和20世纪法国"新小说"的鼻祖。其代表作《包法利夫人》是法国文学史上具有划时代意义的小说，讲述了农村少女爱玛嫁给平庸的乡村医生包法利，对婚姻逐渐失望，被自己的欲望裹挟，出轨、背叛、堕落，最终被高利贷逼迫并服毒自尽的故事。

有个性的人》[1]。昆德拉的小说显然属于最后一种——"思考一个故事"。他的小说总能给你带来一些思考，尤其是比较有深度的哲学思考：

19世纪的小说描写跟那个时代的精神（实证的、科学的）是和谐一致的。将一部小说建立在不间断的沉思之上，这在20世纪是跟这个根本不再喜欢思考的时代的精神相违背的。

虽然他明知我们身处的这个时代是"娱乐至死"的时代，是人们根本不再喜欢思考的时代，但他就像向风车发起冲锋的堂吉诃德[2]，向思考发起了"冲锋"，试图通过小说创作取代哲学家的工作。昆德拉在《被背叛的遗嘱》中认为：

如果说欧洲哲学没有善于思索人的生活，思索它的"具体的形而上学"，那么，命中注定最终要去占领这块空旷土地的便是小说，在那里，它是不可替代的（它已被有关存在的哲学以一个相反的证明所确认）；因为对存在的分析不能成为体系；存在是不能被体系化的，而海德格尔，诗的爱好者，犯了对小说历史无动于衷的错误，正是在小说的历史中有着关于存在的智慧的最大宝藏。

所谓"具体的形而上学"和"存在是不能被体系化的"

---

[1] 罗伯特·穆齐尔（Robert Musil，1880—1942），奥地利作家，拥有哲学博士学位，生前未得到应有的重视，20世纪50年代后引起西方文学界的广泛关注，被视为与卡夫卡、普鲁斯特、乔伊斯同等重要的20世纪现代派作家。《没有个性的人》是穆齐尔的一部未完成的小说，背景设在奥匈帝国的最后岁月，并没有具体的主题，情节经常转入哲学思辨以及对人类精神和情感的剖析。
[2] 堂吉诃德是文艺复兴时期西班牙作家塞万提斯的长篇反骑士小说《堂吉诃德》中的主人公，他沉迷骑士小说，幻想自己是中世纪骑士（当时骑士早已绝迹一个多世纪），拉着邻居做自己的仆人，"行侠仗义"地游走天下，做出种种与时代相悖、匪夷所思的行为，四处碰壁，最终从梦幻中苏醒。

都是源于存在主义的第一原则——"存在先于本质"。最早提出这种观念的是被誉为"存在主义之父"的丹麦哲学家索伦·克尔凯郭尔[1]，这个观念的要义是虽然生存是命中注定的，是被动的，是人们无法左右的，但是人们可以利用自己的特点去创造自己特有的本质，这样才能够体现出人们的价值。

法国20世纪著名的存在主义哲学家让－保罗·萨特[2]在《存在主义是一种人道主义》中进一步阐述道：

我们说"存在先于本质"是什么意思呢？我们意指人首先存在着，在这世界上遭受各种波折——而后界定他自己……人，不仅是他自己所设想的人，而且还是他投入存在以后，自己所志愿变成的人。人，不外是由自己造成的东西，这就是存在主义的第一原理。这原理，也即是所谓的主观性。

早在昆德拉撰写这部存在主义小说之前，存在主义哲学家们就写过一批存在主义小说了，像萨特的《恶心》，阿尔贝·加缪[3]的《局外人》等。不过就影响力而言，无论是深度，还是广度，都比不上《不能承受的生命之轻》，

---

[1] 索伦·克尔凯郭尔（Soren Aabye Kierkegaard，1813—1855），又译作祁克果，丹麦宗教哲学心理学家、诗人、现代存在主义哲学创始人、后现代主义和现代人本心理学先驱。他认为哲学研究的对象不单是客观存在，更重要的是从个人的存在出发，将其与客观存在联系起来——哲学的起点是个人，终点是上帝，人生的道路就是天路历程。
[2] 让－保罗·萨特（Jean-Paul Sartre，1905—1980），法国20世纪最重要的哲学家之一，无神论存在主义的主要代表人物，西方社会主义最积极的倡导者之一，集文学家、戏剧家、评论家和社会活动家于一身，1964年获得诺贝尔文学奖。
[3] 阿尔贝·加缪（Albert Camus，1913—1960），法国作家、哲学家，存在主义文学和"荒诞哲学"代表人物，主要作品有《局外人》《鼠疫》等，1957年获得诺贝尔文学奖。

因为这些哲学家的小说太抽象了。《不能承受的生命之轻》毕竟在"轻与重"的哲学思考中包裹了一个"灵与肉"的爱情故事。爱情故事当然比哲学思考更具诱惑力,不过,哲学修养不高的读者不宜阅读此书,尤其是抱着猎奇心理的人,肯定会大失所望。阅读此书的前提就是要对存在主义哲学有一定程度的了解。

2016年3月,一本关于存在主义的通俗论著《存在主义咖啡馆:自由、存在和杏子鸡尾酒》在英国出版。这本书将20世纪的历史、存在主义哲学家的传记和他们的哲学思想结合在一起,以史诗般恢宏的视角,饱含激情地讲述了一个充满斗争、爱情、反抗与背叛的存在主义故事,深入探讨了在今天这个技术驱动的世界里,当我们每个人再次面对有关自由、责任与人类真实性的问题时,曾经也为此受困的存在主义哲学家们能告诉我们些什么。

**图5** 中译本《存在主义咖啡馆:自由、存在和杏子鸡尾酒》(北京联合出版公司,2017年)
作者是英国人,名叫莎拉·贝克韦尔,哲学专业背景。

作者在第一章中概括了存在主义哲学的要点,可以很好地帮助我们了解究竟什么是存在主义。一共有以下九条:

——存在主义者关心的是个人(individual),是具体的人类存在(human existence)。

——他们认为,人类存在不同于其他事物的存在(being)类型。其他实体是什么就是什么,但作为人,我在每一刻,都可以选择我想让自己成为的样子。我是自由的。

——因此,我对我所做的每件事,都负有责任。这一令人眩晕的事实会导致一种焦虑。

——而这种焦虑与人类存在本身密不可分。

——但另一方面，我只有在境遇（situations）中才是自由的，这个境遇包括了我的生理和心理因素，也包括了我被抛入的世界中那些物质、历史和社会变量。

——尽管存在各种限制，我总是想要更多：我热忱地参与着各种个人计划（projects）。

——因而，人类存在是模糊的：既被局限在边界之内，同时又超越了物质世界，令人兴奋。

——一位从现象学角度来看待这一境况的存在主义者，不会提出简单的处理原则，而会专注于描述生活经验本身的样子。

——通过充分地描述经验，他或她希望能理解这种存在，唤醒我们去过更真实的生活。

这九条要点暗含了存在主义的三大原则。第一条和第二条阐述的是存在主义的第一原则——"存在先于本质"。第三条和第四条阐述了存在主义的第二原则——"世界是荒谬的，人生是痛苦的"。它具体指的是在这个"主观性林立"的社会里，人与人之间必然存在冲突、抗争与残酷，充满了丑恶和罪行，一切都是荒谬的，即萨特所谓的"他人即地狱"。人在这个荒谬、冷酷处境中只能是痛苦的，世界给人的只能是无尽的苦闷、失望、悲观、消极，人生是痛苦的，无关贫富。第五条和第六条阐述的是存在主义的第三原则，也是最重要的原则——"自由选择"。这是存在主义的精义。存在主义的核心是自由，即人在选择自己的行动时是绝对自由的。在这个世界上，每个人都有各自的自由，面对各种环境，采取何种行动，如何采取行动，都可以做出"自由选择"。对于人来说,最重要的就是认识自由选择的重要性,并按照自己的选择去行动和承担相应的责任。

最后两条则追溯到存在主义哲学的源头之一——现象学。

## 一部反复叙事的复调小说

《不能承受的生命之轻》虽说是一部存在主义哲学小说,但它并没有围绕着存在主义的三大原则去写,它所选取的哲学主题跟小说中人物的人生经历密切相关。它关心的首先是四个具体的人——托马斯、特蕾莎、萨宾娜和弗兰茨,而不是存在主义的三大原则。它毕竟首先是一部小说,四个主人公的形象塑造得还是非常立体和丰满的。

不过,这部小说在叙事上跟传统小说有很大的区别,是一部现代小说,属于典型的复调小说。在叙事上,其主要特色就是多次运用反复叙事的手法。所谓反复叙事,简单说就是小说中的某一事件、某个细节在各个章节里被一次次地重复叙述。

如果想从线性线索梳理故事情节,可以观看根据这部小说改编的电影《布拉格之恋》。这部电影的故事情节还是比较忠实原著的,但是很难表现昆德拉热衷的哲学思考。通过对比小说和电影两种文本,读者可以看出其各自的优劣所在,以及两种媒介的可能性限度。

《不能承受的生命之轻》一共分成七部,每部的叙事

图6 电影《布拉格之恋》海报
(美国,1988年)
该电影是当年美国十佳影片之一。

视角都不一样。第一部和第五部"轻与重"是从托马斯的视角来写的，写他与特蕾莎的故事；第二部和第四部"灵与肉"从特蕾莎的角度来写托马斯，把他们的故事重新讲述了一遍；第三部"不解之词"实际上是萨宾娜的视角；第六部"伟大的进军"则是弗兰茨的视角；第七部"卡列宁的微笑"还是特蕾莎的视角。在这七部当中，很多细节反复出现，譬如那个关于特蕾莎的"草篮里顺水漂来的孩子"的隐喻就出现了八次，这种写作手法的小说就是所谓"反复叙事的复调小说"。

反复叙事不是昆德拉的发明。法国意识流小说家普鲁斯特在《追忆似水年华》[1]中就多次运用过这种手法。吴晓东在《从卡夫卡到昆德拉：20世纪的小说和小说家》一书中概括了反复叙事的四个诗学功能：

其一，可以说，小说中的每一次反复叙事都不是无谓的重复，每一次重复都会重新强调同一个事件的某一个侧面，或补充丰富一下细节……由此反复叙事就建立了多重视角……它造成的效果就是昆德拉所说的"循环提问"，对同一个事件的内涵进行无穷的询问和追索。……

其二，反复叙事更重要的功能是影响了小说的叙事时间，它造成了故事时间的穿插与倒错……它直接的效果就是悬念的打破。传统小说中单一的线性因果关系也荡然无存了。……

图7《从卡夫卡到昆德拉：20世纪的小说和小说家》（由生活·读书·新知三联书店，2003年）
该书是在北京大学中文系教授吴晓东在学校开设的"20世纪外国现代主义小说选讲"课讲稿的基础上整理而成的。

[1] 原名 *À la Recherche du Temps Perdu*，又译为《追寻逝去的时光》，是法国小说家马赛尔·普鲁斯特（Marcel Proust，1871—1922）的代表作，20世纪世界文学史上最重要的长篇巨著，以其出色的心灵追索描写、宏大的结构、细腻的人物刻画以及卓越的意识流技巧享誉世界。

其三，反复叙事的另一个作用是使小说的多重主题得以不断复现。……

其四……反复叙事可以看作是与一次性生命相抗争的方式。

最后一点是作者的个人发挥，因为不是所有的反复叙事都指向与生命的一次性的抗争。不过在《不能承受的生命之轻》中，"生命的一次性"的确是关于对"存在"的思考的逻辑前提，主人公托马斯在道德困境面前的自由选择主要也是基于生命的一次性。

复调小说的基本含义是一部小说中有多种独立的、平等的、有价值的声音，这些声音以对话关系共存。这是苏联学者巴赫金[1]创设的概念，巴赫金借用这一术语来概括陀思妥耶夫斯基[2]小说的诗学特征，以区别于那种基本上属于独白型的、已经定型的欧洲小说模式。

昆德拉是陀思妥耶夫斯基复调小说的忠实信徒，也是复调理论的坚定实践者。他十分迷恋复调式结构或多声部叙事，而且运用得十分得心应手。昆德拉认为，布洛赫的《梦游者》[3]在复调结构上比陀思妥耶夫斯基走得更远，因为它同时展开了五条线索，分别是五种体裁：长篇小说、

---

[1] 巴赫金（1895—1975），苏联著名文艺理论家、批评家、结构主义符号学的代表人物，其理论对文艺学、民俗学、人类学、心理学都有巨大影响。代表作品有《陀思妥耶夫斯基诗学问题：复调小说理论》《小说理论》等。
[2] 陀思妥耶夫斯基（1821—1881），俄国作家，与托尔斯泰、屠格涅夫等人齐名，是俄罗斯文学史上最复杂、最矛盾的作家之一，有人说"托尔斯泰代表了俄罗斯文学的广度，陀思妥耶夫斯基则代表了俄罗斯文学的深度"。
[3] 赫尔曼·布洛赫（Hermann Broch，1886—1951），奥地利小说家，与卡夫卡、穆齐尔、贡布罗维奇被昆德拉并称为"中欧四杰"。《梦游者》是他45岁时出版的首部重要作品。

短篇小说、报告文学、诗、论文。《不能承受的生命之轻》的第六部"伟大的进军"就模仿了《梦游者》的结构，把对历史事件的报道、哲学论文、神学思考和小说文体结合起来，形成了一部丰沛的综合性散文。

这里值得一提的是，昆德拉的小说几乎全部是七章，他对数字"七"非常执着。他在《小说的艺术》中说：

当我写《不能承受的生命之轻》时，我希望不惜一切代价打破这个命定的数字：七。这部小说一直是按六部分来构思的。可第一部分一直让我觉得不成形。最后，我明白了这一部分实际上包含了两个部分，就像是孪生的连体婴儿一样，要运用一种极为精细的外科手术，将它分为两个部分。我把这些都讲出来是为了说明：（有七个部分）不是出于我对什么神奇数字的迷信，也不是出于理性的计算，而是一种来自深层的、无意识的、无法理解的必然要求，一种形式上的原型，我没有办法避免。我的小说是建立在数字七基础上的同样结构的不同变异。

## 一部主题先行的理念小说

从七部的标题上，可以看出小说的主题词主要是"轻与重""灵与肉""伟大的进军"。除了第七部"卡列宁的微笑"代表的是"田园牧歌"、第三部"不解之词"包含了一系列主题以外，每个标题刚好是一个主题，而每个主题刚好是对存在的一个疑问。昆德拉对存在的思考具体表现在所选定的主题上。

昆德拉在《小说的艺术》中说：

我越来越意识到，这样一种探询实际上是对一些特别的词、一些主题词进行审视。所以我坚持：小说首先是建立在几个根本性的词语上的。……《不能承受的生命之轻》的支柱：重、轻、灵魂、身体、伟大的进军、粪便、媚俗、怜悯、眩晕、力量、软弱。

这里的"粪便"看上去很奇怪：它居然也变成一个主题了。其实它在小说中的地位很重要，昆德拉是想通过它来引出"媚俗"和"眩晕"这两个主题。

这些主题跟小说中的四个主要人物一一对应，每个主题词在每个人的存在密码中都有不同的意义。昆德拉说：

对特蕾莎来说，这些关键词分别是：身体，灵魂，眩晕，软弱，田园牧歌，天堂。对托马斯来说：轻，重。在题为《不解之词》的一章中，我探讨了弗兰茨和萨宾娜的存在密码，分析了好几个词：女人，忠诚，背叛，音乐，黑暗，光明，游行，美丽，祖国，墓地，力量。

对于特蕾莎来说，最重要的主题就是"身体与灵魂"。特蕾莎跟托马斯不一样，托马斯有很多情人，可以跟很多女人在一起，但他未必真爱这些女人，可能只是一夜情，他可以在灵与肉的分离中自由转换。但特蕾莎无法做到这一点，虽然在小说的后半部分她也去尝试了一次，跟一个工程师发生了关系。她无法做到灵魂与肉体的分离，但托马斯可以，这就构成了一个强烈的戏剧冲突。

对托马斯来说，最重要的主题就是"轻与重"。这里的"轻与重"一方面跟特蕾莎"灵与肉"的冲突密不可分，另一方面涉及"布拉格之春"时期知识分子的政治责任和社会使命,而后者是这部小说的核心问题。小说不叫《不能承受的生命之重》,而叫《不能承受的生命之轻》,乍看上去就很奇怪——为什么是"轻"不能承受,而不是"重"呢?不能承受的不该是"重"吗?

小说的第一部"轻与重"一开始就写到了一个非常重要的哲学概念——"永恒轮回",它出自尼采的杰作《查拉图斯特拉如是说》:

万物走了,万物又来,存在之轮永恒运转。万物死了,万物复生,存在之年永不停息。

万物破碎了,万物又被重新组装起来;存在之同一屋宇永远自我构建。万物分离,万物复又相聚,存在之环永远忠于自己。

据尼采说,他第一次获得这个概念是1881年8月在高山的森林里散步的时候。他承认自己受到赫拉克利特的变化理论[1]的影响,他称此理论为"虚无主义的最极端形式",但也是克服虚无主义的方法。

昆德拉在小说中借"永恒轮回"从反面肯定了生命的一次性:

……生命一旦永远消逝,便不再回复,似影子一般,了无分量,未灭先亡,即使它是残酷,美丽,或是绚烂的,

---

[1]赫拉克利特(约前540—约前480与470之间),古希腊哲学家,爱菲斯学派的创始人。他认为物质性的"火"是万物本原,万物从永恒的活火中产生,又重新分解为火;非神所创造的世界处在不断产生与灭亡的过程中,一切皆流,万物皆变。他在欧洲哲学史上首次提出对立面的统一与斗争的学说,但其学说又具有循环论的色彩。

这份残酷、美丽和绚烂也都没有任何意义。

人的生命只有这一次，这是一个非常沉重的命题，它压迫着每一个人。这是存在主义哲学的逻辑前提：我们首先要认清这样一个事实——生命只有一次。我们的一举一动都承受着不能承受的责任重负，这就从"永恒轮回"引申到了存在主义哲学的核心概念——责任。

英国历史学家托尼·朱特[1]写过一本《责任的重负：布鲁姆、加缪、阿隆和法国的20世纪》，讲述了莱昂·布鲁姆[2]、阿尔贝·加缪和雷蒙·阿隆[3]这三位20世纪法国知识分子的故事，全面阐释了他们的价值。朱特认为，他们不单代表了自己时代的思想和政治文化中令人憬悟的一种声音，还代表了现代法国社会和思想史中很多最优秀、最持久的东西。从某种意义上说，这三人都是"局外人"：布鲁姆和阿隆是犹太裔，而加缪的成长地阿尔及利亚在当时是法国的殖民地，但他们都是正直的人，都严肃地对待自己公共知识分子的身份，远远地躲开时尚与流俗。

小说的第一部"轻与重"是从尼采的"永恒轮回"开始的，最后一部"卡列宁的微笑"又以尼采的"都灵之马"的故事结束，带有鲜明的尼采特色。尼采虽然不是典型的

---

[1] 托尼·朱特（Tony Judt，1948—2010），著名历史学家，以其对欧洲问题和欧洲思想的深入研究而闻名于世，毕业于剑桥大学国王学院和巴黎高等师范学校，先后执教于剑桥大学、牛津大学、加州大学伯克利分校和纽约大学，长期为欧美主流媒体撰稿。
[2] 莱昂·布鲁姆（Léon Blum，1872—1950），法国政治家和作家，文学和戏剧评论家，曾当选法国第一位社会党籍总理，后被监禁，二战后成为法国主要的元老政治家。
[3] 雷蒙·阿隆（Raymond Aron，1905—1983），20世纪法国著名政治哲学家、社会学家。代表作品有《知识分子的鸦片》《社会学主要思潮》等。

存在主义哲学家，但存在主义哲学家多深受他的影响，存在主义大师马丁·海德格尔[1]就写过一部名为《尼采》的巨著。

2011年，匈牙利著名导演贝拉·塔尔拍过一部尼采的传记片，叫《都灵之马》，讲的是尼采晚年的故事。1889年1月3日，尼采在都灵的卡罗阿尔伯托广场看到一个马车夫用鞭子抽打一匹老马，他抱着马哭了起来，然后昏倒了。在随后不到一个月的时间里，尼采就被诊断出得了严重的精神疾病，并在随后的十一年里卧榻不起。

图8 电影《都灵之马》海报（匈牙利，2011年）

在小说的第七部，昆德拉拿尼采"都灵之马"的故事跟特蕾莎与卡列宁的故事互相对照，从而引申出"田园牧歌"的主题。昆德拉写道：

> 我的眼前始终浮现着特蕾莎坐在树墩上的情景，她抚摸着卡列宁的头，想着人类的失败。与此同时，另一画面在我脑海里出现：尼采正从都灵的一家旅店出来。他看见门口有一匹马，车夫正用鞭子在抽打。尼采走到马跟前，不顾眼前的车夫，一把抱住马的脖子，大声哭泣起来。

卡列宁在第七部中已然老去，托马斯准备给它"安乐死"，特蕾莎当然依依不舍。"田园牧歌"的主题跟卡列宁有什么关系呢？在昆德拉看来：

> 人类真正的善心，只对那些不具备任何力量的人才能自由而纯粹地体现出来。人类真正的道德测试（是最为彻

---

[1] 马丁·海德格尔（Martin Heidegger, 1889—1976），德国哲学家，存在主义主要代表人物。代表作品有《存在与时间》《什么是形而上学》《论真理的本质》《林中路》等。

图9 《布拉格之恋》剧照：卡列宁、特蕾莎和托马斯

底的测试，但它处于极深的层次，往往不为我们注意），是看他与那些受其支配的东西如动物之间的关系如何。

弗朗索瓦·里卡尔[1]在《大写的牧歌与小写的牧歌》一文中认为，"卡列宁的微笑"紧接在第六部"伟大的进军"之后，显得颇为不当，向我们揭示了昆德拉的两面性——毁灭的作者和牧歌的作者。"田园牧歌"是作品主人公生存的最为强大的动力之一，亦是小说想象力的动力之一。

对此，昆德拉写道：

为什么牧歌这个词对特蕾莎如此重要？

…………

只要人生活在乡下，置身于大自然，身边簇拥着家畜，在四季交替的怀抱之中，那么，他就始终与幸福相伴，哪怕那仅仅是伊甸园般的田园景象的一束回光。所以那天，当特蕾莎在温泉小城遇见合作社主席时，她的眼前就浮现

---

[1] 弗朗索瓦·里卡尔（François Richard, 1947— ），加拿大皇家学会成员，麦吉尔大学法语文学教授、文学批评家。

出一副乡村景象（她并没有去过那里，从未在那里生活过），并为之神迷。这就如同向身后望去，向伊甸园的方向回望。

这种"田园牧歌"通过恢复美化的生活，救赎邪恶且不完美、不定和虚无的日常生活，让意义得以丰富，欲望得以实现，里卡尔称之为"大写的牧歌"。它在这部作品中构成了一个中心式的神话，构成了一个理解人类生存的视界的方式。随着托马斯和特蕾莎的隐居，这个世界就像一座被遗弃的房屋，只有一条狗在里面奄奄一息。

## 托马斯：到底选择什么？是重还是轻？

昆德拉在小说中提出的核心问题就是"轻与重"。小说第一部"轻与重"一上来就直奔主题，在主人公托马斯出场之前，就提出了这个问题。昆德拉写道：

最沉重的负担压迫着我们，让我们屈服于它，把我们压到地上。但历代的爱情诗中，女人总渴望承受一个男性身体的重量。于是，最沉重的负担同时也成了最强盛的生命力的影像。负担越重，我们的生命越贴近大地，它就越真切实在。

相反，当负担完全缺失，人就会变得比空气还轻，就会飘起来，就会远离大地和地上的生命，人也就只是一个半真的存在，其运动也会变得自由而没有意义。

那么，到底选择什么？是重还是轻？[1]

---

[1] 本章《不能承受的生命之轻》引文均引自许钧译，漓江出版社，2003年版，其中许钧译"萨比娜"换作"萨宾娜"。

这段话是小说的点题之笔，看似追问，实际上已经蕴涵了答案。昆德拉当然主张应该选择"重"。因为在他看来：

必然者为重，重者才有价值。……对于我们所有人来说，人的伟大在于他扛起命运，就像用肩膀顶住天穹的巨神阿特拉斯一样。贝多芬的英雄，是托起形而上之重担的健将。

昆德拉虽然从小就师从名师学习作曲，不过最终选择了以文学承担命运的重量。1958年对于他是一个具有实质意义的年头，在写剧本的间隙，他花了一两天时间就写出了《我，悲哀的上帝》。这是昆德拉写出的第一篇小说。而真正给他带来世界声誉的作品是1967年的小说《玩笑》，该小说在1969年还被拍成了电影。

《玩笑》实际上是以政治为背景，通过主人公路德维克及其友人的爱情经历和人生旅程，揭示出历史的荒谬，试图探寻什么是"玩笑"和"忘却"，被誉为"一首关于灵与肉分裂的伤感的二重奏"。小说的主人公路德维克因为与女友开了个玩笑，被朋友泽马内克陷害，进入苦役营。归来后他为了报复泽马内克，设计勾引其妻海伦娜。计划成功后，他才发现泽马内克早想抛弃妻子，他的报复成了一个毫无作用的"玩笑"。历史就是这样无情地同人们开着玩笑，并且它不用为玩笑带来的后果承担责任。这篇小说力图展示的存在，就是用可能性去和一次性的生命相抗争的存在。

**图10** 中译本《玩笑》（上海译文出版社，2011年）

对昆德拉来说，1967年是富有命运转折意义的年份。就在这一年夏天，捷克斯洛伐克第四次作家代表大会上，身为主席团成员的昆德拉率先发表了一通言辞激烈的演讲，这一演讲成了1968年"布拉格之春"的先声。一大批知识分子随之而起，对现实生活和意识形态展开批判，呼吁国家民主改革和独立自治。

昆德拉在演讲中说道：

> 我们的文明平庸而病态，它不是活着，而只是长存着，它不开花，而只是在长高，它不是大树，而只长灌木……二三十年来，捷克文学同外部世界隔绝了，它的多方面的内部传统被废弃，它被降低到了枯燥无味的宣传水平，这就是威胁着要把捷克民族最终摈弃于欧洲文明之外的悲剧。

1968年，苏联入侵捷克斯洛伐克后，《玩笑》被列为禁书，从书店和图书馆消失了。昆德拉也被开除党籍，并被解除了在电影学院的教职，同时还被禁止发表任何作品。1975年，在法国议会主席的亲自请求下，捷克斯洛伐克政府特准昆德拉和妻子前往法国，并于1981年加入法国国籍。1989年"天鹅绒革命"之后，昆德拉的作品才被捷克解禁。

1995年秋天，捷克政府决定将国家最高奖项之一——功勋奖授予昆德拉。在谈到获奖感受时，他说："我很感动，也许可以说，尤为让我感动的是瓦茨拉夫·哈维尔[1]给我的信。特别是信中的这样一句话：他把这次授奖看作是给我与祖国和祖国与我的关系，画了一个句号。"

当初昆德拉选择流亡时，还跟哈维尔有过一番论争，

---

[1] 瓦茨拉夫·哈维尔（Václav Havel，1936—2011），捷克剧作家，于1993年到2002年间担任捷克共和国总统，是捷克首位民选总统。

哈维尔是主张留在国内继续抗争的。其实，昆德拉也在抗争，他是通过小说作品在抗争。不过，他并不反对别人妥协。小说中的主要人物基本还是选择"轻"的。小说的主人公托马斯最终就选择了"轻"，拒绝在抗议书上签字。托马斯的情人萨宾娜在"布拉格之春"时，选择了流亡国外，再也没有回国。那个选择"重"的弗兰茨，选择"伟大的进军"的弗兰茨，反而成了嘲讽的对象。

1968年是20世纪非常重要的一年，美国历史学家马克·科兰斯基[1]称之为"撞击世界之年"。他在《1968：撞击世界之年》一书中说：

1968年令人激动人心的地方在于，全世界难以计数的人们都拒绝对世上诸多不平之事保持沉默。如果别无选择，他们会走上街头，呐喊示威，这给世界带来了一丝难得的希望，即哪里有不公，哪里就会有人揭露它，并试图改变它。

图11 中译本《1968：撞击世界之年》（民主与建设出版社，2016年）

这本书有相当大的篇幅在写"布拉格之春"，科兰斯基认为：

苏联在1968年8月20日对捷克斯洛伐克的入侵，标志着苏联开启了它自身的终结。二十多年后，当苏联最终瓦解时，西方世界为之震惊。他们都已经忘记了当年。但在苏联的入侵发生时，即使是《时代》杂志都预测了它的终结。……但它不再被视为一个仁慈的国家。它是一个实

---

[1] 马克·科兰斯基（Mark Kurlansky，1948— ），美国著名非虚构作家，《纽约时报》畅销书作者，著有《1968：撞击世界之年》《巴斯克人的世界史》《被选择的少数：欧洲犹太人的兴起》《非暴力主义：一种危险观念的历史》等畅销作品。

行"家长制"的霸权主义国家。在苏联解体之后，杜布切克论及苏联注定的本质缺陷时写道："它的体制禁锢变革。"

1989年，捷克斯洛伐克发生了"天鹅绒革命"，分裂为捷克和斯洛伐克两个国家，引发了后来一系列的东欧剧变和1991年的苏联解体。但在1968年，苏联还比较强势，小说就严厉控诉了苏联的野蛮行径。所以南非学者安德烈·布林克[1]在《小说的语言和叙事：从塞万提斯到卡尔维诺》一书中将它视为"一部行动文学作品"和"一部具有巨大道德力量的社会政治文献"。

图12 1989年捷克斯洛伐克发生的"天鹅绒革命"。

小说在第五部"轻与重"中通过描述托马斯在"布拉格之春"前后的遭遇展开了这个主题。托马斯原本是外科医生，他在一份由捷克作家联盟发行的周刊上发表了一篇关于俄狄浦斯[2]的文章。文章被刊登在倒数第二页的"读者来信"栏目。

这篇文章里，托马斯认为那些在确信已经找到通往天堂的唯一道路的中欧积极分子，应该像俄狄浦斯一样承担责任：

托马斯常常听到人们声嘶力竭地为自己灵魂的纯洁性进行辩护，他心里想：由于你们的不知，这个国家丧失了自由，也许将丧失几个世纪，你们还说什么你们觉得是无辜的吗？你们难道还能正视周围的一切？你们难道不会感

[1] 安德烈·布林克（Andre Brink, 1935— ），南非开普敦大学英语语言文学教授、美国普林斯顿大学客座教授，创作多部小说，已被翻译成三十多种文字，曾两度入围布克奖，三度获得南非最重要的CAN文学奖，还曾获诺贝尔文学奖提名。
[2] 俄狄浦斯（Oedipus 或 Odipus），世界文学史上典型的命运悲剧人物，希腊神话中的王子，在不知情的情况下杀死了自己的父亲并娶了自己的母亲，后得知真相，便刺瞎双眼，将自己流放。

到恐惧？也许你们没有长眼睛去看！要是长了眼睛，你们该把它戳瞎，离开底比斯！

这是小说的核心问题。托马斯写完这篇论文两三个月后，苏联就在一夜之间占领了捷克。当局要求他写一份自我批评的声明。出乎所有人的预料，托马斯拒绝发表声明。为此他付出了沉重的代价，失去了外科医生的工作，成了一名玻璃擦洗工。在捷克斯洛伐克，医生是国家公务员，国家可以剥夺其职位，但并非一定如此。跟托马斯谈辞职事宜的那位官员了解他的声望，也很赏识他，试图说服他不要走，但托马斯还是坚持了自己的选择，因为只有这样，他才能"活在真实中"。

不过，托马斯没有进一步参与当时的政治抗争活动，他拒绝了在《两千字书》上签字。《两千字书》是"布拉格之春"的第一个重大宣言，要求捷克斯洛伐克彻底民主化。托马斯的儿子西蒙几乎以恳求的语调对父亲说："你有责任签名。"但"责任"是托马斯听过的最糟糕的字眼。他想起特蕾莎双臂搂着乌鸦的样子。那乌鸦曾被活埋了半截，特蕾莎发现它后，用红围巾裹着搂在怀里。他什么都不在乎，只在乎她。第五部这样描述道：

她，六次偶然的结果；她，是主任坐骨神经痛生成的花朵；她，是所有"es muss sein"[1]的对立面；她，是他惟一真正在乎的东西。

……他的所有决定仅依据一个标准：不做任何可能伤

---

[1] 非如此不可！

害特蕾莎的事情。托马斯不能拯救政治犯，但他可以令特蕾莎幸福。

签还是不签？对托马斯而言，这的确成了问题。一边是使命，一边是爱情；是大声疾呼，加速自己的死亡，还是缄口不言，以换取苟延残喘？这个著名的"哈姆雷特之问"又摆在托马斯面前。

托马斯再次冒出那个念头：生命的一次性——人只能活一回，我们无法验证决定的对错。因为在任何情况下，我们只能做一个决定；历史也如同个人生命，无法上演第二回。

波希米亚的历史不会重演，欧洲的历史也不会重演。波希米亚和欧洲的历史是两张草图，出自命中注定无法拥有生死经验的人类之笔。历史和个人生命一样轻，不能承受地轻，轻若鸿毛，轻若飞扬的尘埃，轻若明日即将消失的东西。

## 特蕾莎：灵与肉的统一与分离

肉体与灵魂，是人类得以存在的两种基本形式，人们总是理想化地希望自己灵肉合一，以把握一个更为真实可感的自我。然而，昆德拉却以一个特定的情欲情境，揭示出灵与肉的分离，使人类再次陷入对自我的无法把握之中。情欲作为人的生命活动和自我意识最活跃的一种形式，总是本能地、不可遏制地趋向自由，趋向摆脱一切压抑和束缚。但是在想象的自由和婚姻现实之间，隔着一条鸿沟。

小说中"灵与肉"的主题起初跟"轻与重"是交织在一起的，毕竟家庭责任也是一份沉重的负担，主人公托马斯出场的时候已经离过一次婚，婚姻对他而言并没有吸引力。何况，他与特蕾莎的相遇，纯粹是出于偶然，而且是六次偶然：

七年前，在特蕾莎居住的城市医院里，偶然发现了一起疑难的脑膜炎，请托马斯所在的科主任赶去急诊。但是，出于偶然，科主任犯了坐骨神经痛病，动弹不得，于是便派托马斯代他到这家外省医院。城里有五家旅馆，可是托马斯又出于偶然在特蕾莎打工的那家下榻。还是出于偶然，在乘火车回去前有一段时间，于是进了旅馆的酒吧。特蕾莎又偶然当班，偶然为托马斯所在的那桌客人提供服务。恰是这六次偶然把托马斯推到了特蕾莎身边，好像是自然而然，没有任何东西在引导着他。

昆德拉从生命的一次性引申出"轻与重"的主题，从生命相遇的偶然性引申出"灵与肉"的主题。特蕾莎出现后，托马斯要不要跟她在一起呢？他们两人的相遇是如此偶然，既然说"必然者为重，重者才有价值"，那偶然者要怎样对待呢？

对此，昆德拉在第二部"灵与肉"中揭示了答案：

偶然性往往具有这般魔力，而必然性则不然。为了一份难以忘怀的爱情，偶然的巧合必须在最初的一刻便一起降临，如同小鸟儿一齐飞落在阿西西的圣方济各的肩头。

托马斯经过一番思想斗争，最终选择了接受特蕾莎，他们同居了，再后来就结婚了。不过他们相遇也有一番因缘，就是文学。托马斯在旅馆里遇见特蕾莎时，特蕾莎正在看一本书，是托尔斯泰的《安娜·卡列尼娜》，他们是因为这本书才相识的。所以当特蕾莎去布拉格见托马斯的时候，就把这本书带上了，这本书是她的通行证。

昆德拉在第二部"灵与肉"中论述道：

人生如同谱写乐章。人在美感的引导下，把偶然的事件（贝多芬的一首乐曲、车站的一次死亡）变成一个主题，然后记录在生命的乐章中。犹如作曲家谱写奏鸣曲的主旋律，人生的主题也在反复出现、重演、修正、延展。

这里"车站的一次死亡"指的就是安娜·卡列尼娜的跳轨自杀。

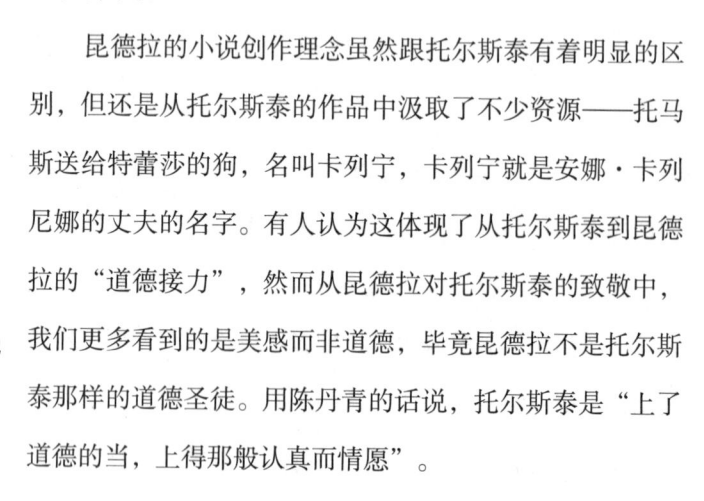

昆德拉的小说创作理念虽然跟托尔斯泰有着明显的区别，但还是从托尔斯泰的作品中汲取了不少资源——托马斯送给特蕾莎的狗，名叫卡列宁，卡列宁就是安娜·卡列尼娜的丈夫的名字。有人认为这体现了从托尔斯泰到昆德拉的"道德接力"，然而从昆德拉对托尔斯泰的致敬中，我们更多看到的是美感而非道德，毕竟昆德拉不是托尔斯泰那样的道德圣徒。用陈丹青的话说，托尔斯泰是"上了道德的当，上得那般认真而情愿"。

小说在第二部"灵与肉"中，通过描写特蕾莎第一次迈进托马斯寓所门槛时肚子发出的咕噜咕噜的叫声（特蕾莎在托马斯将她拥入怀中时，忘记了肚子的叫声），来揭示肉体与灵魂之间不可调和的两重性：

肉体是囚笼，里面有个东西在看，在听，在害怕，在

**图13** 中译本《安娜·卡列尼娜》（译林出版社，2014年）

思索，在惊奇；这东西在肉体消失之后还在，还残存，它就是灵魂。

不过，这种因为爱情而忘记饥饿的灵肉冲突，只能算是小说的"起兴"，灵肉冲突的重点在于托马斯的风流韵事太多。托马斯首次结婚两年不到就离了婚，认识特蕾莎之前已经独居了十年，十年中一直跟情人们保持着所谓的"性友谊"。对托马斯来说：

跟一个女人做爱和跟一个女人睡觉，是两种截然不同，甚至几乎对立的感情。爱情并不是通过做爱的欲望（这可以是对无数女人的欲求）体现的，而是通过和她共眠的欲望（这只能是对一个女人的欲求）而体现出来的。

小说灵肉冲突的高潮发生在第四部"灵与肉"中，开篇第一段就写到特蕾莎发现托马斯又一次出轨了，整整一夜，她被迫呼吸着托马斯头发里另一个女人的气味。

她突然想像打发走一个女佣那样，把她的身体打发走。只让灵魂与托马斯在一起吧，把身体赶得远远的，让它表现得就像其他女人的身体一样，跟其他男人的身体厮混！

这就是特蕾莎后来去酒吧结识工程师并与之发生关系的心理背景。事后她坐在抽水马桶上，突然涌起清空自己肠胃的欲望：

她想彻底地羞辱自己，想成为身体，只是一具身体……那一刻，她感到无尽的悲哀和孤独。再没有比她坐在下水管道口上的赤条条的身体更可怜的了。

昆德拉将她的这段"灵肉分离"的经历与"轻与重"

相联系，在后文中提出质疑：

  与工程师的小插曲是否已经让她明白，风流韵事与爱情毫不相干？是否明白风流之轻松，了无重负？如今她是不是比较心静了？

  可惜根本就不是！如果不是怀疑工程师的身份可能是被派来引诱她的警察，她可能还会去找他。特蕾莎这场轻浮的性冒险是对托马斯不忠的报复，但是报复的过程也是自我羞辱的过程。对于特蕾莎和托马斯而言，解决灵肉冲突的最好办法就是离开布拉格，搬到乡下去住。这是他们唯一的生路。托马斯知道这将是他艳史的终结，但这能让特蕾莎幸福。他们选择了去温泉小城隐居。

  面对"作为一个小说家，性对你意味着什么"的提问，昆德拉在与菲利普·罗思的谈话中说：

  在我的作品中，一切都以巨大的情欲场景告终。我有这样的感觉，一个肉体之爱的场景产生出一道强光，它突然揭示了人物的本质并概括了他们的生活境况。……情欲场景是一个焦点，其中凝聚着故事所有的主题，置下它最深奥的秘密。

  昆德拉在这部小说中选择了性的两极——放纵与压抑——和"性的二元对立"来探究人的本质与他们的生活境况，这是一种最富有故事张力的主题，他要从极端的情境中挖掘现代历史境况中人之存在的最幽深的奥秘。

  放纵，有失重之后难以承受的轻；压抑，又是不能承受的重。性的两难困境使问题转化为，灵与肉的和谐何以存在？

## 萨宾娜：我反抗，所以我存在

小说的第三部名为"不解之词"，形式有点像词典，不过这部也是有人物视点的，主要围绕着萨宾娜和弗兰茨的关系展开。第三部有三个小节是以词典的形式呈现的：第三小节诠释的是"女人""忠诚与背叛""音乐""光明与黑暗"等词语；第五小节诠释的是"游行""纽约之美""萨宾娜的祖国""墓地"等词语；第七小节诠释的是"阿姆斯特丹古教堂""力量""活在真实里"等词语。

这些词语中，对弗兰茨与萨宾娜而言，最重要的一组对照就是"忠诚与背叛"。在弗兰茨看来，忠诚是第一美德，它使我们的生命完整统一。但对萨宾娜来说，背叛更具有吸引力。

背叛，就是脱离自己的位置。背叛，就是摆脱原位，投向未知。萨宾娜觉得再没有比投身未知更美妙的了。

萨宾娜中学毕业后便来到布拉格，背叛了自己的家；在美术学院上学时，爱上了立体派美术，背叛了社会主义现实派画法；嫁给了一名平庸的布拉格演员，不久就向丈夫提出离婚，背叛了丈夫。这样的连锁反应，使她一次次地离最初的背叛越来越远。苏联入侵布拉格时，萨宾娜毅然选择了流亡日内瓦，背叛了自己的祖国。她在日内瓦结识了弗兰茨，但是当弗兰茨离婚后投向她时，她又毅然选择离开，背叛了弗兰茨，远走巴黎和美国。弗兰茨是她所遇见的男人中最优秀的，他善良、正直和英俊，而且聪明并能理解她的作品。

对此，昆德拉总结道：

当初背叛父亲，她脚下展开的人生就如同一条漫长的背叛之路，每一次新的背叛，既像一桩罪恶又似一场胜利，时刻在诱惑着她。她不愿固定在自己的位置上，决不！她决不愿一辈子跟同一些人为伍，重复着相同的话，死守着同一个位置！

对于萨宾娜，背叛就是对"不能承受的生命之重"的反抗。反抗哲学也是存在主义哲学的核心思想。笛卡儿[1]有一个举世闻名的命题"我思故我在"，把思想提高到人之所以为人、人之所以存在的唯一标志、唯一条件。加缪在《反抗者》中则提出了另一个命题——"我反抗，故我存在"，他将反抗视为人之所以为人、人之所以存在的标志与条件。

加缪在《局外人》和《鼠疫》中深刻地揭示了人在异己世界中的孤独、个人与自身的日益异化，以及罪恶和死亡的不可避免等问题。但他在揭露世界荒诞的同时，并不显得绝望和颓丧，他主张人要在荒诞中奋起反抗，在绝望中坚持真理和正义，为世人指出了一条自由人道主义道路。他直面惨淡人生的勇气和"知其不可而为之"的大无畏精神使他在第二次世界大战之后的法国乃至全世界成为一代人的精神导师。

---

[1]笛卡儿（René Descartes，1596—1650），法国哲学家、物理学家、数学家、生理学家，解析几何的创始人。他试图建立无所不包的哲学体系，该体系由形而上学、物理学、各门具体科学组成。代表作品有《形而上学的沉思》《哲学原理》《论世界》等。

《反抗者》体现出来的精神和勇气，足以与他的《西西弗神话》前后辉映，为加缪"在荒诞中奋起反抗"的一生画上完美的句号。

萨宾娜跟加缪不同，她的悲剧不是因为"重"，她不想承担那些来自社会的、历史的、政治的，甚至家庭的责任，她追求的是全新的生活方式，她的悲剧在于"轻"——不能承受的存在之轻。"压倒她的不是重，而是不能承受的生命之轻"——这句话是真正的点题之笔。

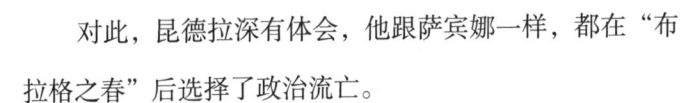

对此，昆德拉深有体会，他跟萨宾娜一样，都在"布拉格之春"后选择了政治流亡。

可一旦旅程结束，又会怎样？你可以背叛亲人、配偶、爱情和祖国，然而当亲人、丈夫、爱情和祖国一样也不剩，还有什么好背叛的？

人们不禁要追问：萨宾娜一生的背叛究竟有什么意义呢？这也许就是这部小说的精髓所在——深含不露的反讽。

**图14** 中译本《反抗者》（上海译文出版社，2018年）

## 弗兰茨：媚俗与伟大的进军

上文提到过这部小说有一个非常奇怪的关键词——"粪便"。这可不是指普通人的粪便。这个词语源自小说第五部"伟大的进军"中开篇写到的雅科夫之死——雅科夫是斯大林的长子。

二战期间，德国入侵苏联后，雅科夫就参加了苏联红军,成为苏联第十六集团军十四坦克师三团二营中尉军官。1941年7月16日,雅科夫在斯摩棱斯克大卢基镇战斗中被俘,很快被送到德国吕贝克的奥弗拉格克斯集中营,后来转到萨克森集中营。1943年4月15日,雅科夫死于集中营内。

苏联解体后,美国人花了整整十年时间,查阅了苏联时期留下的大量机密档案,同时在德国柏林档案室查阅了二战时期的档案资料,经过调查、引证、核实,2002年终于在《华盛顿邮报》上公开了雅科夫死亡的真相——杀害雅科夫的元凶是德国纳粹特工。

不过小说中援引的是1980年刊登在《星期日泰晤士报》上的一篇文章,说雅科夫被俘后跟一些英国军官关押在一起,总是把公共厕所弄得脏乱不堪,于是经常被英国军官责备,雅科夫不堪侮辱,扑向电网自杀。所以小说里的"粪便"是指雅科夫事件。

昆德拉首先从雅科夫身上发现了一个"令人头晕目眩的接近":

被打入地狱与享有特权,幸福与苦难,任何人都不会像雅科夫体会得如此真切:截然相反的事物竟然能互相转换,人类生存的两个极端状态之间的距离竟如此狭小。

他甚至认为,斯大林之子因粪便而献出生命,是在战争的普遍愚蠢之中唯一具有形而上意义的死。

接着,昆德拉从神学的角度拓展了"粪便"这个论题,从而引申出"媚俗"这个关键词。他认为,粪便是比罪恶还尖锐的一个神学问题,因为公元2世纪的诺斯替派大师瓦朗坦断言，基督"吃，喝，就是不排泄"。昆德拉写道：

排便的那一刻，是创世说无法接受之特性的日常证明。两者必居其一：要么粪便是可以接受的（那就不要把自己关在卫生间里！），要么创造我们人类的方式是无法接受的。

对生命的绝对认同，对粪便的绝对排斥，这一美学理想就是媚俗。媚俗就是把人类生存中根本不予接受的一切都排除在视野之外。以萨宾娜为例，萨宾娜内心对共产主义的最初反叛不是伦理性的，而是美学性的。令她反感的远不是世界的丑陋，而是这个世界所戴的漂亮面具，也就是媚俗。在捷克，最典型的媚俗就是五一劳动节的政治游行。

在昆德拉看来：

在一个多种流派并存、多种势力互相抵消、互相制约的社会里，多少还可以摆脱媚俗的专横；个人可以维护自己的个性，艺术家可以创造出不同凡响的作品。但是在某个政治运动独霸整个权力的地方，人们便一下置身于极权的媚俗之王国。

而萨宾娜的情人弗兰茨恰恰热衷于政治媚俗，因为弗兰茨喜欢的"伟大的进军"的思想，便是把各个时代、各种倾向的人们团结在一起的政治媚俗。所谓"伟大的进军"指的就是"一种壮观的前行，是通向博爱、平等、正义、幸福乃至更远的征程"。弗兰茨热衷于这种思想，所以他要去柬埔寨，要去缅甸，要去这种国家开展"伟大的进军"。后来他发现这些活动都是一种表演，就觉得没什么意思了。

小说中用大量的篇幅讨论媚俗，这同被昆德拉视为至理名言的布洛赫的一句话有关："现代小说英勇地与媚俗的潮流抗争，最终被淹没了。"所以，昆德拉旨在通过这部小说，继续与媚俗抗争下去，因为媚俗不仅禁锢了人们的思想，而且使艺术失去了个性和原创性。

　　昆德拉认为，现代主义曾与媚俗的潮流抗争过，但现在却逐渐被种种媚俗的思潮淹没，唯有以幽默为特征的小说艺术才能冲破媚俗的污浊。他在《小说的艺术》中提到，关于小说的未来，他"对四种召唤尤其感兴趣"："游戏的召唤""梦的召唤""思想的召唤""时间的召唤"。

　　弗兰茨死得很惨，是在街上被一个小流氓打死的。在小说第六部"伟大的进军"的结尾，托马斯、弗兰茨都死掉了，那托马斯留下了什么呢？一句碑文——"他要尘世间的上帝之国"。弗兰茨留下了什么呢？一句碑文——"迷途漫漫，终有一归"。弗兰茨的死可以看作是媚俗的历史性喜剧中个人的、悲剧的终结。"伟大的进军"行列中充斥着厚颜无耻的气氛，欧洲历史高贵的喧嚣面临一片沉寂。

　　小说中的四个主人公以各自特殊的精神历程参与了"存在之轻"的主题四重奏，他们都无一幸免地退出了历史舞台。昆德拉对这四个人物没有给出判断，他只是留下了问题，留下了思考，让我们从中探索人类存在之谜。

# 爵士时代的美国幻梦

## 整本读《了不起的盖茨比》

# 弗朗西斯·斯科特·基·菲茨杰拉德

Francis Scott Key Fitzgerald

1896—1940

第一次世界大战之后美国最杰出的作家之一,被称为爵士时代的"编年史家"和"桂冠作家",是"迷惘的一代"的重要作家。1920年,他发表第一部长篇小说《人间天堂》并一举成名,同年与泽尔达结婚。1925年,长篇小说《了不起的盖茨比》出版,奠定了菲茨杰拉德在文学史上的重要地位。菲茨杰拉德的后期生活凄凉。由于生活奢靡,很快他便入不敷出,健康也受到很大损害。不久,他患了酒精中毒症,妻子也患了精神分裂症。1937年他移居好莱坞,为电影公司写作剧本。1940年,他因冠心病猝发而离开了人世,年仅44岁。代表作品还有《爵士时代的故事》《夜色温柔》《崩溃》(他过世后由他人整理,于1945年出版)等。

图1 菲茨杰拉德

## 《了不起的盖茨比》

《了不起的盖茨比》是菲茨杰拉德最重要的代表作之一,被多次搬上银幕和舞台。小说以20世纪20年代的纽约市及长岛为背景,以叙述者尼克的视角,通过与盖茨比的相识、交往,逐渐勾勒出了盖茨比的过往与现在、经历与性格。小说表现了一战之后一代青年对"美国梦"所怀的幻灭感,同时也谴责了富人阶级的虚伪、腐朽和堕落。英国诗人艾略特评价说:"《了不起的盖茨比》是自亨利·詹

图2 中译本《了不起的盖茨比》(上海译文出版社,2011年)
该版除《了不起的盖茨比》外,还收录了《一颗像里茨饭店那么大的钻石》《五一节》《刻花玻璃酒缸》《冬天的梦》《重访巴比伦》。

姆斯以来美国小说迈出的第一步,因为菲茨杰拉德在其中描写了宏大、熙攘、轻率和寻欢,凡此种种,曾风靡一时。"20世纪末,美国学术界权威在百年英语文学长河中选出一百部最优秀的小说,《了不起的盖茨比》位居第二。

# 每一个成功的作家背后，
# 都有一个天才的编辑

　　2016年7月，由迈克尔·格兰达吉执导的传记片《天才捕手》在美国上映，该片改编自A.司各特·伯格所著《天才的编辑：麦克斯·珀金斯与一个文学时代》一书，着重讲述的是美国作家托马斯·沃尔夫[1]与他的图书编辑麦克斯·珀金斯之间的崇高友谊。

　　在美国出版史上，很少能有比麦克斯·珀金斯更具传奇色彩、更像谜一般的人物。他发现了菲茨杰拉德、海明威[2]、沃尔夫等多位伟大的文学天才，并以能激发作者写出其最佳作品的能力而闻名。在三十多年的职业生涯中，他致力于寻找时代新声、培养年轻作者，单枪匹马挑战几代人固定下来的文学品位，掀起了20世纪美国文学的一场革命，并渐渐改变了"编辑"这一职业的作用。

　　菲茨杰拉德称珀金斯为"我们共同的父亲"，海明威把《老人与海》题献给他，借以表示对他的敬意。他是作者们"矢志不渝的朋友"，与他们共渡写作的难关，给他们毫无保留的支持和创造性的意见。作为一位文学编辑，珀金斯被认为是无法超越的，然而他始终坚持自己的信条：

---

[1] 托马斯·沃尔夫（Thomas Wolfe，1900—1938），美国小说家。他以百科全书式的人生探索和复杂情感世界，以暗示和象征的手法有力地感染读者。代表作品有《天使，望故乡》《时间和河流》《网与石：南方的故事》《你不能再回家》等。
[2] 欧内斯特·海明威（Ernest Hemingway，1899—1961），美国著名作家。早期作品表现了第一次世界大战后青年的彷徨，以"迷惘的一代"代表著称；后期作品塑造"硬汉性格"。主要著作有《太阳照样升起》《永别了，武器》《老人与海》等。

书属于作者。

伯格的《天才的编辑》一书被誉为"一个时代的肖像""一部叹为观止的文化史力作""一个了不起的成就"等，其改编电影《天才捕手》虽然被批评为"过度表演化，也太过模式化，缺乏灵气"，但是这部电影的主要魅力围绕在三位主演身上：妮可·基德曼、科林·费尔斯和裘德·洛。

科林·费尔斯饰演的这位传奇编辑珀金斯，使人分分钟入戏。裘德·洛在1997年的传记片《王尔德》中饰演过英国作家，这次与妮可·基德曼继《冷山》之后再度合作，令影片颇有看头。这部影片虽然主要讲述的是发生在珀金斯和沃尔夫之间的故事，但是还涉及了另两位文学天才，即菲茨杰拉德和海明威。

被珀金斯发现的这三位天才，同属于美国"迷惘的一代"（the Lost Generation）的代表性人物。关于迷惘的一代的来源，海明威在《流动的盛宴》一书中提到过。当时格特鲁德·斯坦因[1]小姐使用的T型福特车的发火装置出现了故障，车行里那位在一战中当过兵的小伙子在修车时技术不熟练，而且工作态度不够认真，斯坦因小姐提出抗议后，车行老板狠狠地批评了他。这位老板对他说："你们都是迷惘的一代。"

于是斯坦因小姐回去之后就对海明威说："你们就是这样的人。你们全是这样的人，你们所有在战争中当过兵的人。你们都是迷惘的一代……你们不尊重一切，你们醉

图3 中译本《天才的编辑：麦克斯·珀金斯与一个文学时代》（广西师范大学出版社，2015年）

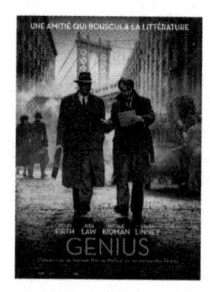

图4 电影《天才捕手》海报（英国，2016年）

---

[1] 格特鲁德·斯坦因（Gertrude Stein, 1874—1946），美国小说家、诗人、剧作家、理论家。主要著作有《三个女人》《毛小姐与皮女士》等。

生梦死……别和我争辩,你们就是迷惘的一代,与车行老板说得一模一样。"

后来,海明威把这句话作为他第一部长篇小说《太阳照常升起》的题词,"迷惘的一代"从此成为这批虽无纲领和组织但有相同的创作倾向的作家的称谓。所谓"迷惘",是指他们共有的彷徨和失望情绪。迷惘的一代尽管是一个短暂的潮流,但它在美国文学史上的地位是确定了的。迷惘的一代不仅是美国文学的第二个繁荣期,也标志着美国文学作为一个整体已经摆脱了英国殖民文学乃至欧洲文学的影子,进入了真正的成熟期。

美国诗人、文学批评家马尔科姆·考利在《流放者归来:二十年代的文学流浪生涯》中认为迷惘的一代主要适用于这样一个作家群体:他们大多于1900年前后出生,成长在中产阶级家庭,在公立学校接受教育,第一次世界大战行将结束之时参军到欧洲,大多数人去了法国,在战争中受到生理上或心理上的创伤;回国后一部分人聚集在美国原本是穷文艺家聚居地的格林威治村,却不甘心过着茫然无谓的生活,一有机会便纷纷返回欧洲;然而在欧洲的生活却并不尽如人意,几年的时间里,欧洲已经变得与他们记忆中不一样;他们渐渐体会到了欧洲的衰败和落后,又重新萌发了回到美国的念头。

在考利看来,"这一代人之所以迷惘,首先是因为他们是无根之木,在外地上学,几乎和任何地区或传统都失却维系。这一代人之所以迷惘是因为他们所受的训练是为了应付另一种生活,而不是战后的那种生活,是因为战争

**图5** 中译本《流放者归来:二十年代的文学流浪生涯》(重庆出版社,2006年)
该书作者是美国评论家、诗人、编辑。20世纪20年代,他旅居法国,成为"迷惘的一代"的一员。该书是他1934年发表的著作(1951年修订),谈论了那个时期的经历。

使他们只能适应旅行和带刺激性的生活。这一代人之所以迷惘是因为他们试图过流放的生活。这一代人之所以迷惘是因为他们不接受旧的行为准则，因为他们对社会和作家在社会中的地位形成了一种错误的看法"。

迷惘的一代所植根的时代精神具有两大特征：美国资本主义经济的一度繁荣和美国国民的精神空虚与道德堕落。迷惘的一代作家们在艺术形式上借鉴了欧洲尤其是法国的现代主义手法，在思想意识上受到欧洲存在主义等哲学思潮的影响，同时继承了马克·吐温[1]、惠特曼[2]和豪威尔斯[3]的民主主义传统和美国人独有的探索精神，拓展了小说创作题材的范围，对小说的语言与形式进行各种大胆创新与实验，形成了独特的风格，表现出一种"现代派的现实主义"精神，是美国文学的"第二次繁荣"。

迷惘的一代的小说至少在以下两个方面体现了现代主义的基本特征。首先，它充分反映了创作题材的现代性。它旨在揭示现代经验，即战后弥漫于西方世界的异化感、孤独感和绝望心理，并深刻反映现代人的道德困境与"性格认同危机"。其次，迷惘的一代的小说在作品形式和创

---

[1] 马克·吐温（Mark Twain，1835—1910），美国作家、演说家，19世纪后期美国最重要的批判现实主义作家。他经历了美国从初期资本主义到帝国主义的发展过程，其思想和创作表现为从轻快调笑到辛辣讽刺再到悲观厌世。主要著作有《百万英镑》《哈克贝利·费恩历险记》《汤姆·索亚历险记》等。

[2] 沃尔特·惠特曼（Walt Whitman，1819—1892），美国著名诗人、人文主义者，创造了自由体诗歌。惠特曼憧憬着自由、和平及平等，认为实现这些理想，首先要有对全人类的爱。在其多次补充、再版的诗歌集《草叶集》中，他表达了对民主的理想和对生活的挚爱。

[3] 威廉·迪恩·豪威尔斯（William Dean Howells，1837—1920），美国小说家、文学批评家。他和马克·吐温、詹姆斯一起，把现实主义引进美国文学，被认为是美国现实主义文学的奠基人。其作品表现出对心理学和社会学的深入了解。主要著作有《塞拉斯·拉帕姆的发迹》《新财富的危害》《来自奥尔特鲁里亚的旅客》等。

作技巧上同样显示了现代主义的艺术特征。在作品的叙述形式上往往摈弃通晓一切的全知叙述，而经常采用有限的、不可靠的甚至自相矛盾的叙述角色。不少作品在结构上打破了时间顺序，巧妙地采用隐喻、意象和象征的手段表现主题，并通常以含混的、开放性的方式结尾，这与其他现代主义小说有着惊人的相似之处。

然而，用"迷惘的一代"概括战后的一代文学青年其实是非常笼统且不确切的。海明威在《流动的盛宴》中颇为不屑地说："让她（斯坦因）说的什么'迷惘的一代'之类和所有随便贴上去的肮脏字条见鬼去吧。"应该看到，虽然这批作家在生活经历上有共同之处，但这并不意味着就能忽略其个人特色；相反，个性和个人风格正是他们致力追寻的东西，也是推动他们进行文化反叛的初衷。

迷惘的一代是时代环境造就的一代人，他们的追求收获甜蜜也采摘苦涩，他们在战争中度过了成人礼；在青年时代经历社会的分崩离析，追崇欧洲，向往自由生活；伴随着对理想的醒悟步入中年。他们曾经徘徊迷惘，逃避现实，追求理想，并最终通过自己的努力，运用自己的学识超越了现实的困顿，在平凡或不平凡的生活中感受着人生目标的本真。正如海明威在《太阳照常升起》的扉页上引用的《传道书》那样："一代过去，一代又来，地却永远长存；日头出来，日头落下，急归所出之地。"

图6 中译本《太阳照常升起》（广西师范大学出版社，2015年）

在《天才的编辑》一书中，菲茨杰拉德、海明威和沃尔夫这三位作家所占的篇幅其实差不多，而第一个被珀金斯发现的天才作家正是菲茨杰拉德。菲茨杰拉德于1896

年9月24日生于美国明尼苏达州圣保罗市一个商人家庭。他在一战期间参过军（1917），但是没有上过战场，退伍后坚持业余写作。

正是在珀金斯的帮助下，菲茨杰拉德的第一本长篇小说《人间天堂》才得以在1920年3月26日出版，这部小说因传达出鲜活的时代感而一炮而红，短短几天第一版竟已售罄。珀金斯所在的出版社斯克里伯纳出版社在广告中骄傲地宣称菲茨杰拉德是"本社有史以来最年轻的长篇小说作家"。一周以后，菲茨杰拉德就和女友泽尔达·赛尔在离斯克里伯纳大厦几个街区的圣帕特里克大教堂结婚。他们永远记得，是珀金斯促成了他们的婚姻。

根据《天才的编辑》记载：

《人间天堂》就像整个时代一面飘扬的旗帜。它不仅引起文学评论界的注意，销售也势如破竹。H.L. 门肯在他的《时尚人士》上发表评论说，菲茨杰拉德写出了一部"真正了不起的处女作——结构创新，思想深邃，具有美国文学中如美国政治的诚实那般稀有的才华"。在同样由斯克里伯纳出版社出版的美国社会史专著《我们的时代》（*Our Times*）中，作者马克·沙利文（Mark Sullivan）写道，菲茨杰拉德的第一本书"所创造的分野就算不能说创造了一代人，也可以当之无愧地说它让全世界关注一代新人"。

菲茨杰拉德自己在书的结尾也阐明了这一点。"这是一代新人，"他写道，"他们在日日夜夜的幻梦中呐喊着前辈的呐喊，遵循着前辈的信念；终将注定走出幻梦，走进肮脏、灰暗的动荡社会，去追寻爱与尊严；这代新人要比老一辈人更希望摆脱贫困，更崇尚成功，他们因此而愿意付出更多代价；他们长大成人，发现诸神皆死，百战俱殆，一切对人的信念也动摇了。"

关于这本书的畅销状况，作者本人在《早年的成功》中回忆道：

我昏头昏脑地告诉斯克里伯纳出版社，我估计我的小说销量不会超过两万册。一阵大笑之后他们告诉我，作家的第一部长篇小说能卖五千册就是非常好的成绩了。我想它出版一周以后销量就超过两万册了，不过我那时太拿自己当回事儿，压根没想到这是很滑稽的事。

这本书的成功并没有令菲茨杰拉德发大财，但令他一举成名。他才24岁，看起来注定会成功。查尔斯·斯克里伯纳在这年下半年可以给沙恩·莱斯利写信说："你把菲茨杰拉德引荐给我们是帮了我们大忙；《人间天堂》是我们当季最畅销的书，现在销售还很强劲。"

…………

作品本身尤其令这个国家不安定的年轻人激动。马克·沙利文后来这样谈菲茨杰拉德的主人公："年轻人在阿莫瑞的作为中找到了自己的行为准则；紧张的家长则发现他们最担心的事情发生了。"罗杰·伯林盖姆进一步写道，这部小说"把所有参战的那一代年轻人安逸的家长们从安全感中惊醒，意识到他们的孩子身上的的确确发生了某种可怕的、也许是决定性的变化。它让他们的孩子第一次骄傲地拥有了'迷惘'感"。后来，菲茨杰拉德写道："美国即将迎来有史以来最大、最炫的狂欢，可说的事还有许许多多。"

虽然"迷惘的一代"作为一个专有名词，要等到1926年海明威的首部长篇小说《太阳照常升起》出版时才被正式提出来，但是早在1920年，菲茨杰拉德的《人间天堂》就表现出了一战以后年轻人的迷惘，并向世人宣告了一个新时代的到来，这个时代就是由菲茨杰拉德命名的爵士时代（the Jazz Age）。

图7 中译本《人间天堂》
（上海译文出版社，2010年）

## 爵士时代的"编年史家"和"桂冠诗人"

爵士时代，一般指第一次世界大战以后，经济大萧条以前的约十年时间（1918—1929）。菲茨杰拉德是一位对时间的流逝极为敏感的作家，马尔科姆·考利曾说："他老想着时间，就像他是在一间摆满日历和时钟的房间里写作。"

《爵士时代的故事》首版于1922年。珀金斯认为在同年出版了长篇小说《美与孽》之后，接着出版同一作者的短篇小说集，前一本书会带动后一本书。在出版社的发行会议上，很多人对书名有过激烈批评，他们觉得当时人们对一切形式的爵士乐都很反感，因此，无论这个词实际上有什么含义，它本身会影响整本书的销售。

他们的担心，正如菲茨杰拉德后来在《爵士时代的回声》一文中所指出的："'爵士'这个词儿，在其词义演变到受人敬重之前，首先意味着性，其次是舞蹈，再次是音乐。与之休戚相关的是一种紧张的刺激状态，与战场后方的大城市相差无几。"

图8 中译本《爵士时代的故事》（上海译文出版社，2016年）

菲茨杰拉德征询了他的妻子、两个书商和好几位好朋友的意见，众口一词喜欢这个书名。于是他决定不让步，他写信告诉珀金斯："买这本书的是我自己的大众，也就是说，是无数对我崇拜得顶礼膜拜的时髦女郎和大学生。"结果珀金斯没有明确说出他的反对意见，于是这个书名得以保留。

这本短篇小说集包含十一个故事，主要讲述一战后到 20 世纪初期美国爵士时代的生活与年轻人的故事，其中包括布拉德·皮特和凯特·布兰切特主演的奥斯卡提名影片《本杰明·巴顿奇事》原著。这本集子里的所有故事都曾登载于《名利场》《芝加哥论坛报》《星期六晚邮报》等知名报纸杂志。

1931 年 5 月，菲茨杰拉德在洛桑给珀金斯写信说："爵士时代结束了。如果马克·沙利文还要写下去，那么你可以告诉他，给这个时代起这个名字的功劳应该归于我，它从 1919 年 5 月 1 日骚乱遭镇压开始，一直到 1929 年股市大崩溃结束——近十年。"

珀金斯知道是菲茨杰拉德创造了"爵士时代"这个词，他认为菲茨杰拉德至少应该写一篇文章来谈谈这个年代，因为没有谁比他更适合给它敲响丧钟了。于是菲茨杰拉德于 1931 年 10 月写下了那篇引起广泛争议的文章——《爵士时代的回声》。

在这篇文章中，菲茨杰拉德略带夸张地做了如下描述："那是奇迹频生的年代，那是艺术的年代，那是挥霍无度的年代，那是嘲讽的年代。""对政治漠不关心，是爵士

**图9** 电影《芝加哥》海报（美国，2002年）

这部电影讲述了两位身负杀人指控的女性为了争取律师的关注、媒体的报道以获脱罪而展开的"斗法"。作为一部歌舞电影，片中许多重要场景都被爵士乐舞台替换，营造出一种新奇、荒诞的氛围；同时，本片也是爵士时代的一个"脚注"，展现了芝加哥那个时期的混乱与辉煌。

时代的典型特征。""整整一个民族都醉心享受，决心寻欢作乐。"

但是令人没有想到的是，就在菲茨杰拉德写作这篇文章的两年以前，"有人跌了跟头，历史上最最华贵奢靡的狂欢就此告终"，"两年之后，爵士时代看起来就像战前的日子那般遥远。那毕竟是侥幸得来的时光——占全国十分之一人口的上流社会都像大公一样醉生梦死，像合唱队少女一般率性而为。""那时，在年轻的我们眼前，一切都像是镀上了玫瑰红，浪漫无比，因为此后，对于周遭的环境，我们将永远不会再如此感同身受。"

由于他本人也曾热情洋溢地投身到爵士时代的灯红酒绿之中，他敏锐地感觉到爵士时代对浪漫的渴求，以及表面奢华背后的空虚和无奈，并在他的作品中把这些情绪传神地反映出来。在他的笔下，那些出入高尔夫球场、乡村俱乐部和豪华宅第的上流社会的年轻人之间微妙的情感纠葛是一个永恒的主题，他们无法被金钱驱散的失意和惆怅更是无处不在。他的作品经常以"年轻的渴望和理想主义"为主题，因为他认为这是美国人的特征；他的作品又经常涉及感情的变幻无常和失落感，因为这是爵士时代的人们无法逃遁的命运。

菲茨杰拉德并不是一个旁观的历史学家，他纵情参与了爵士时代的酒食征逐，他完全溶化在自己的作品之中。正因为如此，他才能栩栩如生地重现爵士时代的社会风貌、生活气息和感情节奏。写于1925年的《了不起的盖茨比》不仅是爵士时代的一曲挽歌，一个典型的美国梦破灭的悲剧，也是作家本人"灵魂的黑夜"的投影，"在那里永远是凌晨三点钟"。

《了不起的盖茨比》篇幅并不长，译成中文之后只有十二万字，可是由于菲茨杰拉德出众的抽象能力，这部小说所承载的意义远远超出了它的篇幅。它几乎成了一个时代的寓言，甚至是一个有关美国梦的寓言。很多学者将它当作对爵士时代文学描述的总结，它成功地将一部表面上看起来不无感伤情绪的爱情小说提升到广义的诗的高度，为菲茨杰拉德赢得了"爵士时代的桂冠诗人"的称号。

盖茨比是20世纪20年代美国文明孕育出来的产儿。第一次世界大战以后，元气未伤的美国进入了历史上一个空前繁荣的时代，这一时期恰巧在美国第30任总统卡尔文·柯立芝任期（1923—1929）之内，所以又被称为"柯立芝繁荣"，又因为爵士乐的兴起而被称为"咆哮的20年代"（Roaring Twenties）。

到1929年，美国在资本主义世界工业生产的比重已达48.5%，超过了当时英、法、德三国所占比重的总和，以致柯立芝总统声称美国人民已达到了"人类历史上罕见的幸福境界"，美国资产阶级宣扬说资本主义已取得"永久的稳定"。实际上，在繁荣的背后，经济危机正暗中萌芽。

虽然自1776年以来，美国梦就一直激励着世界各地无数怀揣梦想的年轻人放弃故土，历经千辛万苦，只为来到美国创造自己的价值，但是它从来没有像在爵士时代这样真实而又魔幻。

迷惘的一代的杰出作家沃尔夫曾这样解释美国梦："任

何人，不管他出身如何，也不管他有什么样的社会地位，更不管他有何种得天独厚的机遇……他有权生存，有权工作，有权活出自我，有权依自身先天和后天条件成为自己想成为的人。"

美国历史学家詹姆斯·亚当斯[1]则在《美国史诗》中写道："美国梦远远超过物质范畴，美国梦就是让个人才能得到充分发展，实现自我……美国梦不是汽车，也不是高工资，而是一种社会秩序，在这种秩序下，所有男人和女人都能实现依据自身素质所能取得的最大成就，并得到社会的承认，而与他（她）的出身、社会背景和社会地位无关。"

西奥多·罗斯福总统于1910年在巴黎发表了题为《共和国的公民》的演讲，他在文中这样评论那些追求美国梦的人："重要的从不是那些在一旁指手画脚的人，不是那些对别人的失败评头论足的人，更不是那些指责别人如何可以做得更好的人。荣耀属于那些真正站在竞技场里打拼的人：他们满面灰尘，浸透着汗渍和血迹；他们英勇无畏；他们一遍又一遍地犯错跌倒，因为这路上一定伴随着打击，即便如此他们依然奋力向前做到了；他们理解自己执着和专注；他们献身于崇高的事业；在最好的情况下，他们最终品尝了伟大的胜利和成就；在最坏的情况下，即使他们失败了，至少他们也很伟大地倒下，因为那些自始至终从

---

[1] 詹姆斯·亚当斯（James Adams，1878—1949），美国作家、历史学家。现在，人们对美国梦做了或广义或狭义的理解，美国梦的内涵与外延也不断演变，但归根溯源，"美国梦"（American Dream）这个专指，是他于1931年在《美国史诗》中首次提出的。

不知道胜利或者失败的冷漠和胆怯的灵魂远远不能与他们相提并论。"

两百多年来，一代代移民来到美国，就是为了摆脱过去的旧世界。所有来到美国生活的人都相信不管自己出身如何贫寒卑贱，只要凭借自己的勤劳奋斗和不懈追求，总有一天会得到自己应该得到的一切：财富、地位、尊重、爱情……

每个生活在美国的人都像盖茨比一样：

盖茨比信奉这盏绿灯，这个一年年在我们眼前渐渐远去的极乐的未来。它从前逃脱了我们的追求，不过那没关系——明天我们跑得更快一点，把胳臂伸得更远一点……总有一天……

于是继续我们奋力向前，逆水行舟，被不断地向后推，被推入过去。[1]

美国梦背后的真正动力是什么？一些历史学家认为，就是对财富的渴求和追逐。康涅狄格州立大学历史学教授马修·沃肖尔指出："对金钱的追求，是'美国梦'中不变的成分。"

《了不起的盖茨比》是个典型的美国梦的故事：一个出身社会底层的穷小子，一无所有，却有勇气和梦想，靠自己的打拼获得财富和地位，进入上流社会。菲茨杰拉德通过盖茨比的故事，讲述的正是美国梦是如何破灭的。

盖茨比起源于一个叫"特里马尔乔"（Trimalchio）的

**图10** 电影《美国往事》海报（美国，1984年）
这部长达四个小时的电影采用了时空交错结构，以主人公1968年的还乡之行为线，复原出1921年和1933年两大时间段的往事，构成了"一个关于美国梦的正反面的故事"。

---

[1] 本章《了不起的盖茨比》引文均引自巫宁坤译，上海译文出版社，2011年版。

文学形象。这部小说的初稿名字就叫《特里马尔乔》。在菲茨杰拉德与编辑珀金斯的通信中，他们一度在《特里马尔乔》《西卵的特里马尔乔》《戴金帽的盖茨比》等标题间犹豫不决，珀金斯在《西卵的特里马尔乔》与《了不起的盖茨比》间选择了后者，理由是"尽管这个（《西卵的特里马尔乔》）具有艺术性，但是却不具备营销价值"。但菲茨杰拉德似乎很喜欢前者，他告诉珀金斯："我不想用《了不起的盖茨比》……"结果珀金斯告诉他，书已经出版了。

图11 电影《了不起的盖茨比》剧照：别墅中奢华的宴会

特里马尔乔是古罗马抒情诗人佩特罗尼乌斯的小说《萨蒂利孔》[1]中的文学形象。特里马尔乔是一个获得释放的奴隶，通过继承主人财产、贩卖酒水、放高利贷等方式实现暴富，跻身上流社会。他邀请宾客，流连于大海里的一个孤岛乐园。《萨蒂利孔》里的享乐园，就是盖茨比别墅的原型。

[1] 盖厄斯·佩特罗尼乌斯·阿尔比特（Gaius Petronius Arbiter），古罗马作家，贵族出身，公元1世纪人。一般认为他是传奇小说《萨蒂利孔》的作者。《萨蒂利孔》原书约二十卷，现仅存片段，可能属于第十五、十六卷，突出表现了公元1世纪意大利南部城镇社会生活的阴暗面，刻画了不同阶级的形形色色的人物，被认为是欧洲文学史上的第一部流浪汉小说。

《了不起的盖茨比》中有一段直接点明了盖茨比与特里马尔乔的联系：

正在人们对盖茨比的好奇心达到顶点的时候，有一个星期六晚上他别墅里的灯都没有亮。于是，他作为特里马尔乔的生涯，当初莫名其妙地开始的，现在又莫名其妙地结束了。

《萨蒂利孔》是欧洲文学史上的第一部流浪汉小说。小说中关于特里马尔乔有一个细节：此人号称博闻强识，却谎话连篇，常常出现张冠李戴的现象。这一细节被菲茨杰拉德运用到盖茨比的形象塑造上：盖茨比同样是个谎话连篇的人，他的出身背景、学历都是伪造的。不过，菲茨杰拉德对自己笔下的这位"特里马尔乔"并不厌恶，而是充满了同情。

菲茨杰拉德为这本书起的另一个标题为《在灰烬堆与百万富翁之中》（Among the Ash-Heaps and Millionaires），其中"灰烬堆"一词想表达的正是这种幻灭之感。珀金斯不喜欢这个书名，他对菲茨杰拉德说："我赞同你想通过这个标题表达的意思，但我认为，'灰烬堆'这个词还不能充分具体地传递出你想要表达的那部分意思……我始终认为《了不起的盖茨比》这个书名既有启发性，又能表达你的意思。"

菲茨杰拉德非常自信地认为"这可能是美国有史以来最好的小说"。在邮寄给珀金斯的附信中，菲茨杰拉德这样写道："我终于写出了真正属于自己的东西，但'我自己的东西'究竟有多好，还得等着瞧。"

珀金斯一口气读完这部小说之后，随即发出电报："大作极佳。"第二天他便给菲茨杰拉德写信道：

我认为这部小说是个奇迹。我要把它带回家再读一遍，然后完整写下我的看法；它活力非凡，如有魔力，隐含许多精妙的思想。它时时具有一种神秘的气氛，你在《人间天堂》的部分章节中也曾注入这种气氛，但在《人间天堂》之后就再未出现。它将当今生活的极端矛盾和高超的表现手法巧妙地融为一体。至于写作本身，真是惊人之笔。

珀金斯所谓的"当今生活的极端矛盾"在菲茨杰拉德笔下主要表现为穷小子爱上富家女的故事。菲茨杰拉德在《所有悲伤的年轻人》中说："我们的生活中有两三段伟大动人的经历，我们讲述这两三个故事——每次都在新的外表掩盖之下讲述这些故事——只要有人听，也许讲十次，也许讲一百次。"菲茨杰拉德所讲的那两三个故事中的一个，就是关于穷小子怎么通过奋斗迎娶富家女的故事。这也是他本人的经历。

菲茨杰拉德通过盖茨比的悲剧表达了他对贫富差距、阶层对立的担忧。在1938年致友人的信件中，菲茨杰拉德说："我总是这样，富裕城镇里的贫穷男孩，富家子弟学校里的贫穷男孩，普林斯顿大学富人俱乐部里的贫穷男孩……然而，我永远无法原谅富人的富裕，这影响了我的整个生活和全部作品。"

## 盖茨比究竟有什么"了不起"

从学生的预习提问中，我发现学生提得最多的一个问题就是盖茨比究竟有什么"了不起"的。

这个问题回答起来还真有点难。首先，所谓"了不起"，其实还有另一种翻译——"伟大的"，其对应的英文单词是"great"。所以这本书还有两种翻译：《伟大的盖茨比》和《大亨小传》。说盖茨比"了不起"，已经很难让人理解了，更何况"伟大"呢？

在美国，"伟大"可是用来形容华盛顿、林肯、肯尼迪、马丁·路德·金这类人的，怎么就"降格"到用来形容盖茨比这种人了呢？毕竟在汤姆·布坎农[1]看来，盖茨比就是一个暴发的私酒贩子而已。

在美国历史上，有一个长达十三年十个月又十九日的全国性禁酒时期（Prohibition Era）。《禁酒法案》——美国宪法第 18 号修正案，又称《沃尔斯泰德法案》——从 1920 年 1 月 16 日开始生效，至 1933 年 12 月 5 日被废止。其规定如下：

凡是制造、售卖乃至于运输酒精含量超过 0.5% 的饮料皆属违法。自己在家里喝酒不算犯法，但与朋友共饮或举行酒宴则属违法，最高可被罚款 1000 美元及监禁半年。21 岁以上的人才能买到酒，并需要出示年龄证明，而且只

---

[1]《了不起的盖茨比》里的主要人物，一个纨绔子弟，女主人公黛西的丈夫。

能到限定的地方购买。

美国禁酒令带来了严重的社会问题。禁酒令根本无法消除人们喝酒的欲望和需求，在正规市场被禁的同时，黑市却得到了飞速的发展。非法制造和买卖酒类制品带来的暴利深度挖掘了酒贩子的潜力：有人把福特汽车的中间掏空，有人用婴儿车来偷运葡萄酒和白兰地，有人在家里藏酒的地方安装假门。

尤为严重的是，在禁酒令实施之前，因为没有财政依据，美国的黑社会波澜不惊，而在实施禁酒令之后，依靠私酒贸易带来的暴利，美国的黑社会开始发展壮大。与此同时，警察也日益腐败，犯罪率不断上升。

由马丁·斯科塞斯执导的美剧《大西洋帝国》讲述的就是美国禁酒令时期发生在新泽西州大西洋城的黑帮故事。该片改编自尼尔森·约翰逊的畅销小说《大西洋帝国：一座城池的兴与衰》。

该片主角努基·汤普森的原型即为20世纪10—30年代大西洋城的黑手党政治老板伊诺·刘易斯·约翰逊（1883—1968），他被誉为"禁酒令时代大西洋城的统治者"，被认为统治了大西洋城近三十年。

约翰逊年轻时也是一名禁酒主义者，直到1912年，他在第一任妻子去世的打击下才开始喝酒。当禁酒令颁布以后，贩卖私酒成为他的主要生意。这是因为旅游业是当时大西洋城的支柱产业，而酒吧、夜总会、赌场更是支柱产业的支柱，在这种情况下，酒就举足轻重了。

伊诺·约翰逊曾亲口说过这样的话："我们这里有威

图12 中译本《大西洋帝国：一座城池的兴与衰》（人民文学出版社，2012年）

图13 电视剧《大西洋帝国》第五季海报（美国，2014年）《大西洋帝国》共五季，第一季于2010年播出。

士忌、葡萄酒、音乐、女人和老虎机。我从来不否认，也不会因此抱歉。如果大多数人不需要这些，它们就不会有利可图，也不会存在。事实上，它们的存在证明了人们需要它们。"

美国黑手党于1929年召开的第一次代表大会，地点就是大西洋城，而发起人、组织者和主持人就是伊诺·约翰逊。这次会议奠定了美国黑手党未来独立于意大利黑手党，并且建成全国有组织犯罪集团的核心理念。

有人曾经这样评价伊诺·约翰逊：

他是一个天生的统治者，他拥有天赋与才华，他对于人的长相与姓名拥有极强的记忆力，他在政治上极不道德与无情。他是一个酗酒者、一个强壮的爱人，他喜爱奢侈的生活方式以及生活中所有美好的事物。

1941年，伊诺·约翰逊因逃税被判十年监禁，但他只服了四年刑，于1945年出狱。1968年，伊诺·约翰逊在新泽西的一家疗养院去世，终年85岁。

在小说《了不起的盖茨比》中，也有一个伊诺·约翰逊式的人物，那就是盖茨比的犹太人老朋友沃尔夫山姆先生。在小说的第四章中，菲茨杰拉德这样描述他：

一个矮小的塌鼻子的犹太人抬起了他的大脑袋来打量我，他的鼻孔里面长着两撮很浓的毛。过了一会儿我才在半明半暗的光线中发现了他的两只小眼睛。

斯科特·唐纳森在《爱中痴儿：菲茨杰拉德传》一书中曾经据此分析过菲茨杰拉德早期作品中暗含的反犹主义思想，不过后来他为了迎合读者，逐渐改变了对犹太人和

图14 中译本《爱中痴儿：菲茨杰拉德传》（黑龙江教育出版社，2017年）
这本书全面梳理和解读了菲茨杰拉德不同阶段的人生经历对其作品所产生的影响，对其生活和创作上的不同发展阶段进行对比、分析。

黑人的态度，不再赤裸裸地表露这种种族主义言论。

沃尔夫山姆的原型就是当时纽约的黑帮大佬阿诺德·罗斯坦，在美剧《大西洋帝国》中，他是开始时全美国最有权势的黑帮分子，人送昵称"大钞票"——因为他总是随身携带一大卷百元大钞，以保证交易能够立即兑现。尽管他地位显赫，却以冷静与礼貌的举止著称，是"幸运小子"查理·卢西亚诺[1]礼仪方面的教师；同时也是一位赌博爱好者，被称为"纽约犯罪帝国创始人"和"纽约犹太帮势力的独尊领袖"。

作为一个没有破绽的赌徒、计划周密的天才、前瞻思考的智者，罗斯坦只有当自己在幕后操纵时才会参与赌博。"大钞票"有着难以置信的资源供其运筹帷幄，也因其最著名的、最令人印象深刻的贿赂——非法操纵1919年的世界棒球锦标赛而载入史册。

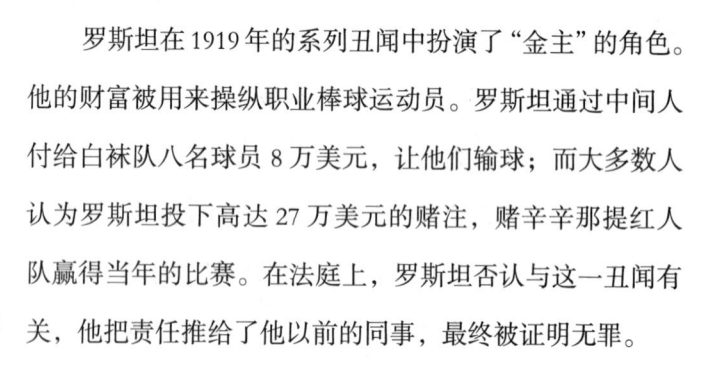

罗斯坦在1919年的系列丑闻中扮演了"金主"的角色。他的财富被用来操纵职业棒球运动员。罗斯坦通过中间人付给白袜队八名球员8万美元，让他们输球；而大多数人认为罗斯坦投下高达27万美元的赌注，赌辛辛那提红人队赢得当年的比赛。在法庭上，罗斯坦否认与这一丑闻有关，他把责任推给了他以前的同事，最终被证明无罪。

罗斯坦是最早从英格兰进口上等烈酒，海运到美国，贴上其他标签在酒馆出售的人。因为私酒的生意过于复杂，牵涉众多，导致罗斯坦获利不多，所以一段时间以后，他

图15 阿诺德·罗斯坦，他被认为是沃尔夫山姆的原型。

[1] 电影《教父》里老教父的原型，被称为美国"现代有组织犯罪之父"。

开始从事走私毒品这种竞争较小的行业，至1926年，罗斯坦已然成为美国毒品走私的巨头。1928年11月6日，罗斯坦被射中腹部死亡，年仅46岁。

在小说中，菲茨杰拉德多次通过比较隐晦的笔法，暗示读者盖茨比所从事的行业是贩卖私酒，每次写到盖茨比打电话的场景，其实都是打给美国各地的黑帮分子。

例如小说的第三章：

差不多在盖茨比先生说明自己身份的那一刻，一个男管家急急忙忙跑到他跟前报告他芝加哥有长途电话找他。他微微欠身道歉，把我们大家一一包括在内。

"你想要什么尽管开口，老兄，"他恳切地对我说，"对不起，过会儿再来奉陪。"

…………

接着男管家来了，站在他背后。

"先生，费城有长途电话请您说话。"

"好，就来。告诉他们我就来。……晚安。"

"晚安。"

"晚安。"他微微一笑。突然之间，我待到最后才走，这其中好像含有愉快的深意，仿佛他是一直希望如此的。"晚安，老兄……晚安。"

小说的第四章：

忽然间他看了看表，跳了起来，匆匆离开餐厅，把我跟沃尔夫山姆先生留在桌子边。

"他得去打电话，"沃尔夫山姆先生说，一面目送他出去，"好人，是不是？一表人才，而且人品极好。"

小说的第五章：

他们俩并肩站着细看那些剪报。我正想要求看看那些红宝石，电话忽然响了，盖茨比就拿起了听筒。

"是的……噢，我现在不便谈……我现在不便谈，老兄……我说的是一个小城……他一定知道什么是小城……得啦，他对我们没什么用处，如果底特律就是他心目中的小城……"

他把电话挂上。

从盖茨比这四次神秘的电话通话中，我们已经可以看出，盖茨比所参与的贩卖私酒事业已经覆盖美国中、东部各大城市，从纽约到芝加哥、费城、底特律等等，怪不得他在五年之内就从一个一贫如洗的退役士兵，逆袭为腰缠万贯的百万富翁。

盖茨比死后，沃尔夫山姆曾经对小说的叙述者尼克讲起盖茨比在黑帮中发迹的历程。是在小说的第九章：

"我还记得我第一次见到他的情景，"他说，"刚刚离开军队的一名年轻的少校，胸口挂满了在战场上赢得的勋章。他穷得只好继续穿军服，因为他买不起便服。我第一次见到他是那天他走进四十三号街怀恩勃兰纳开的弹子房找工作。他已经两天没吃饭了。'跟我一块吃午饭去吧。'我说。不到半个钟头他就吃了四块多美元的饭菜。"

"是你帮他做起生意来的吗？"我问。

"帮他！我一手造就了他。"

"哦。"

"我把他从零开始培养起来，从阴沟里捡起来的。我一眼就看出他是个仪表堂堂、文质彬彬的年轻人，等他告诉我他上过牛津，我就知道我可以派他大用场。我让他加入了美国退伍军人协会，后来他在那里面地位挺高的。他一出马就跑到奥尔巴尼去给我的一个主顾办了一件事。我们俩在一切方面都像这样亲密，"他举起了两个肥胖的指头，"永远在一起。"

小说中虽然没有明写盖茨比一出马就帮沃尔夫山姆的主顾办了一件什么事，不过，肯定不是什么好事，极有可能是杀人越货的不法勾当。像盖茨比这种在刀口上讨生活的人，本来应该活得非常低调才是，可是他为了重新赢得黛西[1]的芳心，不惜冒着暴露自己真实身份的危险，夜夜笙歌，只为了博得红颜一顾，最终"赔了夫人又折命"，岂不堪称"了不起"？

要知道，盖茨比发迹以后，完全没有必要重温旧梦，把自己暴露在世人尤其是汤姆·布坎农面前，因为这样做，即使警察不来找他，美国国税局也不会放过他。毕竟，连被称为"芝加哥之王"的黑帮头目阿尔·卡彭，最终也栽在了国税局手里。[2]

小说最精彩的段落，就是盖茨比的秘密身份被汤姆·布坎农当着黛西的面指出来的那一刻。是在小说的第七章：

"你到底是什么人？"汤姆嚷了起来，"你是迈耶·沃尔夫山姆的那帮狐群狗党里的货色，这一点我碰巧知道。

---

[1]《了不起的盖茨比》的女主人公。
[2] 1931年6月5日，阿尔·卡彭因逃税罪被起诉，10月24日，卡彭因隐瞒个人收入罪被判十一年监禁，罚款5万美元。直到1939年11月，卡彭才获释。1947年1月25日在家里去世。

爵士时代的美国幻梦：整本读《了不起的盖茨比》　221

我对你的事儿做了一番小小的调查——明天我还要进一步调查。"

"那你尽可以自便,老兄。"盖茨比镇定地说。

"我打听了出来你那些'药房'是什么名堂。"他转过身来对着我们很快地说,"他和这个姓沃尔夫山姆的家伙在本地和芝加哥买下了许多小街上的药房,私自把酒精卖给人家喝。那就是他变的许多小戏法中的一个。我头一趟看见他就猜出他是个私酒贩子,我猜得还差不离哩。"

"那又该怎么样呢?"盖茨比很有礼貌地说,"你的朋友瓦尔特·蔡斯和我们合伙并不觉得丢人嘛。"

"你们还把他坑了,是不是?你们让他在新泽西州坐了一个月监牢。天啊!你应当听听瓦尔特议论你的那些话。"

"他找上我们的时候是个穷光蛋。他很高兴赚几个钱,老兄。"

"你别叫我'老兄'!"汤姆喊道。盖茨比没搭腔。"瓦尔特本来还可以告你违犯赌博法的,但是沃尔夫山姆吓得他闭上了嘴。"

那种不熟悉可是认得出的表情又在盖茨比的脸上出现了。

"那个开药房的事儿不过是小意思,"汤姆慢慢地接着说,"但是你们现在又在搞什么花样,瓦尔特不敢告诉我。"

我看了黛西一眼,她吓得目瞪口呆地看看盖茨比,又看看她丈夫,再看看乔丹[1]——她已经开始在下巴上面

---

[1]《了不起的盖茨比》里的人物,她是女主黛西的闺蜜、尼克的情侣,更是故事隐藏的另一个叙述者。

让一件看不见可是引人入胜的东西保持平衡,然后我又回过头去看盖茨比——看到他的表情我大吃一惊。他看上去活像刚"杀了个人"似的——我说这话可与他花园里的那些流言蜚语毫不相干。可是一刹那间他脸上的表情恰恰可以用那种荒唐的方式来形容。

这种表情过去以后,他激动地对黛西说开了,矢口否认一切,又为了没有人提出的罪名替自己辩护。但是他说得越多,她就越显得疏远,结果他只好不说了,唯有那死去的梦随着下午的消逝在继续奋斗,拼命想接触那不再摸得着的东西,朝着屋子那边那个失去的声音痛苦地但并不绝望地挣扎着。

我相信,假如上帝再给盖茨比一次机会的话,他还会义无反顾地选择投入这场恋爱的烈火,就算被烧得化为齑粉也在所不惜。盖茨比这种不撞南墙不回头、不到黄河心不死的精神,正是美国冒险精神的化身,也正是其伟大之处。

## 飞女郎黛西:爵士时代的黄金女郎

我一直觉得好莱坞亏欠菲茨杰拉德一部严肃的文艺传记片。直到 2015 年,亚马逊才出品了一部以"泽尔达"为名的美剧《缘起泽尔达》,讲述了爵士时代的一代名媛、菲茨杰拉德的妻子泽尔达的故事。可惜,这部剧集只播出了第一季,原本续订的第二季被亚马逊宣布取消。

该剧以泽尔达的口吻叙述,明显偏向于女主,菲茨杰

**图16** 电视剧《缘起泽尔达》海报(美国,2015年)

拉德被描述为愚笨、自私、虚荣、脆弱、只会剽窃泽尔达创作的笨蛋，并且还有着极强的占有欲，泽尔达简直成了被他圈养起来的金丝雀。这种女权主义的拍摄视角，虽然比较容易赢得女性观众的喜爱，但是对于菲茨杰拉德来说是很不公平的。

近日传出消息说，有两家电影公司要将泽尔达的故事拍成电影，十字小溪影业公司投拍的影片名为《泽尔达》，将由昵称"大表姐"的詹妮弗·劳伦斯主演，朗·霍华德执导；千禧年电影公司宣布投拍的《美与孽》，改编自菲茨杰拉德的同名小说，讲述的实际上正是他自己的婚姻故事，据称斯嘉丽·约翰逊有望主演该片，饰演泽尔达，导演则尚未确定。

不难看出，好莱坞对"菲茨杰拉德"这个选题非常感兴趣，不过他们都把目光聚焦在了菲茨杰拉德的夫人泽尔达身上，菲茨杰拉德反而成了一位背景人物。这种女性主义视角，在文艺片中当然更容易获得"政治正确"的肯定，从而得到影评人的青睐。

2012年，HBO出品的海明威传记片《海明威与盖尔霍恩》就是以这种女性主义视角来重新审视硬汉海明威的。无须细说，你就可以想象得到，海明威被"黑"得有多惨。饰演海明威的第三任妻子盖尔霍恩的是大名鼎鼎的妮可·基德曼，她在影片中完全盖过了饰演海明威的克里夫·欧文的风头，让人不禁感慨这部影片应该改名为《盖尔霍恩与海明威》。

虽然克里夫·欧文在开拍前花了五个月来研究海明威，

图17 传记片《海明威与盖尔霍恩》海报（美国，2012年）

还特地邀请了研究海明威的专家带着他走访了海明威生前在巴黎居住的地方、海明威作品中提到过的地方、海明威常去的咖啡厅等等，并前往古巴专程走访了海明威当年在哈瓦那的居所，也就是海明威去世的地方。但是由于外貌和海明威相差甚远，表演中也缺少海明威的沉郁和霸气，他被媒体批评"没有沉下来"。

图18 海明威与盖尔霍恩夫妇与海报对比，不只是背景不同，气场似乎也有所不同。

其实，这不能怪演员表现不好，电影作为一门"假装的艺术"，躲在幕后的编剧和导演发挥着更大的主导作用，关键在于导演菲利普·考夫曼选择了从盖尔霍恩的视角来讲述海明威不为人知的另一面。该片被提名为第 64 届黄金时段艾美奖迷你剧/电视电影—迷你剧/电视电影/剧情类节目最佳导演奖。

早在 2011 年 5 月，有着"美国电影界唯一的知识分子"称号的电影导演伍迪·艾伦就把菲茨杰拉德夫妇放在其编剧并执导的浪漫奇幻片《午夜巴黎》[1]中，跟海明威一起，作为 20 世纪 20 年代巴黎"流动的盛宴"的象征性人物。影片中饰演菲茨杰拉德的是人称"抖森"的英国演员汤姆·希德勒斯顿，他在长相上与菲茨杰拉德倒颇有几分相似。

海明威在《流动的盛宴》一书中曾直言不讳地表示，

---

[1]伍迪·艾伦（Woody Allen, 1935—），美国电影导演、戏剧和电影剧作家、电影演员、爵士乐单簧管演奏家。他导演、编剧的作品颇丰，被媒体评价为"善于吸取无声片喜剧的优点，配合自己一套带有浓厚地方色彩的机智对白，尤其是纽约知识分子式的机智"，主要作品有《安妮·霍尔》《开罗紫玫瑰》《汉娜姐妹》《赛末点》等。《午夜巴黎》讲述了男主人公在午夜独自漫步巴黎时阴差阳错地回到往昔的名流派对，结识了海明威、菲茨杰拉德夫妇、达利、布努埃尔等人，在一次次的"反穿越"中探索自身的爱情与理想的故事。

**图19** 电影《午夜巴黎》剧照：菲茨杰拉德夫妇，分别由汤姆·希德勒斯顿和艾丽森·皮尔饰演。

菲茨杰拉德是被女人毁掉的。这话说得有失公允——的确是女人毁了他，但也是女人成就了他。菲茨杰拉德在1920年出版的短篇小说集《飞女郎与哲学家》中送给他笔下的女人一个美称：飞女郎（Flapper）。

"flapper"的原意是苍蝇拍，来自英文单词"flap"（拍打、扑腾），也用来形容小鸟振翅飞起的模样，在爵士时代成了新女性的代名词，又被译作"潮女郎"。飞女郎是爵士时代的享乐女神，引诱着从一战中一夜暴富的美国男性走向放浪不羁与纸醉金迷。这些年轻的中产女性不再穿着束缚身体的束腹，宽松的剪裁、降低的腰线成为她们的着装标志。她们抽烟、喝酒、开车、化浓妆，常常晚上外出跳舞到凌晨，从各方面挑战社会的传统制度。

在《飞女郎与哲学家》中，《伯妮斯剪掉了头发》这篇最符合"飞女郎"这个主题。小说中的马乔里是一个名副其实的飞女郎，她一直是舞会的焦点，引诱着无数青年绅士。而她的表妹伯妮斯却代表着传统意义上的淑女。在爵士时代，伯妮斯这样的女孩会被冷落，甚至让人觉得乏味。在马乔里的改造下，伯妮斯成了新一代的飞女郎和众多男士的心头肉。之后，因为马乔里的嫉妒，伯妮斯被逼剪掉头发，而这成了一个性格转变的标志，标志着伯妮斯从传统女性到现代女性的转化。这个故事的精妙之处在于令人拍案叫绝的结尾——伯妮斯在马乔里熟睡时偷偷剪掉了她的头发并连夜逃回自己的家里。她不再是那个娴静高雅的淑女，而是成为了一名真正的飞女郎。

这部短篇小说集中的"哲学家"，当然不是指像苏格拉底、柏拉图这种哲学家，而是指美国爵士时代那些信奉"人生无常，及时行乐"的优雅绅士们，他们被飞女郎们迷得神魂颠倒，甘愿为她们赴汤蹈火。盖茨比就是一位典型的"哲学家"，他独自一人背负所有，只为博得黛西这样的飞女郎一笑。而菲茨杰拉德自己也是这样的"哲学家"，他的妻子泽尔达则是爵士时代最著名的飞女郎。

不过，黛西的原型并不是泽尔达，而是菲茨杰拉德的初恋情人吉妮芙拉·金（Ginevra King, 1898—1980），菲茨杰拉德是通过社交名媛玛丽·赫西认识吉妮芙拉的，她们是威斯多佛学校（女校）的同学。1915年，菲茨杰拉德在圣保罗认识吉妮芙拉之后，疯狂地爱上了她。

当时，菲茨杰拉德就读于普林斯顿大学，正是春风得意的时候——他既有望成为班上的领袖之一，也是吉妮芙拉最喜欢的人。他定期寄给她绵长而深情的信件。不过在情场上，他并不是吉妮芙拉的对手，这个大眼睛、黑头发、来自芝加哥的美人颇有贵族气派，她的名字本身就承袭了皇家姓氏。在她的父亲查尔斯·金看来，菲茨杰拉德就是一个穷小子，而"穷小子不该想着娶有钱人家的姑娘"这句话，正是出自这位股票经纪人和马术师之口。

吉妮芙拉并没有为菲茨杰拉德冒什么风险，他只是她青年时代交往过的众多年轻帅气的小伙之一，时候到了自然就被抛弃了。1917年1月他们再次见面时，她对他已经失去了兴趣。

这段经历对于菲茨杰拉德而言意义非凡。吉妮芙拉是他年轻时的挚爱，失去她所造成的伤害，在他身上从未消退，只要一想起来，他必然热泪盈眶。吉妮芙拉对他的拒绝，激发他虚构出许多作品。他在小说中一遍又一遍地试图驱除这份痛苦的情感，但最终总是把它保留了下来。

在《人间天堂》中，吉妮芙拉化身为罗莎琳德·康奈基；在《冬梦》中化身为朱迪·琼斯；在《了不起的盖茨比》中化身为黛西；在《夜色温柔》中化身为妮可·戴弗……伤口总是无法愈合，无论他多少次止血消毒。吉妮芙拉就是菲茨杰拉德无法拥有的"黄金女孩"，追求吉妮芙拉已经超出了他的能力范围，因为他们来自不同的社会阶层。

在小说《了不起的盖茨比》中，菲茨杰拉德多次描写了黛西的惊人之美，例如小说的第一章就通过尼克的视角来这样描写黛西：

我掉过头去看我的表妹，她开始用她那低低的、令人激动的声音向我提问题。这是那种叫人侧耳倾听的声音，仿佛每句话都是永远不会重新演奏的一组音符。她的脸庞忧郁而美丽，脸上有明媚的神采，有两只明媚的眼睛，有一张明媚而热情的嘴，但是她声音里有一种激动人心的特质，那是为她倾倒过的男人都觉得难以忘怀的：一种抑扬动听的魅力，一声喃喃的"听着"，一种暗示，说她片刻以前刚刚干完一些赏心乐事，而且下一个小时里还有赏心乐事。

这里，菲茨杰拉德不惜连用三次"明媚"来表现黛西的美丽，可见其光彩照人之处，令人无法抵挡。而黛西尤其特殊之处，在于她那令人难以忘怀的声音——散发着"一种抑扬动听的魅力"。黛西一出场，就先声夺人，令人不可小觑。

而到了小说的第五章，在尼克的帮助下，盖茨比和黛西终于在分手五年之后异地重逢了。作者通过尼克的视角，再次描写盖茨比眼中的黛西，尤其是她的声音：

我注视着他的时候，看得出来他在悄悄使自己适应眼前的现实。他伸出手去抓住她的手。她低低在他耳边说了点什么，他听了就感情冲动地转身向她。我看最使他入迷的是她那激动昂扬的声音，因为那是无论怎样梦想都不可能企及的——那声音是一曲永恒的歌。

菲茨杰拉德在这里点出了黛西"那激动昂扬的声音"对于盖茨比而言，所代表的深层含义，那就是盖茨比孜孜以求而求之不得的美国梦。盖茨比在第一次遇见黛西的时候，就深知自己和黛西之间存在着一道无法跨越的社会鸿沟——"穷小子不该想着娶有钱人家的姑娘"，但是他不甘心，那时他身穿的军装帮助他掩盖了社会身份，他才得以亲近年少无知的黛西。五年之后，他虽然跻身上流社会，但是，黛西也不再单纯了。

在小说的第五章，菲茨杰拉德通过尼克的观察，预见了盖茨比命中注定般的悲剧性结局：

  我走过去告辞的时候，我看到那种惶惑的表情又出现在盖茨比脸上，仿佛他有点怀疑他目前幸福的性质。几乎五年了！那天下午一定有过一些时刻，黛西远不如他的梦想——并不是由于她本人的过错，而是由于他的幻梦有巨大的活力。他的幻梦超越了她，超越了一切。他以一种创造性的热情投入了这个幻梦，不断地添枝加叶，用飘来的每一根绚丽的羽毛加以缀饰。再多的激情或活力都赶不上一个人阴凄凄的心里所能集聚的情思。

  那黛西的声音究竟有何魅力呢？为何它能够成为盖茨比美国梦的象征呢？在小说的第七章，菲茨杰拉德借盖茨比之口给出了一个精妙的答案：

  盖茨比硬邦邦地转向我说：

  "我在他家里不能说什么，老兄。"

  "她的声音很不谨慎，"我说，"它充满了……"我犹疑了一下。

  "她的声音充满了金钱。"他忽然说。

  正是这样。我以前从来没有领悟过。它是充满了金钱——这正是她声音里抑扬起伏的无穷无尽的魅力的源泉，金钱叮当的声音，铙钹齐鸣的歌声……高高的在一座白色的宫殿里，国王的女儿，黄金女郎……

  或许，盖茨比在五年之前就认清了这个现实：横亘在他和黛西之间的巨大的社会鸿沟只有大量的金钱才能填满，他只能尽其所能在最短的时间内填满这道鸿沟。他好不容易在五年内填满了，可是站在鸿沟彼岸的黛西，已经不再是五年以前的黛西了。

在《爱中痴儿：菲茨杰拉德传》一书中，斯科特·唐纳森认为：

《了不起的盖茨比》做得最好的一点，就是展示出爱情在美国受到社会阶层的影响……菲茨杰拉德给我们上的一课是，当爱情超越阶级界限太遥远时，就变得有辱人格了。让我们放下围栏，上帝才知道谁会爱上谁。

菲茨杰拉德在盖茨比身上嫁接了自己的情感经历——追求黄金女孩而不得，以及他对于这种追求的态度。就像盖茨比和他最优秀的爱情故事里的忧伤的年轻人一样，菲茨杰拉德的想象力具有强大生命力。

"我一直在追求完美的爱情。"菲茨杰拉德曾这样说道。这种对于完美爱情的追求，使他不能完全投入和任何人的爱情中，正如他的小说所诠释的，距离太近，就不存在完美的爱情了。只有保持一定的距离，菲茨杰拉德才能把梦中的姑娘理想化。无论结局如何，菲茨杰拉德笔下的穷小子至少还可以做梦，做一个终将破灭的美国梦。

## 泽尔达：菲茨杰拉德的黄金女郎

而在现实生活中，为菲茨杰拉德通往黄金女郎的道路上铺满金钱的，正是其在文学创作上获得的巨大成功。他的长篇小说处女作《人间天堂》出版之后，立刻受到广大读者和评论家的一致好评，最终成为一部划时代的作品。

美国作家约翰·奥哈拉在为《菲茨杰拉德选集》所作

的序言中，颇有感慨地回忆了《人间天堂》当年在读者中所产生的轰动效应："二十五年前，很多年轻人都把《人间天堂》当成了考大学的入学指南来阅读。在25至30岁的男女读者中，大约有五十万人都对这部作品爱不释手。"

美国文学评论家马尔科姆·考利则说："《人间天堂》这部小说足以证明菲茨杰拉德已开始崭露头角，发挥他的文学天赋了。这部作品的特点主要表现在：叙事文体清晰流利，人物形象鲜明生动，喜剧意识相当浓厚，人物对话自然逼真。这部小说最令人瞩目的特色是，它向世人庄严宣告，衡量一切事物的标准已发生了巨大的变化……菲茨杰拉德以饱满的激情、真诚和坦率说出了他同代人共同的心声，在他们当中产生了强烈的共鸣，而他的前辈们则在侧耳聆听着他的声音。"

对于菲茨杰拉尔德本人而言，这部小说不但让他成为"爵士时代的代言人"，而且为他赢得了被他称为"美国第一轻佻女子"的泽尔达的芳心。他最终抱得美人归，在年仅24岁时就实现了他的美国梦。

1918年7月初，时为一等中尉的菲茨杰拉德在阿拉巴马州蒙哥马利市的乡村舞会上邂逅了泽尔达。"如果泽尔达来，其他女孩子就直接回家了。"18岁的她是舞会上最耀眼的明星。作为阿拉巴马州最高法院法官的小女儿，她精通芭蕾和法语诗歌，家人的宠溺滋生了她格外的骄傲与叛逆。她早早学会抽烟喝酒，通宵达旦地跳舞，与众多男人们周旋调情，半开玩笑地说"曾吻过几千人，还准备再吻几千人"。

就是这样一个女孩——桀骜不驯、美丽可爱、不负责任、勇敢无畏——在蒙哥马利市俘获了菲茨杰拉德的心。在菲茨杰拉德看来,"我喜欢她的勇敢、她的诚实与火一般的自尊"。菲茨杰拉德迅速对她展开疾风骤雨般的追求,泽尔达最终答应了他的求婚,不过开出了条件:如果他能挣到钱让她过上习惯的优渥生活,两人就结婚。

1918年末,菲茨杰拉德从军队退役后就直奔纽约,寻求致富之路。但他仅能找到一份在一家名不见经传的广告公司写广告词的工作。1919年6月,远在阿拉巴马州的泽尔达对他失去了耐心,提出终止二人的婚约。

1919年,一无所有的菲茨杰拉德非常落寞地回到故乡圣保罗市,行李中只有一部被出版社退稿过两次的长篇小说,情节主要基于他在普林斯顿的生活和两段恋情。在"天才的编辑"珀金斯的建议下,他开始重新修改打磨,准备借文学赌一把。

《人间天堂》出版后,短短三天之内,首版3000册竟已售罄;至1921年,《人间天堂》再版了12次,卖掉了49000册。各家杂志开始争相向他约稿,一篇短篇小说就能得到几百美元的稿酬。按捺不住成功喜悦的菲茨杰拉德马上发电报给泽尔达:"书卖得好,速来纽约。"当年4月3日,他便与泽尔达在著名的圣帕特里克大教堂结婚。一夜之间,菲茨杰拉德便功成名就又抱得美人归。

图20 菲茨杰拉德夫妇

爵士时代是菲茨杰拉德最春风得意的十年。靠给杂志写稿子,他的年收入平均有25000美元,当时教师的平均年收入是1299美元。夫妇俩纵情享乐、挥金如土,是所有派对的座上宾、高级商店和酒吧的常客。

根据菲茨杰拉德的日记记载，在1919—1936年间，他赚了40万美金。作为大众文学杂志的小说作家，在最受欢迎的巅峰时代，菲茨杰拉德从《星期六晚邮报》得到的报酬是每个故事4000美元，他在好莱坞的最后几年每周收入最高达到1250美元，1938年，米高梅一共支付了他58750美元。菲茨杰拉德通过写作赚取了巨额财富，不过，他也把这些钱挥霍一空。

在第一次取得经济上的成功之后，他就在马甲和外衣兜里装上20美元、50美元和100美元的现钞在纽约的大街上散步，钞票从衣兜里露出来，外人可见。在法国的时候，他的口袋里总是装满潮乎乎的一小卷一小卷的百元法郎现钞，他总是很快花掉这些钱，就像有些女人用面巾纸一样。然而泽尔达更加奢侈，她总是花钱如流水，他们一起走向灾难。

这对金童玉女组合还以出格的行为频频登上各类小报。比如当众跳进广场饭店的喷泉，又浑身湿淋淋地站在桌子上跳舞；因为过于喧闹，而被房东撵走，一次次搬家……"他在美国和法国的私生活几乎与他的小说一样为人乐道。"

他在日记中写道："这个一年之后口袋里金钱叮当响才娶到那个姑娘的男人，将永远珍视他对有钱阶级的终身的不信任和敌意——不是出于革命者的信念，而是出于农民郁积满怀的愤懑。"这也是菲茨杰拉德几乎所有作品中矛盾而富有争议的视角：既嘲讽金钱至上的浮华、富人的虚伪残酷——"黛西的浪漫，最终露出了白骨"——又无法离开纸醉金迷的生活。

1924年，菲茨杰拉德和泽尔达移居法国。不久之后，他与泽尔达的感情便遭遇危机，几近破裂。就在他集中精力创作《了不起的盖茨比》时，身边无人陪伴、无聊至极的泽尔达认识了法国飞行员爱德华·居赞，他的军官气质和硬汉外表是她丈夫所缺乏的。他们一起在海边度过了一个个漫长的下午。在她1932年撰写的小说《最后的华尔兹》以及她经过多年才完成的《恺撒的权力》中，泽尔达用非常感性的方式再现了她的情人。

据说，当年的7月13日，菲茨杰拉德在笔记本上写下了"大危机"。据他事后说，这是泽尔达要和他离婚，他采取了紧急行动，把她锁进了别墅。菲茨杰拉德甚至提出要同情敌决斗，但那个飞行员不知道泽尔达会为了他而闹离婚。10月，居赞离开了，菲茨杰拉德夫妇的关系变得更加紧密，但是，他们的婚姻不可能再如从前一样了。他们之间的关系，永远会有一道鸿沟。这件事正是菲茨杰拉德夫妇婚姻关系的转折点。

1925年，《了不起的盖茨比》出版，但销量平平，鲜有人叫好。菲茨杰拉德的生活也从此开始在酒精中沉沦，更糟糕的是，泽尔达的精神状况也开始出现问题。泽尔达的个性本来就很决断、激烈。1927年两人一起与巴黎老友共进晚餐时，遇到著名舞蹈家伊莎多拉·邓肯，后者正着手写作回忆录，于是顺便向菲茨杰拉德请教。菲茨杰拉德很感兴趣，邓肯便把自己的旅馆地址和房间号告诉了他。

一旁紧紧盯着他们的泽尔达，突然站起身，从近旁的楼梯跳了下去，把当场的人都惊呆了，所幸只是膝盖摔破流血。

泽尔达难以忍受自己只是作为著名作家妻子而存在。她在27岁重拾年轻时的爱好——芭蕾，但由于年龄所限，已很难晋升为职业芭蕾舞演员。但泽尔达却开始了疯狂的训练，后期甚至每天练舞八小时。高强度、超负荷的训练于1930年首次诱发她精神崩溃，她后来被诊断为精神分裂症。

图21 身着芭蕾舞服的泽尔达

1932年，菲茨杰拉德在给泽尔达的精神病主治医生的信中写道："她逐渐形成一种认知：我是那种需要辛苦工作的工匠，而她则是艺术家，她认定自己是能创作更好事物的人，适合诸如绘画、非商业的写作，还有芭蕾等，而我，我则是活该去写那些邮报故事。"

酗酒成为菲茨杰拉德逃避生活的唯一方式，也挥霍着他仅存的天赋。经常拖欠稿件的恶习、不合时宜的风格，使得杂志和报社陆续停止向他约稿。海明威伤感地写道："他再也不会飞了，因为对飞翔的爱好已经消失，他只能回忆往昔毫不费力地飞翔的日子。"

1936年9月，《纽约邮报》刊登了一篇菲茨杰拉德的专访，把这位一度的爵士时代之记录者描绘成烂醉如泥、愤世嫉俗、无可救药的人。菲茨杰拉德在日记中坦露道："我的生活在那段时间是毫无希望的一团乱麻，重要的是，我并不希望生活变得好起来。我已经完全不在意了。"

从1935年的散文《崩溃》系列开始，他决定"仅仅作一位作者"，写作为他提供了一项职业，并且构成了他

"唯一的尊严"，他是这样告诉女儿斯科蒂的。一种积极的、有效的、持久的、让人们高兴的——也是唯一让他自己开心的——方法就是发展他的才华，《最后的大亨》证实了才华并没有遗弃他。

不幸的是，放浪形骸的日子带来了毁灭性的影响，慢性肺结核病症开始显现、活跃，两次心脏病发作差点要了他的命，他的精神状况处于崩溃的边缘。但他坚持写作《最后的大亨》，在他最好的状态时写。

1940年12月21日，菲茨杰拉德死于酗酒引起的心脏病突发，年仅44岁，遗留下未竟之作《最后的大亨》。他死前已经破产，遗嘱中要求举办"最便宜的葬礼"。困在精神病院的泽尔达、最后相伴左右鼓励他写作的情人，均未能参加葬礼。

仅有很少的亲友出席了他的葬礼，他的好友、女诗人多罗茜·帕克失声痛哭："这家伙真他妈的可怜。"在小说《了不起的盖茨比》中，有人在盖茨比的葬礼上讲过一模一样的话。七年之后，泽尔达所在的精神病院意外失火，她被困在顶楼，活活烧死。

两人最后合葬在了一起，他们的墓碑上镌刻着《了不起的盖茨比》中家喻户晓的结尾："于是我们继续奋力向前，逆水行舟，被不断地向后推，被推入过去。"

法国作家吉勒·勒鲁瓦的小说《亚拉巴马之歌》是一部向泽尔达·塞尔致敬的作品。作者以一种全新的态度来观察、记录泽尔达的生活，以第一人称的独白、女性细腻自省的目光，再现了文学史上被忽略和遗忘的声音。这是

**图22** 中译本《最后的大亨》（东方出版社，2010年）
这是一本未完成的作品，作者想将小说写成"英雄悲歌"，曾为小说写了一个非常详细的提纲，最后留下的作品只有不到四分之三，但从情节上说，人物已塑造得非常完满。

**图23** 中译本《亚拉巴马之歌》（黑龙江教育出版社，2008年）

真实故事和丰富想象的二重唱，勒鲁瓦创作了一部伟大的"美国式小说"。

勒鲁瓦把真实历史中存在的菲茨杰拉德夫妇当作小说人物，虚虚实实的笔触引领读者进入泽尔达的内心世界：年轻时代的不羁与出格，30年代的狂乱与纷纭，40年代的年华老去以致寂寞哀婉。

菲茨杰拉德夫妇的人生本身就如同一部小说。菲茨杰拉德曾回忆说，他不知道他和泽尔达究竟是生活在现实之中的活生生的人，还是他笔下某篇小说里虚构的人物。"不知道自己是谁，也不想自己是谁。"他们将短暂的生命纵情投入到那个挥金如土的爵士时代里。

## 尼克：盖茨比故事的叙事伦理

20世纪中后期，随着语言学和伦理学研究的发展，欧美学界兴起了小说叙事伦理研究的热潮，其中，亚当·桑查瑞·纽顿的《叙事伦理》一书第一次系统全面地阐释了"叙事伦理"，为后世学者开辟了一条新的叙事研究道路。

纽顿提出："讲述本身就蕴含了伦理本质，因此所有叙事都是伦理性的。""叙事伦理"一词意味着叙事即伦理。而所谓伦理，即"人与人相处的各种道德准则"，所谓叙事，则是指"叙述事情（叙+事），即通过语言或其他媒介来再现发生在特定时间和空间里的事件"。

在传统叙事学理论看来，叙事伦理分为故事伦理和叙述伦理，前者是小说叙述了什么故事及其蕴含的伦理，后者则关注小说讲述故事的方式及背后的伦理意图。

我国学者伍茂国在《从叙事走向伦理：叙事伦理理论与实践》一书中指出："叙事伦理指叙事过程、叙事技巧、叙事形式如何展现伦理意蕴，以及叙事中伦理意识与叙事呈现之间、作者与读者、作者与叙事人之间的伦理意识在叙事中的互动关系。"

不过，需要指出的是，叙事伦理并不等于叙事说教，说教是一种直白的表达作者观念的方式，技艺高超的作者不需要说教，也可以通过调整叙述视角、叙事时间、叙事空间等方式传达自己的伦理意图。讲故事的人把一个人的生命轨迹呈现给读者，通过故事本身和叙述手法塑造人物的生命感觉，从而感染在现实或精神上有同样感觉的读者，读者可以从中寻找自己道德上的参照者，并借助参照者的言行指导自己的生活，由此，小说发挥了自己的道德实践力量。

《了不起的盖茨比》在叙述视角上最大的特点就是，它采用的是第一人称叙述，小说中的"我"是人物尼克，他既是一个事件参与者，也是一个事件评论者，菲茨杰拉德借助尼克的回忆将故事展开。由于尼克与事件主要人物皆有联系，并且表现出相对独立的姿态，他的回忆成为读者了解整个事件真相的途径，菲茨杰拉德也借由这个人物表现出自己的道德评判和感情色彩。可以说，《了不起的盖茨比》的叙述方式是为了便于作者进行伦理干预。

尼克在作品中既是故事的参与者，也是故事的观察评论者和叙述者。他的观点影响着读者，实际上代表了作者本人的观点。尼克的两面性首先体现在其传统的价值取向和个人行为的现代性。尼克是上流社会一分子，但是其价值取向是传统的。

菲茨杰拉德选择尼克作为叙述者有其用意。他希望保持盖茨比的神秘色彩，所以盖茨比要作为被观察者，而不能是观察者出现。同时，小说中的叙述者必须拥有令人信服的品质，他要让人感到他的话是可信的，并且这个人还要有机会既接触到盖茨比，也接触到汤姆及其家人，显然，尼克的特点完全符合这些要求。

尼克自小出生于中西部，一边遵循着父亲的训诫，一边对眼前的事保持怀疑。家庭的教育让尼克具有宽容与道德感，所以他始终铭记父亲"这个世界上所有的人，并不是个个都有过你那些优越条件"的教诲。只有这样一个人参与到叙述中才能令读者信服。因为他信奉宽容，所以他能理解盖茨比的处境，同情出生贫苦的后者；因为他拥有道德感，他不能对他人的不幸视而不见，无法在看到盖茨比的悲剧后无动于衷。

尼克继承了父亲的谦逊品质，惯于做一个倾听者，他对所有的人都保留判断。"这个习惯既使得许多怪僻的人肯跟我讲心里话，也使我成为不少爱唠叨的惹人厌烦的人的受害者。"所以，这个叙述视角能够成为连接盖茨比、汤姆、黛西、乔丹等人的媒介，换作别人，如此充分的衔接是无法完成的。通过他那些看上去具有信服力的语言，读者才能够发自内心地惋惜盖茨比的悲剧，反思富裕阶层的冷漠和柯立芝时代的信仰危机。

尼克对盖茨比的看法是渐变的，在深入了解盖茨比的过程中，尼克向读者展示了一个复杂的盖茨比形象，这个形象起初是陌生的，只是别人口中的盖茨比，当尼克真正参加了盖茨比的晚宴，见到这位神秘人物的真面孔时，他的形象才逐渐清晰起来。而在尼克的叙述中，"对比"频繁出现——盖茨比与汤姆的对比、东部和西部的对比、东卵村与西卵村[1]的对比、富人与穷人生活的对比等，小说的叙述伦理就建立在这些大量的对比之中。

在这些大量的对比之中，最能凸显小说叙述伦理的就是盖茨比与汤姆的对比，在小说的第一章，尼克对盖茨比有一个回忆色彩浓厚的总体概括，他说：

去年秋天我从东部回来的时候，我觉得我希望全世界的人都穿上军装，并且永远在道德上保持一种立正姿势；我不再要参与放浪形骸的游乐，也不再要偶尔窥见人内心深处的荣幸了。唯有盖茨比——就是把名字赋予本书的那个人——除外，不属于我这种反应的范围——盖茨比，他代表我所真心鄙夷的一切。假使人的品格是一系列连续不断的成功的姿态，那么这个人身上就有一种瑰丽的异彩，他对于人生的希望具有一种高度的敏感，类似一台能够记录万里以外的地震的错综复杂的仪器。这种敏感和通常美其名曰"创造性气质"的那种软绵绵的感受性毫不相干——它是一种异乎寻常的永葆希望的天赋，一种富于浪漫色彩的敏捷，这是我在别人身上从未发现过的，也是我今后不

---

[1] 东卵村和西卵村是小说中由海湾相隔的两个半岛。汤姆和黛西居住在东卵村，西卵村的地位大大次于东卵村，盖茨比在那里买下了一幢宏伟的宅邸。

大可能会再发现的。不——盖茨比本人到头来倒是无可厚非的；使我对人们短暂的悲哀和片刻的欢欣暂时丧失兴趣的，却是那些吞噬盖茨比心灵的东西，是在他的幻梦消逝后跟踪而来的恶浊的灰尘。

我们读到这里会感到奇怪，为什么盖茨比代表了"我所真心鄙夷的一切"呢？这里针对的当然不是盖茨比本人，而是他发迹之后所身处的上流社会纸醉金迷的生活方式，即所谓"放浪形骸的游乐"。

盖茨比身上带有的那种"瑰丽的异彩"，对于"人生的希望具有一种高度的敏感""一种异乎寻常的永葆希望的天赋"和"一种富于浪漫色彩的敏捷"，其实就是自由主义色彩。

在美国学者埃德蒙·福赛特所著的《自由主义传：一种理念，一部历史》一书中，作者运用无比流畅的笔法，以轻快利落的叙述，展示了指导政治实践的自由主义原则近两百年来的沿革，检视了自19世纪30年代迄今众多重要思想家，探明他们政治思想的传承关系。

在这本书的引言《不仅仅关乎自由》中，作者认为以下四个宽泛的思想指引着自由主义实践，并将自由主义的故事整合为一体："承认社会存在着不可避免的伦理和物质冲突，不信任权力，对人类进步的信心，以及对人的尊重（无论他持有何种观点，也无论他是谁）——后者以一种不民主的信条孕育着民主的种子。""这四个观念有助于我们辨识出谁是真正的自由主义者、谁是可能的自由主义者，以及谁是非自由主义者。它们标出了一个宽松而充

图24 中译本《自由主义传：一种理念，一部历史》（北京大学出版社，2018年）

满争议的'主义'的广阔边界。"

盖茨比本人就身处不可避免的伦理冲突和物质冲突中，盖茨比试图拆散汤姆和黛西的家庭，无疑是不道德的，即使打着追求真爱的名义，而菲茨杰拉德为了让读者更容易接受这一点，就先把汤姆刻画成一个婚内出轨的惯犯。假如汤姆和黛西是忠于对方的模范夫妻，盖茨比作为第三者插足是不是就更不值得同情了呢？

盖茨比作为帮会分子，无疑是不会信任权力机关的——贩卖私酒，本身就是对禁酒法案的反抗。而禁酒法案最终被废除，无疑是自由主义在美国取得的重大胜利。

小说中虽然从未刻意表现盖茨比对于人的尊重，但是，从他对黛西和尼克等人的态度上，至少可以看出盖茨比不是那种把他人当作工具的人。

小说中虽然没有明确指出盖茨比是哲学意义上的自由主义者，但是其对待人生和生活的态度，无疑是带有鲜明的自由主义色彩的，他至少可以称得上是一位"可能的自由主义者"。

而"那些吞噬盖茨比心灵的东西"、那些"在他的幻梦消逝后跟踪而来的恶浊的灰尘"究竟是什么呢？尼克在这里，或者说菲茨杰拉德在这里，当然要卖一个关子，在盖茨比作为黛西的替罪羊被威尔逊[1]杀死之后，才能揭开这个谜底。

小说在最后一章中写到尼克在盖茨比死后与汤姆的一

---

[1]《了不起的盖茨比》中的人物，他的妻子茉特尔是汤姆的情妇，被黛西开车撞死。他受到汤姆的挑唆，将妻子之死归罪于盖茨比，最后枪杀了盖茨比并自杀。

次对话：

　　十月下旬的一个下午我碰到了汤姆·布坎农。他在五号路上走在我前面，还是那样机警和盛气凌人，两手微微离开他的身体，仿佛要打退对方的碰撞一样，同时把头忽左忽右地转动，配合他那双溜溜转的眼睛。我正要放慢脚步免得赶上他，他停了下来，蹙着眉头向一家珠宝店的橱窗里看。忽然间他看见了我，就往回走，伸出手来。

　　"怎么啦，尼克？你不愿意跟我握手吗？"

　　"对啦。你知道我对你的看法。"

　　"你发疯了，尼克，"他急忙说，"疯得够呛。我不明白你是怎么回事。"

　　"汤姆，"我质问道，"那天下午你对威尔逊说了什么？"

　　他一言不发地瞪着我，于是我知道我当时对于不明底细的那几个小时的猜测果然是猜对了。我掉头就走，可是他紧跟上一步，抓住了我的胳臂。

　　"我对他说了实话，"他说，"他来到我家门口，这时我们正准备出去，后来我让人传话下来说我们不在家，他就想冲上楼来。他已经疯狂到可以杀死我的地步，要是我没告诉他那辆车子是谁的。到了我家里他的手每一分钟都放在他口袋里的一把手枪上……"他突然停住了，态度强硬起来。"就算我告诉他又该怎样？那家伙自己找死。他把你迷惑了，就像他迷惑了黛西一样，其实他是个心肠狠毒的家伙。他撞死了茉特尔就像撞死了一条狗一样，连车子都不停一下。"

　　我无话可说，除了这个说不出来的事实：事情并不是这样的。

"你不要以为我没有受痛苦——我告诉你，我去退掉那套公寓时，看见那盒倒霉的喂狗的饼干还搁在餐具柜上，我坐下来像小娃娃一样放声大哭。我的天，真难受……"

我不能宽恕他，也不能喜欢他，但是我看到，他所做的事情在他自己看来完全是有理的。一切都是粗心大意、混乱不堪的。汤姆和黛西，他们是粗心大意的人——他们砸碎了东西，毁灭了人，然后就退缩到自己的金钱或者麻木不仁或者不管什么使他们留在一起的东西之中，让别人去收拾他们的烂摊子……

撞死茉特尔的车子的确是盖茨比的，不过当时开车的人不是盖茨比，而是黛西。以盖茨比对黛西的爱，他是否愿意为她主动承担过失杀人的罪名，我们不得而知，不过，我相信盖茨比是愿意的，即便黛西认清了他发迹背后的秘密。

但是，像汤姆和黛西这样主动嫁祸于人，"他们砸碎了东西，毁灭了人"，"让别人去收拾他们的烂摊子"，仅仅用"粗心大意"来形容显然是远远不够的，汤姆身上所体现出的冷漠、残酷、自私和贪婪，正是那些吞噬盖茨比心灵的东西。

《了不起的盖茨比》通过尼克的叙述，对以汤姆为代表的上流阶层表达了强烈的愤恨之情，对出身贫寒、挑战既有社会秩序的盖茨比给予了深切的同情，对爵士时代的阶层固化与道德虚无传递出殷切的担忧，对渐行渐远的人情关怀与淳朴风俗诉说着浓郁的留恋。

## 一个发生在东部的西部故事

小说在最后一章通过尼克之口对盖茨比的故事做了一个地理上的总结：

我现在才明白这个故事到头来是一个西部的故事——汤姆和盖茨比、黛西、乔丹和我，我们都是西部人，也许我们具有什么共同的缺陷使我们无形中不能适应东部的生活。

美国东西部的划分是以密西西比河为界的，密西西比河以东属于东部，密西西比河以西属于西部。小说中的主要人物全都来自西部，他们因各种不同的原因来到东部的大都市纽约。

在尼克的眼里，西部是纯洁的，是淳朴美德的榜样，代表着传统的力量；东部是罪恶的，是世故腐化的都市，是堕落的象征。"美好的西部"几乎成了人们长久以来的心灵寄托，西部故事也成了作家们笔耕不辍的文学命题。

然而，在小说中，东部与西部的对立并不是单纯的地理位置的对立。芝加哥是美国中西部的一个大城市，但是小说暗示它和东部城市一样堕落颓废。西部和东部也不是乡村和城市的对立，因为尼克、黛西和乔丹都在西部城市度过了纯真的年轻时光。

实际上，西部和东部是一对抽象的概念，二者的对立是未受腐蚀的、纯朴的自然与腐败的现代文明的对立。小说通过尼克的视角将这种对立铺展开来：

我记忆中最鲜明的景象之一就是每年圣诞节从预备学校，以及后来从大学回到西部的情景。……

火车在寒冬的黑夜里奔驰，真正的白雪、我们的雪，开始在两边向远方伸展，迎着车窗闪耀，威斯康星州的小车站暗灰的灯火从眼前掠过，这时空中突然出现一股使人神清气爽的寒气。我们吃过晚饭穿过寒冷的通廊往回走时，一路深深地呼吸着这寒气，在奇异的一个小时中难以言喻地意识到自己与这片乡土之间的血肉相连的关系，然后我们就要重新不留痕迹地融化在其中了。

纽约当然也会下雪，但是在尼克看来，西部的雪，才是"真正的白雪"，才是属于"我们的雪"，因为只有在西部，"我们"才能"难以言喻地意识到自己与这片乡土之间的血肉相连的关系"，才能"不留痕迹地融化在其中"。"我们"与东部始终存在着一层文化的隔膜，纽约对于"我们"而言始终是一块陌生之地，"我们"即使像盖茨比和汤姆一样跻身上流社会，也无法融入其中。

小说中对东部这样描述道：

即使东部最令我兴奋的时候，即使我最敏锐地感觉到比之俄亥俄河那边的那些枯燥无味、乱七八糟的城镇，那些只有儿童和老人可幸免于无止无休的闲话的城镇，东部具有无比的优越性——即使在那种时候，我也总觉得东部有畸形的地方。尤其西卵仍然出现在我做的比较荒唐的梦里。

小说中所谓东部也有"畸形的地方"，主要就是指生活在纽约这座现代化大都市中的人们在爵士时代畸形繁荣的背景下所滋生的迷惘与失落。菲茨杰拉德在 1932 年 7 月写过一篇名为《我逝去的城市》的文章，文章写的就是菲茨杰拉德对于纽约的感受。

在这篇文章中，菲茨杰拉德作为一个来自中西部的青年，表达了他对于纽约的看法："我觉得纽约本质上既愤世嫉俗又残酷无情。"菲茨杰拉德非常清醒地认识到自己能够在纽约取得成功的原因："让我困惑的是，我之所以被认可，并不是因为我是中西部人，也不是因为我是超脱的旁观者，而是因为我属于纽约所需要的那种原型。"

所谓"纽约所需要的那种原型"指的就是那些来自全美国甚至全球各地的"年轻一代"，他们在纽约迅速获得成功从而跻身上流社会的典型，就像菲茨杰拉德本人，通过一部长篇小说处女作，迅速成为"爵士时代的代言人"，虽然"我，时至今日不如说是'我们'，根本吃不准纽约对我们有什么样的期许，所以感到非常困惑。在我们踏上纽约大都市冒险之旅的几个月后，我们甚至不知道我们是何许人，也对我们从事的职业知之甚少"。

菲茨杰拉德很清楚，是纽约成就了他，也是纽约毁灭了他。当他首次登上最美的帝国大厦的屋顶时，他终于发现了潜藏在那些高楼大厦背后的纽约的秘密：

我发现了这座城市的最大错误，它的潘多拉魔盒。夸夸其谈、傲慢十足的纽约人登上这样的高度，所看到的景象与他们所想象的完全不同，这座城市并不如他们所想象的那样高楼林立、绵延不绝，而是有边界的——从这个至高点上，他第一次看到，城市在四面的乡野里慢慢淡化，

**图25** 中译本《崩溃》（浙江文艺出版社，2016年）
该书是作者的自传体文集，《我逝去的城市》收录其中，由他的大学好友埃德蒙·威尔逊整理、编辑后出版。书中还收录了许多文艺界名人发表的悼念菲茨杰拉德的文章和对他的作品的评论。

最后消失在广阔的绿色大地和蓝色天空里,而只有大地和蓝天才是真正无边无际的。这一发现让他们错愕不已,这才意识到纽约毕竟只是一个城市,而不是包罗万象的宇宙,于是乎,在想象中精心构建的、光彩夺目的大厦轰然倒塌。这就是阿尔弗雷德·史密斯草率地送给纽约人民的礼物。

就像尼克在盖茨比死后发现了纽约的"残酷无情",菲茨杰拉德在登上帝国大厦之后发现了纽约的"边界"。尼克决定离开纽约,回归西部;菲茨杰拉德亦然,他也决定告别"我逝去的城市"。菲茨杰拉德从凌晨的渡船回望过去,纽约不再轻声诉说着空前的成功和青春永驻的传奇,再也回不到那"光辉灿烂、洁白无瑕"的过去。

**图26** 电影《了不起的盖茨比》剧照

对于盖茨比来说,在西卵购置豪宅、举办奢华派对等,除了吸引海对面东卵的黛西外,还有着对过去的美好西部的执着。但是,正如有评论说的:"盖茨比心目中的西部故乡业已消逝,存在于记忆和想象中的西部故乡,如海市蜃楼一样,美好却永远无法企及。……《了不起的盖茨比》既是作者缅怀美好西部边疆消逝的挽歌,更是一曲关于现代无根性的悲歌。"

这部小说中的西部情结,暗合了美国文学中对于东部和西部的对立的传统看法,即东部是欧洲堕落的化身,西部是原始道德的发源地。小说的叙述者尼克就是西部传统道德的化身,他所面对的一方是信守道德、坚守理想主义的盖茨比的失败,另一方则是富贵、堕落、自私的布坎农夫妇的逍遥法外。尼克的这段经历,促使他对在东部发迹之梦产生了幻灭感,从而在道德上选择了回归西部,保持了人格上的完善。这本身就象征着"美国梦"的破灭。只是还会有无数的人像盖茨比和尼克一样,怀揣着梦想勇闯纽约,即使失败了,也在所不惜。就像小说结尾中所说:

当我坐在那里缅怀那个古老的、未知的世界时,我也想到了盖茨比第一次认出了黛西的码头尽头的那盏绿灯时所感到的惊奇。他经历了漫长的道路才来到这片蓝色的草坪上,他的梦一定似乎近在眼前,他几乎不可能抓不住的。他不知道那个梦已经丢在他背后了,丢在这个城市那边那一片无垠的混沌之中的不知什么地方了,那里共和国的黑黝黝的田野在夜色中向前伸展。

盖茨比信奉这盏绿灯,这个一年年在我们眼前渐渐远去的极乐的未来。它从前逃脱了我们的追求,不过那没关系——明天我们跑得更快一点,把胳臂伸得更远一点……总有一天……

于是我们继续奋力向前,逆水行舟,被不断地向后推,被推入过去。

# 青春泥沼的成功突围

## 整本读《挪威的森林》

# 村上春树

Haruki Murakami（1949— ）

　　日本小说家，曾在早稻田大学文学部戏剧科就读。1979年，他的第一部小说《且听风吟》问世后，即被搬上了银幕。随后，《1973年的弹子球》《寻羊冒险记》《挪威的森林》等相继发表。他的创作不受传统拘束，构思新奇，行文潇洒自在，又不流于庸俗浅薄。尤其是在刻画人的孤独无奈方面更有特色。他把这种情绪通过心智性操作升华为一种优雅的格调，一种乐在其中的境界，为生活在城市里的读者提供了一种生活模式或生命体验。

图1 村上春树

# 《挪威的森林》

　　《挪威的森林》是一部动人心弦的、平缓舒雅的、略带感伤的恋爱小说。小说主人公渡边以第一人称展开他同两个女孩间的爱情纠葛，在成长中摸索此后的人生。

图2 中译本《挪威的森林》（上海译文出版社，2007年纪念版）

## 一部典型的"全球化小说"

阅读一部小说之前，我们首先可能会看到很多关于这部小说的"标签"，有的基于小说类型，如"侦探小说""武侠小说"等；有的基于小说创作手法，如"意识流小说""魔幻现实主义小说"等；还有的基于主题，如"反乌托邦小说""成长小说"等。

这些标签固然不足以概括小说的全部内涵，但也是帮助我们快速进入小说文本的主要路径。《挪威的森林》这部小说，就曾被加上"恋爱小说""成长小说""自赎小说""全球化小说""私小说"等标签。标签越多，说明其内涵越丰富，越值得我们仔细品读。

不过"恋爱小说"这个标签是村上春树自己打上去的。《挪威的森林》日文版本的封面是村上自己设计的，上册的红色封面上写着："这部小说是我迄今一次也没写过的那一种类的小说，也是我无论如何都想写一次的小说。这是恋爱小说。虽然称呼老套，但此外想不出合适的说法。一部动人心魄的、娴静的、凄婉的百分之百的恋爱小说。"下册绿色封面上写着："他们所追求的大多已然失去，永远消失在进退不得的黑暗的森林深处……一部描写无尽失落和再生的、时下最为动人心魄的百分之百的恋爱小说。"这个"百分之百的恋爱小说"的标签出现了两次，的确带有强烈的诱惑力，满足了无数读者的窥私欲，可说是文学史上最成功的商业促销手段。估计村上春树自己也没想到，这部小说会如此畅销——据说日本每七个人里就有一个人读过《挪威的森林》。

当然，它在中国也很畅销。据不完全统计，截至2001年，这部小说在中国已经销售了至少260万册，还不包括电子书和盗版书。它被美国华人教授李欧梵列入"20世纪对中国影响最大的十部文学译著"。另据日本学者三浦玲一统计，《挪威的森林》至少已被翻译成三十六个国家的语言，在许多欧洲国家，村上春树大概也是最受欢迎的外国作家之一，因此三浦玲一称他为"全球化文学"的杰出代表。

在三浦玲一看来，与大江健三郎[1]这种"和魂洋才"的日本本土作家不同，村上春树自处女作《且听风吟》[2]开始，其作品似乎就是"日本人创作的美国文学"。与其说村上是在"借鉴"美国文学，不如说他是在"创作"美国文学，而他本人则是"创作美国文学的日本作家"。而所谓"美国"指的就是沙滩男孩乐队、老式大众汽车、DJ文化、弹珠游戏之类的全球通俗文化。

全球化文学的美学特征主要体现在家园的丧失和对"误读"的开放。村上创作小说的前提完全不同于此前的日本本土作家。此前的本土作家都是面向日本读者进行创作的。从这个意义上讲，即便村上的创作是纯文学，也不属于日本文学。虽然的确是日本人写的小说，但它属于全

**图3** 中译本《村上春树与后现代日本》（华中科技大学出版社，2016年）
在该书中，三浦玲一着眼从全球化视域解读后现代日本流行文化——村上春树、宫崎骏、石黑一雄、奈良美智等作家作品。

---

[1] 大江健三郎（1935— ），日本著名作家，1994年获得诺贝尔文学奖。代表作品有《广岛札记》《万延元年的足球》《饲育》《个人的体验》等。
[2] 村上春树发表于1979年的一部中篇小说，是其语言风格、写作技巧的源头与雏形。村上春树在这部作品中展现了其借鉴美国现代小说简洁明快的文风、摆脱传统日本小说拖沓平庸的理念。

球化时代的全球化文学。

《挪威的森林》就是一部典型的"全球化小说"，其主要素材基本来自欧美，小说中几乎找不到日本传统文化的元素。小说的标题来自甲壳虫乐队的歌曲。有些人少不更事，居然以为这首歌是伍佰唱的那首。这篇小说写于 1987 年 6 月，年代较早，而且故事情节主要发生在 1969 年到 1970 年，那时伍佰才刚出生。村上春树在杂文集《无比芜杂的心绪》中声称自己不是甲壳虫乐队的铁杆粉丝，他早年日复一日听的是沙滩男孩和西海岸爵士，坚定地认为"这才是真正的音乐"。《挪威的森林》是流行歌曲，是约翰·列侬写的一首情歌，在甲壳虫乐队的歌曲当中算不上非常知名。甲壳虫乐队是欧美摇滚音乐史上最伟大的乐队之一，它的歌曲可说是全人类共通的语言，有二十九首成为当年的排行榜的第一名，不过这首歌不在里面。这首歌收录在专辑《橡胶灵魂》中，旋律很简单，只有三分钟，歌词如下：

I once had a girl

Or should I say she once had me

She showed me her room

Isn't it good Norwegian wood？


She asked me to stay

And she told me to sit anywhere

So I looked around

And I noticed there wasn't a chair

I sat on a rug biding my time

drinking her wine

We talked until two and then she said

It's time for bed

She told me she worked

in the morning and started to laugh

I told her I didn't

and crawled off to sleep in the bath

And when I awoke I was alone

This bird had flown

So I lit a fire

Isn't it good Norwegian wood？

我曾拥有过一个女孩

抑或说她曾拥有过我

她带我参观了她的房间

那不就是美好的挪威森林

她唤我留下

叫我随便找地方坐坐

我四处张望

发现竟没有一张凳子

我就坐在毯子上打发时间

喝着她的红酒

我们一直聊啊聊，直到她说

"要睡了！"

她告诉我她早上要工作

然后咯咯地笑起来

我说我不必工作

然后就趴在澡盆里睡觉

醒来的时候，我独自一人

鸟儿早已飞走

我就点着了火

这不就是美好的挪威森林

图4 甲壳虫乐队成员约翰·列侬，他于2004年入选《滚石》杂志评出的"历史上最伟大的50位流行音乐家"。

图5 1965年发行的《橡胶灵魂》是甲壳虫乐队的第六张录音室专辑。

这首被誉为"静谧、忧伤，而又令人莫名地沉醉"的歌，歌词内容讲的是一次艳遇，其实没什么特别寓意。歌词里唯一运用了象征手法的就是"鸟儿早已飞走"（This bird has flown）这句话，"鸟儿"指的就是艳遇的对象——那个早起上班的女孩子。在《花花公子》杂志的访谈中，约翰·列侬曾说："在这首歌里我非常小心，简直成了偏执狂，因为当时不想让妻子知道我同别的女人有关系。事实上我总是在跟别人搞婚外恋，闪烁其词地想在歌中描绘这种风流韵事，好比罩上一层烟雾，看上去不像真人真事。我忘记那次是跟谁干的好事了。我不明白自己究竟是怎么

258 中学生如何整本读经典（第一季）

想到'挪威的森林'这个词的。"

不过在小说里面,这首歌带有强烈的象征意味。小说的主人公渡边之所以在汉堡机场一听到这首歌就"一如往日地使我难以自已,不,比往日还要强烈地摇撼我的身心",是因为小说的女主角直子非常喜欢这首歌,每当听到这首歌的时候,她就会非常激动。

小说里多次写到这首歌,比较重要的一次是在第六章。小说写到直子住在阿美寮疗养院的时候,有个同伴叫玲子,是音乐家,非常喜欢弹吉他,有时会弹《挪威的森林》。如果不是直子点播这首歌,玲子是不会弹的,因为这会引发直子的伤心往事。

直子自述道:"一听这曲子,我就时常悲哀得不行。也不知为什么,我总是觉得似乎自己在茂密的森林中迷了路。""一个人孤单单的,里面又冷,又黑,又没有一个人来救我。"[1]直子的这段话可以说是小说的点题之笔。显然《挪威的森林》带给直子的这种孤独阴冷的心境,代表了直子在青春时期对于爱情和人生的迷惘,尤其是男友木月的自杀给她带来的折磨与痛苦。

小说里,《挪威的森林》这首歌每次出现,就会有重要的事情即将发生。在第六章,直子点播了《挪威的森林》之后,就对玲子和渡边敞开心扉,讲起自己和木月的往事。玲子起初弹奏的全是甲壳虫乐队的歌曲,比如《昨日》,此歌被翻唱过三千多次,是历史上被翻唱得最多的一首歌。

---

[1]本章《挪威的森林》引文均引自林少华译,上海译文出版社,2007年版。

玲子弹到第五十首的时候，又重弹了《挪威的森林》，这时直子再也抑制不住自己的情感了，把自己和木月的恋爱故事和盘托出。

村上春树在小说的"后记"中说，这部小说的写作地点不是日本，而是南欧。他于1986年12月21日在希腊动笔，1987年3月27日在罗马完成。他在小酒馆里奋笔疾书的时候，用微型唱机反复地播放着甲壳虫乐队的一张唱片——摇滚音乐史上最伟大的概念专辑《佩珀军士寂寞的心俱乐部乐队》——一直播放了一百二十遍。这张专辑的知名度远远超过了《挪威的森林》这首歌，在摇滚音乐界几乎无人不知，深刻影响了后来的"迷幻摇滚"。

小说第三章也写到了这张专辑。渡边和直子发生关系的那天，是直子的20岁生日。那天晚上直子出奇地健谈，喋喋不休地讲了很多东西——小时候的事，学校的事，家里的事……而且都讲得很长，详细得像一幅工笔画，当然她回避了木月这个话题。这个晚上在小说中非常重要，不是因为直子跟渡边睡了，而是因为渡边发现她居然没有跟木月睡过。这天晚上他们在一起听的第一张唱片是《佩珀军士寂寞的心俱乐部乐队》，最后一张是比尔·埃文斯[1]的《献给黛比的华尔兹》。后者是一张爵士唱片，被认为是比尔·埃文斯音乐生涯的巅峰之作。

我们会发现，小说涉及的音乐元素基本都属于美国音乐，跟日本本土音乐几乎没什么关系，而这就是《挪威的

图6 专辑《佩珀军士寂寞的心俱乐部乐队》于1967年发行，获得了商业和艺术上的巨大成功。

---

[1] 比尔·埃文斯（Bill Evans, 1929—1980），爵士乐史上最优秀的钢琴家之一。

森林》作为"全球化小说"最明显的表征。我们还可以在小说里找到很多其他的美国通俗文化的元素，比如美国电影《毕业生》、美国小说《了不起的盖茨比》等。这种文化现象的成因，可以追溯到日本在第二次世界大战后的历史际遇。

## 拥抱战败的历史结晶

1945年8月15日，裕仁天皇放送玉音，承认日本战败。盟军统帅道格拉斯·麦克阿瑟登陆日本，在麦克阿瑟的主导下，日本完成了从军国主义国家到自由民主国家的成功转型，不到二十年，日本就基本走出了战败的阴影。1964年，东京奥运会成功举办，标志着日本重新融入国际社会，被其所承认。美国学者约翰·W.道尔写过一本关于二战之后的日本的专著，书名叫《拥抱战败：第二次世界大战后的日本》，该书非常形象地写出了日本战后对待战败的态度。

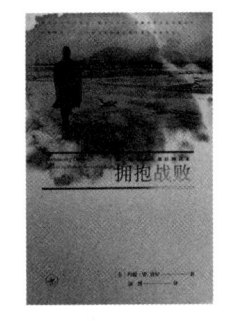

图7 《拥抱战败：第二次世界大战后的日本》（生活·读书·新知三联书店，2015年）

村上春树这代人出生于战后——他是1949年出生的，深受美国文化的影响，没有受到日本军国主义文化的精神毒害，跟二战前成长起来的受过军国主义精神毒害的三岛由纪夫[1]这类日本作家完全不同。三岛由纪夫生于1925年，1945年2月应征入伍，却由于军医检查有误，当天就被遣送回乡。他原本所属的部队抵达菲律宾后，在战争中几乎

---

[1] 三岛由纪夫（1925—1970），日本当代小说家、剧作家、记者、电影制作人和电影演员，是著作被翻译成外语版本最多的日本当代作家之一。代表作品有《金阁寺》《鹿鸣馆》《丰饶之海》等。

全军覆没，这令他一直存有一种"自己应该为国壮烈牺牲却苟活下来"的遗憾。

《挪威的森林》打着"百分之百的恋爱小说"的旗号，却也反映了日本战后的政治生态，毕竟小说的背景是1969年到1970年的日本。当时日本社会正激烈地推行"反日美安保条约运动"，只是小说主人公渡边沉浸在自己的情感世界里，没有参加这些政治活动。

不过我们多少还是能从一些细节中看出作者的政治态度。小说里颇为讽刺地描写了一个日本右翼青年，即渡边早期的室友"敢死队"——这个绰号一听就不是什么好东西。渡边的这位室友仍然保留了很多二战时期青年的特征，在长相和装扮上非常像右翼军人，即典型的日本军人：光头，高个儿，颧骨棱角分明，皮鞋和书包都是清一色的黑色。于是大家给他起了个外号"敢死队"。

敢死队在日本的说法是"特攻队"，日本在2016年拍过一部反映特攻队的电影，叫《永远的0》，就是从特攻队的角度反思日本军国主义这段历史的。电影在政治倾向上是反战的，极力渲染了战争给日本士兵及其家庭带来的痛苦，认为当时右翼军人很不明智，开着飞机去撞美国的航空母舰，白白地牺牲性命，还不如活下来在战争结束后重建国家。从日本特攻队的角度反思战争是个很好的角度，所以故事情节张力十足。

《挪威的森林》也有对战争的反思，是通过批判日本右翼学生来表现的，但比较微弱。到了故事后半部，这位"敢死队"室友无故消失，再也没出现过。这是小说的一个败笔，优秀的小说应该把每条线索都交代清楚。

其实,村上春树也写过反思二战的小说。在1995年出版的《奇鸟行状录》中,有条主线就是写诺门罕战役的。诺门罕战役是二战初期日本与苏联在远东地区发生的一场战役,以日本的惨败告终,使日本关东军向西侵略的企图彻底落空,迫使日本不得不放弃"北进政策"而选择"南进政策"——进攻太平洋诸岛,偷袭珍珠港,最终导致其完全覆灭。此次战役不仅拯救了苏联和蒙古国,也拖慢了日军侵华的速度。

在《挪威的森林》中,村上比较刻意地回避了"政治""历史""社会现实"这类较沉重的主题,而是倾向于写他自己的感情和生活经历。他将其称为"一部现实小说"。据专家考证,小说的另一个女主角绿子的原型实际上就是作者的妻子村上阳子。

自绿子出现后,故事就洋溢着一股青春气息。不过,绿子和渡边的谈话内容常常是很"污"的,他们两人在一起时总谈些男女之事,看色情杂志和色情电影。而且总是绿子比较主动,渡边比较被动——主要因为渡边心里还装着直子。渡边陷入了三角恋爱的情感泥沼。小说的第十章这样写道:

一九六九年这一年,总是令我想起进退两难的泥沼——每迈一步都几乎把整只鞋陷掉那般滞重而深沉的泥沼。而我就在这片泥沼中气喘吁吁地挪动脚步,前方一无所见,后面渺无来者,只有昏暗的泥沼无边无际地延展开去。

**图8**《奇鸟行状录》(上海译文出版社,2009年)
该书是作者篇幅最大的小说三部曲,规模宏大,虚实交叉,被称为当代的"一千零一夜"。

"泥沼"这个词非常形象地刻画出渡边当时的情感困境。日本人习惯把我们通常讲的"抗日战争"称为"十五年战争泥沼"。在他们看来，中日战争是从1931年的"九一八"事变（日本人称为"满洲事件"）算起的，到1945年8月15日，刚好是十五个年头。后来我们的历史课本也改写成"十四年抗战"了。

1969年，渡边同时爱上了两个女子——直子和绿子。他不能接受绿子，因为直子还活着。他要承担起照顾直子的责任，因为直子自杀的男友木月是自己的好朋友。所以，渡边陷入了进退两难的泥沼。泥沼就是困境，就是渡边不得不想办法克服的困境。故事有了困境，就有戏剧性和冲突性了。那么，怎么解决这个冲突呢？结果只能是直子自杀。其实小说前面已经暗示过了，直子的叔叔自杀了，姐姐也自杀了。只有直子去死才能解决这个冲突。

1968年到1970年，刚好全世界都发生了重大变化，尤其是1968年。美国学者马克·科兰斯基把这一年称为"撞击世界之年"。但渡边只记得什么东西呢？只记得约翰·科尔特兰[1]这个人死了。这个人是谁呢？一位爵士乐大师，还是美国人，死于1967年。

1970年，日本文艺界也发生了一件大事——三岛由纪夫自杀了。不过这件事对村上没有什么影响，他提到的反而是一位美国爵士乐大师的去世，可见其受美国文化影响之深远。

[1] 约翰·科尔特兰（John Coltrane，1926—1967），美国黑人爵士音乐家，对爵士乐做了重大创新，其开创性的萨克斯即兴演奏法极大地影响了后来的爵士乐。

其实在1968年，还有很多重要的历史人物去世了。比如当时的美国总统候选人罗伯特·肯尼迪[1]和民权运动领袖马丁·路德·金都是在这一年被刺杀的。

世界其他地方也发生了很多重大事件，比如捷克斯洛伐克的"布拉格之春"和法国的"五月风暴"[2]。但这些事对渡边而言，都只是毫无意义的背景，反倒是一个美国爵士乐大师的去世让他印象深刻。

第三章还写到渡边当时最喜欢看的书基本上全是美国文学。他当时喜欢的作家如美国新写实主义的代表作家杜鲁门·卡波特[3]、"兔子四部曲"的作者约翰·厄普代克[4]、《了不起的盖茨比》的作者菲茨杰拉德、推理小说家雷蒙德·钱德勒[5]等全是美国人，没有一个是日本人。渡边当时在读的书跟川端康成、三岛由纪夫、大江健三郎这些日本作家基本无关，他接受的全都是美国文化。

渡边后来的一位朋友叫永泽，这个青年很古怪，和原来的日本右翼青年不大一样。他比较风流倜傥，经常带着渡边出去拈花惹草，跟女大学生发生一夜情。永泽是有女

---

[1] 前总统约翰·肯尼迪的弟弟。
[2] 1968年5月法国的政治风潮。最初是巴黎高等院校的师生反对不合理的教育和管理制度举行罢课，并和警察发生冲突，其后得到工人和农民的支持，5月中旬后演变成全国性大罢工，全国处于瘫痪状态。这次运动直接导致当时的总统戴高乐在次年下台。
[3] 杜鲁门·卡波特（Truman Capote，1924—1984），美国作家，开创了"真实罪行"类纪实文学，数次获得欧·亨利短篇小说奖。
[4] 约翰·厄普代克（John Updike，1932—2009），美国作家、诗人，两度获得普利策小说奖，被认为是美国最优秀的小说家之一，其文风对很多作家产生了巨大影响。
[5] 雷蒙德·钱德勒（Raymond Chandler，1888—1959），推理小说大师，被西方文坛称为"犯罪小说的桂冠诗人"，以硬汉派风格提高了侦探小说的文学品质。代表作品有《漫长的告别》《长眠不醒》等。村上春树曾说自己毕生的目标是写出将"托尔斯泰"和"钱德勒"合二为一的小说。

朋友的，后来他决定出国留学，渡边就问他女朋友初美怎么办。他居然说："这不是我的问题，这是她的问题。"这是一种很不负责任的态度，后来初美跟别人结婚后不久就自杀了。永泽这个人代表的就是日本战后成长起来的完全没有受过日本传统军国主义文化影响的新青年，他的名言就是"不要同情自己，同情自己是卑劣懦夫的勾当"——这有点像法国的存在主义人生哲学。他的眼里只有自己。

约翰·道尔在《拥抱战败》中写到日本战后形成了三个交叉重叠的亚文化群落。第一个就是被称为"潘潘"（PANPAN）的群体，也有人翻译成"伴伴"，是指专门负责接待美国占领军的女性性工作者群体。二战后美国派驻日本的士兵有30多万，日本政府想建立一个"防波堤"，阻止美国士兵伤害日本的良家妇女，于是就征召了很多以前从事性工作的女性，让她们专门负责接待占领军，时人称为"伴伴女郎"。第二个就是黑市。日本战后重建时期实行配给制，没有自由贸易市场，每户人家每天分配多少粮食是有规定的。这时黑市就开始猖獗，黑社会趁机控制了黑市。第三个就是声名狼藉的"粕取文化"。粕取文化的典型就是永泽这类人，他们赞美纵欲，带来低俗杂志和性交易等持久的诱惑。历史上粕取文化的真实典型就是日本无赖派作家太宰治[1]。后来太宰治在1948年自杀了。

日本学者三浦玲一认为，村上春树是与日本国内"纯文学的阶段性坍塌"同时出现的。1970年到1972年，日

---

[1] 太宰治（1909—1948），日本二战后无赖派文学代表作家，21岁时自杀未遂，后在39岁时投水自杀，留下了《人间失格》等作品。

本发生了纯文学的阶段性坍塌，指的就是三岛由纪夫 1970 年自杀、川端康成 1972 年自杀。这对师徒死后，日本比较有影响力的纯文学作家就只剩下大江健三郎了。大江健三郎不会自杀，因为他要照顾儿子，他的儿子是遭到核辐射伤害的痴呆儿。

在这样的背景下，村上春树这类全球化作家崛起了。严格意义上讲，他的影响力已经超出了纯文学范围，他已经蜕变成了超级畅销书作家，在中国好比韩寒、郭敬明。当然村上比韩寒和郭敬明的影响力大多了，他本身是纯文学坍塌的象征。所以三浦玲一认为，村上与其说代表日本的作家，不如说这位全球化作家刚好是日本人，如同获得诺贝尔文学奖的日本裔英国移民作家石黑一雄（不过石黑一雄是用英语写作的）。他们是在全球化背景下取得成功的，如同埃隆·马斯克和詹姆斯·卡梅隆，是全球化的代表。

**图9**《川端康成三岛由纪夫往来书简》（外国文学出版社，2009年）
该书包括川端和三岛在二十余年间的二十四封往来书信，内容涉及文学、工作、友谊、私生活等诸多方面。

## 一部个人性质的私小说

《挪威的森林》就题材而言当然是恋爱小说，但作者说它是一部"百分之百的恋爱小说"，就没必要当真了。"恋爱小说"这种说法比较庸俗，常常被误以为言情小说或情色小说。这部小说在性描写方面，尺度的确较大，是村上第一部大量出现性描写的小说，这也是它比较畅销的原因之一。"食色，性也"，广大读者当然也不能免俗。二十年前我第一次读到这部小说，还是颇为震撼的。因为读着《钢铁是怎样炼成的》这种小说长大的人，突然接触到有着大量性描写的小说，还是有点不大适应。不过，现在重读一遍，我反而觉得写得不够好。

用最简单的话来概括，这是一部三角恋爱小说。和《边城》一样，故事的主要戏剧冲突都是围绕主人公的情感困境展开的，只是《边城》的主角是女性（翠翠），《挪威的森林》则是男性（渡边）。不过《挪威的森林》里人物之间的情感关系更为复杂一些，梳理如下：

（一）木月——直子——渡边

（二）直子——渡边——绿子

（三）直子——渡边——玲子

（四）永泽——渡边——初美

（五）学生——玲子——丈夫

先来看第一组。我们要注意，小说在第一章写得很清楚，直子并不爱渡边，她爱的是木月。只因为木月和直子之间有点障碍，无法正常地发生性关系，所以木月才自杀了。木月自杀后，渡边作为木月的好友，就承担起照顾直

图10 电影《挪威的森林》剧照：渡边和直子

图11 电影《挪威的森林》剧照：渡边和绿子

子的责任。渡边很清楚直子心里只有木月。第三章里这样写道："她所希求的并非是我的臂，而是某人的臂，她所希求的并非是我的体温，而是某人的体温。而我只能是我，于是我觉得有些愧疚。"渡边对直子的爱，更多是出于同情和责任，而非爱情。

直子后来住到阿美寮疗养院去了，而渡边在选修课上认识了同学绿子，这是第二组三角恋爱关系，是小说故事冲突的核心，因为它才是困扰渡边的主因，也就是所谓的情感泥沼。小说在第十章里借渡边写给玲子的书信交代了渡边的情感泥沼：

我爱过直子，如今仍同样爱她。但我同绿子之间存在的东西带有某种决定性……在直子身上，我感到的是娴静典雅而澄澈莹洁的爱，而绿子方面则截然相反——它是站立着的，在行走在呼吸在跳动，在摇撼我的身心。我心乱如麻，不知所措。

其实绿子也有男友，只是这位男友从来没有出现过，

青春泥沼的成功突围：整本读《挪威的森林》 269

都是在绿子的叙述中被提及。可能这个人并不存在，他可能只是绿子在渡边面前耍的一个恋爱花招而已：绿子非常轻松地就离开了他，而且这段恋情并没有给绿子造成困扰，她迅速地爱上了渡边。她不知道直子的存在，误以为渡边并不喜欢自己。其实渡边早就爱上了绿子，他只是无法抛弃无助的直子而已。一边是责任，一边是爱情，夹在当中的渡边当然非常为难，就写信向玲子求助，说自己喜欢上了一个女孩叫绿子。然后很快直子就自杀了。

玲子在故事里作用非凡，绝不是"敢死队"这种无关痛痒的角色。先看一下第五组人物关系。玲子的故事主要来自她的自述，她在住进疗养院之前也陷入了情感的泥沼，不过她的困境比较特殊，涉及性取向的问题。玲子是位音乐老师，有个邻居的小女孩找她学习钢琴，然后爱上了她，在性取向上给她造成了极大的困扰。自己到底是异性恋还是同性恋，对此她非常苦恼。玲子在疗养院里一住就是十年，十年后，她从里面走出来了，终于确认自己是异性恋。

在玲子和直子之间，其实存在着一组对应关系。玲子属于最终走出情感泥沼、克服生存危机的一类，直子则相反，最终没能克服生存危机，走向了自我毁灭。因为困扰直子的主要问题不是性取向，而是性本身。她始终无法解决性的问题，她自己的身体出了问题，但无法解决，只在生日那天晚上跟渡边发生过一次正常的性关系，之后再也没有成功过。这也可以算得上是《不能承受的生命之轻》中所写的"灵与肉"的问题了。

那第三组人物关系该如何理解呢？我们要注意玲子在

故事结尾时发挥的作用。很多人无法理解玲子在走出疗养院之后为何会跟渡边发生性关系，因为这两人并不存在恋爱关系。走出疗养院的玲子实际上代表的是直子，小说对此有两处暗示：首先是玲子的名字。"玲"与"灵"谐音，玲子代表了直子的"灵魂"，这是日本学者汤川丰在《阅读村上春树的午后》一书中指出来的。其次，玲子当时是穿了直子的衣服去见渡边的——直子把衣服全部送给了玲子，玲子穿上居然十分合身。所以，玲子此时是直子的化身，她跟渡边做了四次爱，"四"是村上春树非常喜欢的数字，就跟卡夫卡在《变形记》里特别钟爱"三"一样。

第四组人物关系乍看上去比较奇怪。小说里有写到渡边在得知初美自杀后的一番感慨。第八章是这样写的：

就在这种气势夺人的暮色当中，我猛然想起了初美，并且这时才领悟她给我带来的心灵震颤究竟是什么东西——它类似一种少年时代的憧憬，一种从来不曾实现而且永远不可能实现的憧憬。……而初美所摇撼的恰恰就是我身上长眠未醒的"我自身的一部分"。

所谓"少年时代的憧憬"是说初美才是渡边心中完美女性的化身，代表了渡边对纯真的向往。所以当渡边得知初美割腕自杀后，就把永泽写来的信撕得粉碎，从此跟他绝交了。

这五组人物关系中，最重要的当然还是第二组。直子死后，渡边是不是就跟绿子结婚了呢？小说实际上一开始就做出了否定的回答。不过据考证，绿子的原型就是村上春树的夫人村上阳子，婚后他们过得很幸福。需要指出，小说带有极重的个人性质——这是村上春树自己讲的。因此我们可以从日本文学的传统类型上溯源，指出它就是一部日本人称为"私小说"的小说。这部小说跟菲茨杰拉德的《了不起的盖茨比》比较类似，都是属于个人性质的小说，可以称为"半自传体小说"。

小说的第三章写得很清楚，渡边当时最喜欢阅读的小说就是《了不起的盖茨比》，他跟永泽走在一起的主要原因也是因为永泽喜欢阅读这本书。此小说在20世纪英文小说100强中的排名是第二位，艺术成就非常高，仅次于乔伊斯的《尤利西斯》。但《尤利西斯》这部意识流长篇小说很少有人看得懂，阅读难度太高了，曲高和寡。《了不起的盖茨比》与之相比就简单多了，所以影响力更大。

在日本学者三浦玲一看来，盖茨比的爱情之所以了不起，是因为这种表达了20世纪美式资本主义之必要性的爱情寓言，象征着20世纪美式帝国主义的征服与梦想。盖茨比原本是个穷小子，他在服役期间，女朋友黛西嫁给了橄榄球队的明星。五年后，盖茨比成了富甲一方的神秘富豪。他是通过什么途径发家致富的呢？就是贩卖私酒。美国有段时期是禁酒的，美国黑帮的崛起就是在禁酒时期，他们把酒从加拿大走私到美国境内，找地下酒吧分销，形成有组织的犯罪。盖茨比就是其中一员，属于暴发户。他有了钱，就千方百计地去寻找初恋女友，把自己的家搬到她家的对面，隔湖相望，守望着那一盏"小绿灯"。

在《挪威的森林》中，有专门向《了不起的盖茨比》致敬的情节，就是渡边在疗养院里守望直子的窗口的场景。

当时直子和玲子住在一起，渡边独自进入杂木林，信步走来走去，在一座小山包的斜坡上坐下来，望着直子居住的方向。第六章里写道：

我静止不动地呆呆凝视着那微小的光亮。那光亮使我联想到犹如风中残烛的灵魂的最后忽闪。我真想用两手把那光严严实实地遮住，守护它。我久久地注视那若明若暗摇曳不定的灯光，就像盖茨比整夜整夜看守对岸的小光点一样。

所以《挪威的森林》实际上深受《了不起的盖茨比》的影响。村上春树在杂文集《无比芜杂的心绪》中曾经写道："历经半个多世纪的岁月，今天仍有众多读者被菲茨杰拉德的作品吸引，我认为最大的理由不在于那'毁灭的美学'，大约正在于凌驾其上的'拯救的确信'。"关于"私小说"的概念，稍微做一下梳理。早在20世纪20年代（日本人称为"大正时期"）的时候，日本就非常流行私小说。私小说就是作家用来描写自己情感世界的小说。它的主要特点是在叙事上基本都使用第一人称。《挪威的森林》也采用了主观视角，用第一人称叙述。从广义的角度上讲，凡使用第一人称叙事的小说，都可称为"私小说"。私小说描写的往往是作家个人的生活心境，跟他所身处的那个时代的精神往往无关。

私小说主要有两种类型，一种是表现生存危机本身的，如太宰治的《人间失格》，就是最典型的表现生存危机的私小说；还有一种是表现克服生存危机的，如《挪威的森林》。

图12 电影《人间失格》海报（日本，2010年）

**图13** 太宰治完成《人间失格》这部最负盛名的代表作之后不久就投水自尽了。

"人间失格"的意思是"失去了做人的资格"。这篇小说篇幅很短,中译本只有80页左右。小说里,太宰治所描写的就是他自己的生活方式。主人公感情失败,先后自杀三次。现实生活中,太宰治本人自杀了五次,最后一次成功了。这种消极厌世的生活态度跟太宰治的人生经历及其所处的时代有很大的关系。

太宰治是日本战后"粕取文化"的典型代表。约翰·道尔在《拥抱战败》一书中曾分析过,日本在二战前期不断取得重大胜利,国民像打了鸡血,每天在报纸上看到的都是捷报,即使有战败的消息,也被政府给"屏蔽"了。到了1945年8月15日,大家突然听到日本天皇的玉音放送,说日本战败了,日本的国民精神一下子陷入"虚脱"。虚脱之后,粕取文化就出现了。1948年,太宰治自杀,算是典型的国民精神虚脱的体现。

不过,太宰治的小说要比大正时期的私小说真实得多。大正时期,很多私小说都是多愁善感的情感小说,有点矫揉造作。然而太宰治把私小说发挥到了极致,他活得宛如文学,其自身的经历简直就是文学作品。身为家里的第六个儿子,太宰治从小就不受父母青睐,他作为高官子弟的自尊心与家人的冷眼相待形成鲜明的对比,这使他和佃户们更加亲近。所以他内心产生了巨大的矛盾,终其一生没有归属感,这也是他觉得自己失去做人资格的原因。

所以,约翰·道尔把太宰治作为在虚脱状态被确认为一种集体症状之前就已经疲惫绝望的那些岁月的一个例证。太宰治的这种魔性成了日本战后混乱和颓废的象征。

现在的中国青年完全没必要模仿太宰治的生活方式，因为我们跟他所身处的时代背景完全不一样，不需要虚脱，更不需要粗取文化。

私小说在20世纪20年代就跟随中国的赴日留学生来到了中国。当时中国最著名的私小说就是郁达夫[1]的《沉沦》，《沉沦》写的就是郁达夫自己在日本的留学经历。一看这个标题，就知道他当时很颓废。《沉沦》定稿于1921年5月。作者在"自序"中说："《沉沦》是描写着一个病的青年的心理，也可以说是青年忧郁病Hypochondria的解剖，里边也带叙着现代人的苦闷——便是性的要求与灵肉的冲突。"故事中的主人公显然带有郁达夫自己的影子，不过郁达夫并未像小说的主人公那样最终选择蹈海而死的结局。

图14 《沉沦》（天津人民出版社，2012年）
该短篇小说以作者自身为蓝本，讲述了一名在日留学生的性苦闷以及对国家弱小的悲哀。

## 一部走出死亡阴影的成长小说

有人说，所有的故事都是有关成长的，用"成长小说"来概括《挪威的森林》似乎有点唐突。恰恰相反，表现克服生存危机是私小说的主流，而《挪威的森林》属于典型的表现克服生存危机的私小说，即成长小说。关于"成长"的主题，小说是如何表现的呢？

在《挪威的森林》的扉页上，村上留下了一句"献

---

[1] 郁达夫（1896—1945），中国作家、诗人。早期小说大多表现五四青年的爱国情绪、社会遭遇和内心忧郁，对封建道德礼教做大胆挑战，情调感伤激愤；30年代后转以散文、游记创作为主，文风趋于清隽洒脱；所作旧体诗词成就也很高。

给许许多多的忌日"。也就是说，这部小说是用来祭奠许许多多的死亡的，小说的确写到了很多人的逝去，弥漫着一股浓郁的死亡气息。开头第一章写道：

　　我扬起脸，望着北海上空阴沉沉的云层，浮想联翩。我想起自己在过去的人生旅途中失却的许多东西——蹉跎的岁月，死去或离去的人们，无可追回的懊悔。

　　这段话点了题，暗示在接下来的故事情节中会有很多人死去。

　　然后渡边就想起了1969年的秋天，他快满20岁的时候，在直子的疗养院看到的那片草地。在这里，作者写到了一个非常重要的意象，这个意象在后文中并未深入展开，多少有点可惜。这个意象就是直子一直要寻找的那口荒郊野外的水井，而这口水井其实并不存在。小说写道，这口水井"或是只对她才存在的一个印象或一种符号也未可知——如同在那悒郁的日子里她头脑中编织的其他无数事物一样"。

　　从下文对这口水井的详细描述可知，水井实际上代表了渡边十八年来对于直子的记忆。这份记忆由于木月和直子的非正常死亡，一直深埋在他的内心深处。正如渡边所言：

　　我唯一知道的就是这井非常之深，深得不知有多深；里面充塞着浓密的黑，黑得如同把世间所有种类的黑一股脑儿煮在里边。

　　由此可见，渡边的记忆多么幽深和悲哀。

　　值得一提的是，村上春树特别喜欢使用"井"这个意象。在小说《奇鸟行状录》里，他就使用过"深深的枯井"的意象。小说第一章结尾写道：

时至今日，我才恍然领悟直子之所以求我别忘记她的原因。直子当然知道，知道她在我心目中的记忆迟早要被冲淡。惟其如此，她才强调说：希望你能记住我，记住我曾这样存在过。

想到这里，我悲哀得难以自禁。因为，直子连爱都没爱过我。

第一章就奠定了悲凉的情感基调，读来颇为压抑。

这种压抑的情绪到了第二章不减反增，直接就写到了木月的死。通过直子的叙述我们得知，木月和直子几乎从一降生就开始了青梅竹马之交。两家相距不过两百米，他们从三岁开始就在一起玩，六岁的时候就开始亲嘴了。所以，木月死后，直子就不知道该怎样跟其他人交往了，甚至不知道怎样才算爱上一个人，她的内心世界里面就只有木月。

从木月的死中，渡边得出了一个结论："死并非生的对立面，而是作为生的一部分永存。"这才是小说想要刻意表现的主题。这句话出现了两次，第一次在第二章，第二次在第十一章。这句话代表了作者关于生与死的思考，这种思考跟2017年上映的美国动画电影《寻梦环游记》中蕴含的哲理非常相似。看过这部电影的人肯定会记得，里面说每个人都会经历两次死亡，第一次是肉身的灭亡，第二次是指当世界上活着的人都失去了对他的记忆，再也没有人祭奠他了，他就彻底地从这个世界上消失了。

小说第二章结尾这样写道：

无论我怎样认为，死都是深刻的事实。在这令人窒息般的背反性当中，我重复着这种永不休止的圆周式思考。如今想来，那真是奇特的日日夜夜，在活得好端端的青春时代，居然凡事都以死为轴心旋转不休。

这里写到的"圆周式的思考"是什么意思呢？第二章还没有来得及展开，到第十章就非常明确了。因为在第十章里，对渡边来说有了更沉重的打击，就是直子的死。

第十章里，渡边原本准备下决心照顾直子，表示要力所能及地好好活下去。

但我绝对不抛弃她，因为我喜欢她，我比她顽强，并将变得愈发顽强，变得成熟，变成大人——此外我别无选择。……我已不是十几岁的少年，我已感到自己肩上的责任。喂，木月，我已不再是同你在一起时的我，我已经二十岁了！我必须为我的继续生存付出相应的代价！

这里非常明确地点出了"成长"的主题。

不过这还只是渡边在直子死前的人生感悟。第十一章开头，写到直子的死：

我无论如何也不能理解这一事实，无论如何也不能相信。我甚至亲耳听到了钉棺盖的叮当声，却无论如何也不能接受她已魂归九泉这一事实。

渡边对人生的感悟又深刻了一层：

而直子的死还使我明白：无论谙熟怎样的哲理，也无以消除所爱之人的死带来的悲哀。无论怎样的哲理，怎样的真诚，怎样的坚韧，怎样的柔情，也无以排遣这种悲哀。

我们惟一能做到的，就是从这片悲哀中挣脱出来，并从中领悟某种哲理。而领悟后的任何哲理，在继之而来的意外悲哀面前，又是那样软弱无力——我形影相吊地倾听这暗夜的涛声和风鸣，日复一日地如此冥思苦索。

这便是之前的"圆周式的思考"，有点像死亡与哲理的轮回。

在死亡面前，哲理变得多么苍白无力，即便这份哲理是从死亡中领悟而来的。所以，如何面对死亡，如何消除所爱之人的死带来的悲哀，如何克服死亡的阴影带来的生存危机，才是这部小说真正的核心问题。

第十章结尾，玲子的来信回答了这个问题：

纵令听其自然，世事的长河也还是要流往其应流的方向，而即使再竭尽人力，该受伤害的人也无由幸免。所谓人生便是如此。……假如你不想进精神病院，就要心胸豁达地委身于生活的河流。

听上去有点像"心灵鸡汤"，不过这碗"鸡汤"也熬制得不易，沉淀了村上春树十八年的人生思考。

面对直子的死，渡边只能心胸豁达地委身于生活的河流。他在玲子和绿子的帮助下，最终走出了布满死亡阴影的青春泥沼，成长为一个真正的大人。而直子和木月，他们都没能走出这个泥沼。用玲子的话说，因为他们都是"生息在不健全世界上的不健全的人，不可能用尺子测量长度或用分度器测量角度、如同银行存款那样毫厘不爽地生活"。

## 问答

问：小说里，玲子最后来见渡边的情节，有什么深刻含义？

答：刚才已经解读过了，玲子最后来到渡边家里并跟渡边发生了关系，因为她代表的是直子的灵魂，她的名字就是个很好的暗示。小说前面有一些铺垫的，渡边之前也跟很多女学生发生过一夜情，就是跟永泽在一起的时候。永泽比较颓废，经常会带着渡边出去风流，这曾让初美非常不高兴。不过，渡边认识了绿子后，这种行为就比较少了。后来他基本不跟永泽出去了。所以结尾他跟玲子发生关系也很正常，但和前面的一夜情不一样，因为玲子代表的是直子而不是她自己。这一点很重要。

问：村上春树的书我读起来觉得故事性不强，比较平淡，但思想性好像很强，哪怕一点小事，也能悟出一些生活哲理来，会觉得很有共鸣。想问一下您，村上春树是您最喜欢的作家吗？您怎么看待他呢？

答：村上春树不是我最喜欢的作家，我最喜欢的作家是意大利作家卡尔维诺。我研究村上春树的一个出发点是他的作品太畅销了，有太多人喜欢他，所以我是把他作为一种文化现象来研究的。日本学者认为，他的小说最畅销，是因为他的写作对象是全球化的读者，所以称其为"全球化小说"。我读过他的《1Q84》和《海边的卡夫卡》，里面很少有日本古典元素。我认为他的小说没有什么太高深的哲理，不算理念小说，也不算哲学小说，故事性还可以。我认为他的作品其实没有什么深度，还是比较迎合读者的。

问：村上春树给夏目漱石的小说《三四郎》写的序里，说他最喜欢的日本作家就是夏目漱石，您觉得他们的风格像吗？

答：夏目漱石在日本被称为"国民作家"，他们两个在受欢迎的程度上确实比较像，但风格上不大接近，夏目漱石的作品风格更传统一些，融合了更多的日本元素。村上春树完全突破了日本本土文化的束缚，他没有日本那种"物哀与幽玄"的文学风格，虽然有时候他也会关注日本的社会问题，像《1Q84》讽喻的就是日本的奥姆真理教，《地下》讲述的就是日本东京地铁沙林毒气事件，但他是一个全球化作家，他的风格是全球化文学的风格。

问：您如何看待谷崎润一郎的小说《细雪》呢？

答：最近一段时间我刚好看了《细雪》的电视剧和电影。电视剧有两个版本，我都看了。我很喜欢这种传统的作品。《细雪》是在二战期间写的，被当时的日本右翼军人批评为"比较软弱的作品"，写的是一家四姐妹的感情生活。它的题材比较接近简·奥斯汀的小说《傲慢与偏见》，所以当时的日本右翼觉得太软弱、太文艺。这比起村上春树的作品，肯定更文艺，更能代表日本的传统文化。小说的女主人公叫雪子，是一个非常典型的日本贤妻良母型的女性。人们通常认为日本女人就应该像雪子这样，而非像她妹妹那样叛逆，她妹妹就是日本新青年的代表。

问：《挪威的森林》正好我也看过，我留意的一个点就是里面的疗养院，好像叫"阿美寮"。我很关注里面的人物活动，即使里面每个人都是病人，他们也可以很坦诚地交流自己的经历，他们的生活方式是顺应自然规律的，是亲近土地的，是很有意义的一种生活方式。这个疗养院是否可以理解为村上春树对于理想的社会形态的理解，或者理想的社会形态的一个缩影？

答：这种说法我还是第一次听到，之前研究这部小说的时候，好像从来没有人提到过这个问题。这个疗养院的确很亲近自然，但村上春树未必赞赏他们的生活方式。病人的生活方式比较适合那些精神上受到困扰的人，尤其是像玲子和直子这种不健全的人。在那种与世隔绝的地方，她们可以生活得自在一点。玲子和直子的困扰，都是关于性的，是很难启齿的事情，与世隔绝更适于治疗。我觉得疗养院没有什么特别的深意，也并不代表村上春树所追求的生活方式。现实中，村上的生活方式比较简单，就是喜欢跑步和听音乐。